比较文学与世界文学 研究丛书

主编 曹顺庆

初编 第 **23** 册

比较文学视阈下 30 年中国当代先锋小说作家创作研究（1989～2019）（下）

姬志海 著

花木兰文化事业有限公司

国家图书馆出版品预行编目资料

比较文学视阈下 30 年中国当代先锋小说作家创作研究（1989
～2019）（下）／姬志海 著 —— 初版 —— 新北市：花木兰文化
事业有限公司，2022〔民 111〕
目 6+206 面；19×26 公分
（比较文学与世界文学研究丛书 初编 第 23 册）
ISBN 978-986-518-729-3（精装）
1.CST：中国小说 2.CST：比较文学 3.CST：文学评论
810.8   110022070

ISBN-978-986-518-729-3

9 789865 187293

比较文学与世界文学研究丛书
初编 第二三册   ISBN：978-986-518-729-3

比较文学视阈下 30 年中国当代
先锋小说作家创作研究（1989～2019）（下）

作　　者 姬志海
主　　编 曹顺庆
企　　划 四川大学双一流学科暨比较文学研究基地
总 编 辑 杜洁祥
副总编辑 杨嘉乐
编辑主任 许郁翎
编　　辑 张雅淋、潘玟静、刘子瑄　美术编辑 陈逸婷
出　　版 花木兰文化事业有限公司
发 行 人 高小娟
联络地址 台湾 235 新北市中和区中安街七二号十三楼
　　　　　 电话：02-2923-1455／传真：02-2923-1452
网　　址 http://www.huamulan.tw 信箱 service@huamulans.com
印　　刷 普罗文化出版广告事业
初　　版 2022 年 3 月
定　　价 初编 28 册（精装）台币 76,000 元　　版权所有 请勿翻印

比较文学视阈下 30 年中国当代
先锋小说作家创作研究（1989～2019）（下）

姬志海 著

目次

第六章　知识分子的祛魅和乌托邦的反思：北村与格非

　　在上编第四章，笔者就五四至上世纪九十年代以来知识分子的启蒙主体性话题进行了整体的鸟瞰和扫描，见证了自晚清五四以降知识分子启蒙话语在文学作品中的愈见式微这一不争事实。纵观先锋小说作家既有的知识分子写作的小说文本，从吕新《白杨木的春天》的曾怀林，《下弦月》中的林烈，到孙甘露《呼吸》中的罗克与大学生尹芝、尹楚。从北村《谐振》中那个地震局新来的"他"，《情况》中的飘萍，《孙权的故事》中的孙权，《水土不服》中的康生旺，《望着你》中的五环和维林，《消灭》中的程天麻，《心中不悦》中的黄连，《最后的艺术家》中的杜林，到格非《边缘》中的"我"、徐复观，《人面桃花》中的张季元、陆秀米，《山河入梦》中的姚佩佩、《追忆乌攸先生》中的乌攸先生，《春尽江南》中的谭端午、绿珠，《欲望的旗帜》中的曾山和《隐身衣》中高谈阔论迂腐不堪的教授，他们基本上走过了一条和中国现当代知识分子大致相同的心路历程。在对知识分子群像的刻画中，描写最见功力的两位先锋小说作家无疑是北村和格非。对于格非，笔者在上编已经充分讨论了他在其长篇小说《边缘》《欲望的旗帜》《江南三部曲》以及《望春风》里，完成的对百年中国知识分子精神旅航和失败命运的独特再现，这与他的中短篇小说对知识分子精神危机的揭示相辅相成，最终指向他对当代知识分子边缘化状况的沉痛反思。本章笔者拟将对知识分子启蒙形象的探讨重点放在北村的"神性"小说的创作上进行考量。

　　在先锋小说作家中，北村和格非无疑又是对乌托邦主题探究最为深刻的两位作家。本章笔者重点在对以往研究者有关先锋小说作家乌托邦主题方面的既有研究进行商榷纠偏的基础上，重点论述蕴含在北村和格非小说中不尽相同的乌托邦主旨。

第一节　北村小说创作概述

在先锋小说作家的笔下，明显地具有宗教色彩的小说作家有莫言、扎西达娃、格非、苏童、余华和北村等人。莫言早在九十年代发表的长篇小说《丰乳肥臀》中就鲜明地昭示着基督教的大爱色彩，到了新千年以后，问鼎诺奖的另一部长篇小说《生死疲劳》则从整体的情节、结构设计方面都能看出是以佛教的六道轮回观念为中心的。在格非的《迷舟》《敌人》、苏童的《蓝白染坊》《一九三四年的逃亡》，余华的《世事如烟》《四月三日事件》等多篇小说在人物命运的扑朔迷离上显示了佛家的"诸行无常"、在人物最后终于没有摆脱作者事先就预叙的小说结局中又尽显佛家"一饮一啄，皆有定数"的因果论；至于扎西达娃的魔幻现实主义小说，从 1985 年开始的《系在皮绳上的魂》到后来的《西藏往事》《骚动的香巴拉》等中长篇创作，无不在文本中到处迷散着浓厚的藏传佛教气息。但是，能二十几年始终坚持创作基督教神性小说的作家，无疑只有北村。

一、由"实验性"探索到以塑造知识分子形象为主的"神性"小说

北村，本名康洪，1965 年生于福建长汀，1985 年毕业于厦门大学中文系，同年任福建省文联《福建文学》杂志编辑，1996 年因故离职，为自由写作者至今。

在 80 年代中后期先后跻身文坛的先锋小说作家中，北村虽然成名较晚，但却无疑是其中极具个性风格的一个。自处女作《黑马群》和次年刊于《人民文学》的小说《谐振》问世以后，其小说写法的新颖很快引起了评坛的关注。这以后，随着先锋小说整体创作潮流在中国小说界的持续走红攀高，北村的名字也随着其 1988 年开始陆续发表的《逃亡者说》、《劫持者说》、《披甲者说》、《陈守存冗长的一天》、《归乡者说》和《聒噪者说》等"者说"系列作品在叙述和语言上的"实验性"探索高度而被评论界广泛誉为中国当代最具先锋性的小说作家之一。美学形式上的先锋性探索雄心给北村带来了批评家

赋予的桂冠和喝彩的同时，却也带来了因为缺少对话而备受读者冷落的悖论式尴尬。这种窘境一度使得北村长时间陷入了创作上的"失语"状态。1993年，《施洗的河》的付梓发行，标识着皈依基督殿堂后的北村终于在"神启"的顿悟中将此前一度放逐出文本意义层面的对人性、人的灵魂等终极价值的关怀纳入其"神性小说"的文本创作中，在 1995 年《我与文学的冲突》一文中北村的这段回忆性的文字可以视为其从崭新意义上重启小说创作的心灵袒露，他这样回顾到："在人的体（三度空间）和魂（四度空间）之上，人还有灵，这是唯一与神交通的器官。……1992 年 3 月 10 日晚上 8 时，我蒙神的带领，进入了厦门一个破旧的小阁楼，在那个地方，我见到了一些人，一些活在上界的人。神挑选了我。我在听了不到二十分钟福音后就归入主耶稣基督。三年后的今天我可以见证说：他是宇宙间唯一真活的神。他就是道路、真理和生命。"。[1]在这以后二十多年的小说创作中，从九十年代继《施洗的河》之后发表的《玛卓的爱情》、《孙权的故事》、《水土不服》、《张生的婚姻》、《伤逝》、《消逝的人类》、《孔成的生活》、《最后的艺术家》、《强暴》、《东张的心情》、《老木的琴》、《周渔的喊叫》……到新千年以后陆续发表的《被占领的卢西娜》、《公民凯恩》、《望着你》、《愤怒》、《发烧》、《我和上帝有个约》和《白夜》……等，描绘以形形色色多种知识分子形象为主体的凡人在追求神性终极价值途中的不同心灵史遭际始终都是其主要小说的聚焦中心。就这后一阶段北村的小说创造来看，绝大多数的文本都属于因为"罪性"沉沦堕落，继而寻找神之光的"豁蒙式"写作类型。正是在这种主题鲜明的"神本"写作中，针对商业大潮裹挟下，功利主义、享乐主义泛滥，传统伦理价值观沦丧的九十年代全新的社会义化语境，北村在其建构的艺术世界里开启了重树绝对信仰、重塑生存勇气，以宗教救赎的路径，让信仰之光照亮苦难人世的悲壮努力。

二、"U 形／倒 U 形"的小说框架及知识分子形象的固化

作为皈依基督殿堂的虔诚教徒，北村在其后一阶段的小说创作中显然全方位地受到《圣经》文本的濡染，这种潜移默化的影响，除了呈现在北村"神性"小说作品中的诸如"主"、"十字架"、"福音"、"羔羊"、"权柄"、"末日"……等"《圣经》语词"之外，在其对《圣经》文学"U 形结构"框架及附着其上

1　北村：《我与文学的冲突》，《当代作家评论》1995 年第 4 期。

的"罪孽与忏悔"、"堕落与拯救"、"受难与皈依"等叙事情节模式的"敬仿"中，更可以清楚地看到。

所谓"U 形故事结构"，是加拿大著名文化批评家弗莱在《伟大的代码——圣经和文学》一书中提出的著名观点，他认为，整部圣经大体上可视为一个"U 形"的叙事结构："背叛之后是落入灾难与奴役，随之是悔悟，然后通过解救又上升到差不多相当于上次开始下降时的高度。这个接近于 U 的模式……在《创世记》之初，人类失去了生命之树和生命之水；到《启示录》结尾处重新获得了它们。在首尾之间是以色列的故事"，[2] 在这种"U 形"开始和结束处的两端，分别代表着故事主人公堕落之前和获救之后的状态，在低于"U 形"的故事两端所处的同一水平线下面，是由先下降继而上升的曲线轨迹所代表的由堕落到获救的象征性过程。实际上，这一故事模式在北村那里已经成为结构其"神性小说"故事框架的最主要范式。

中肯地说，在北村以不同时期不同境遇的知识分子形象为主的"神性小说"的创作之初，这种转向带来的技术操作性的斧凿痕迹多少显得不够平滑，譬如在《施洗的河》中，作恶多端、杀人如麻的富家少爷、青年帮主刘浪，一俟得到神之光的普照，马上痛哭流涕地大声祷告："主呵！我相信你！我的眼泪向你流，我的身体被你击溃，我的心思被你破碎，我去死的人被你救赎，我竟活在黑暗中，如此亏缺你的荣耀，羞辱你的名！主呵，我向你悔改，我的感动像大风，我的悔恨像大海，对着世界我闭口，对着你我张开，我要你进来。"[3] 虽然有很多人都对这部小说评价很高，但笔者以为这部长篇毕竟难掩其转向之初的青涩和稚嫩。这种情况到了《孙权的故事》以后才渐入佳境，孙权是王城曾经的诗人，后来在商业经营中因为屡屡受骗而一无所有，和几个搭档变成了无业游民不说，还因为酒醉被人转嫁成误杀朋友的凶手，在屡遭生活打击下信仰全无感觉活不下去的主人公，竟然完全对杀人罪义无反顾地独自承担下来，不仅如此，他还主动放弃可以以"癫痫病"脱罪的可能。种种大家不理解的主人公的奇怪行为只有一种解释——即是孙权的心因为找不到在这个世界上不会朽坏的东西。他虽然也出于本能地害怕死刑，但想不明白地活着还不如死去。就在孙权陷入深深的绝望和自暴自弃境地时，

---

2 [加拿大]诺思洛普·弗莱：《伟大的代码——圣经与文学》，郝振益等译·北京：北京大学出版社，1998 年版，第 220 页。

3 北村：《施洗的河》，上海：上海文艺出版社，2005 年版，第 238、235-236 页。

他在监狱里遇见了同一监房的基督徒刘兄弟，这名在狭窄与潮湿的监房里降临的"神的使者"感召了他，他于是开始研读《圣经》，最后皈依了基督，灵魂也由此得到拯救，超越了肉体的不自由和痛苦。相比而言，新千年以后，另一长篇小说《望着你》已经可以视为是这一类型小说中将"神启"拯救的"神迹"和故事文本的内容得以象盐溶于水那样化的极度自然的集大成之作了，《望着你》讲的是一个浪漫的爱情寓言。在大学里开始彼此相爱的主人公五环和维林，在步入社会后，因为各自遭遇的种种人生欲望而使他们彼此分离并双双堕落到了人生的谷底，五环先是娶了一个孀居的亿万富姐，终于因为不堪忍受等而下之的自尊伤寒而与之离婚，有了钱的五环旋即又娶了一个年少单纯的护士，但却因为没有共同语言的乏味而再度与之分手。这期间，维林不仅因为受骗先是当过富商的情妇，继而又被自己选定的聋哑丈夫所欺骗。历尽沧桑的两个人最后始终凭借对对方的"爱"和"信"，通过朝多年以前大学期间二人共用的银行卡里连续打钱的互探方式，终于捐弃前嫌、重拾爱情。尽管这种爱情的结局有点凄凉，但上帝毕竟接受了他们的"悔罪"，为他们对爱的信仰和虔诚所打动，而在冥冥之中重新让二者再度牵手。在这篇小说中，读者几乎没有看到任何一丝神迹显现，北村已经将基督精神最深层的"爱""信""望"全部融进小说文本的人性关怀中，达到了神性和人性的高度统一。对于北村来说，基督的拯救是至高层次上的灵魂的拯救，而非肉身的解放。这就是为什么在上述分析的两个文本中，北村并没有让他笔下的故事主人公孙权马上脱离监狱，也没有赋予五环和维林通常爱情故事所拥有的百年好合的庸俗结局。对于北村而言，正如他在《孙权的故事》中借主人公孙权之口说出的那样：倘若一个人的灵魂得不到拯救，人就没法和一条狗不同。

这种"敬仿"《圣经》"U 形结构"的小说叙事在北村的"神本"转向后的"神性"写作中，还可以举出很多，譬如《张生的婚姻》、《东张的心情》、《老木的琴》、《周渔的喊叫》、《公民凯恩》、《愤怒》、《我和上帝有个约》……等，它们在文本的意蕴深处都隐喻着这样一个互文共通的"路线图"：由于原罪的代际遗传，没有获得"神启"的芸芸众生很容易因为"罪性"而失去真理，步入堕落，在其受尽磨难后，于人生绝望的幽谷深处照进了上帝的神性之光，于是人才开始苏醒，其灵魂才获得拯救。

可见，"走迷的羊要离开黑暗的河流，一定得有一个安慰者来引领"，[4] 也即是说，在北村的眼中，一个迷途在此岸现世的凡俗"羔羊"最终能否被拯救归根结底要看他 / 她能否得到神的眷顾和拯救，正如在《施洗的河》中那个传道者对刘浪说的那样："人无法自救，因为那个必死的律在你的心中作王。行善不能叫人脱离罪，教育不能叫人脱离罪，道德不能叫人脱离罪，念经不能叫人脱离罪，拜佛不能叫人脱离罪……你的灵里的问题只有神能解决。手套是按手的形像造的，目的是为了盛装手，人是按照神的形像被造，目的是为了盛装神，他是我们的家，我们是他的居所，手不套进去，手套没有用，它只有手套这个名，人不信神也没有用，你被造不是为装食物在肚腹里，不是装学问在头脑里，乃是盛装神在你的灵里，他要进到人的灵里，作人的内容，成为人的满足。"[5] 在北村看来，倘若这种沉沦到"U 形"曲线底部的故事主人公得不到神性光辉的照耀，自身就会因为精神空洞、信仰缺失而缺乏向上攀升的自救力量，他们命运的结局也因此会走入肉体的或精神意义上的死亡渊薮。与前一种"U 形"结构模式相比，这种叙事也可以被大体上归纳为弗莱所指涉的"倒置的 U 形"结构："它上升到命运或环境的'突变'或者行动的颠倒，然后向下直接堕入'结局'"。[6]

对于北村的四篇爱情小说《伤逝》、《玛卓的爱情》、《水土不服》与《强暴》，学界有人将前两者看作是"对爱情的呼唤"，后两者则可归入"对有问题的爱情的探索"，这种看法当然尤其道理。但是，倘若将之放在"倒置的 U 形"结构中，就会发现它们在表面的区别背后又存在着的互文和相同的更大一面来：《伤逝》中的超尘、《玛卓的爱情》中的玛卓、《水土不服》中的康生和《强暴》中的美娴和刘敦煌他们之所以全部落入悲剧的结局其共同原因就是他们在失去了现世的爱情寄托以后，没有寻找到彼岸神性之光的慰藉，他们没有了"信"，随之也必然失去对未来的"望"和"爱"，那么他们的人生轨迹也就只有"向下直接堕入'结局'"一个归宿了。这种情况同样适用于《最后的艺术家》中的杜林，如同"此岸"的爱情一样，此岸的"艺术"在拯救迷途"羔羊"的力量上也同样是孱弱与无力的。当然，关于北村"神性"小说中

4　北村：《玛卓的爱情》，武汉：长江文艺出版社，1996 年版，第 258 页。

5　北村：《施洗的河》，上海：上海文艺出版社，2005 年版，第 238、235-236 页。

6　[加拿大]诺思洛普·弗莱：《伟大的代码——圣经与文学》，郝振益等译·北京：北京大学出版社，1998 年版，第 228 页。

可归为"倒置的 U 形"结构的这一类文本，还可以再罗列一些，譬如《孔成的生活》《水土不服》《伤逝》……等等。

"把小说打扫干净，因为有更重要的东西要进去。"，北村曾经在他的文章中说过这样一句话。[7]这"更重要的东西"显然是指迷散在作者"神性"小说文本中的虔诚的宗教信仰。是信仰和神性。事实上，自《施洗的河》以降，北村的主要"神性"小说中都在探讨着一个永恒的神学问题：神正论！这个神学命题，也是每一个走向上帝的基督皈依者所必须思考和面对的悖论：即是世界既然是由至善至美无所不在无所不能的上帝创造的，那么社会中的恶从何而来？历代神学家、哲学家在对这个问题的解答中给出了两个答案：第一种答案认为，恶是上帝理念的一部分，上帝造恶是为了彰显善，是对人的考验；第二种答案则认为，上帝造人的同时，也赋予他给人类的最好礼物——自由，自由是人之为人的标识，是人"生命"的象征，因为如果没有自由选择的人就会变成机械的木偶，人的被创造也就失去了意义。但人类如果滥用了这种自由意志，就会产生恶。从以上作品的分析，北村显然是笃信后一种解释的。厘清了这一点，才能真正地诠释贯穿在北村"敬仿"《圣经》"U 形故事结构"及作为其反结构的倒置"U 形结构"的"神性"小说中的那条串珠红线：上帝赋予人的选择有两个向度：善与恶。由于原罪的代际遗传，自由人的欲望、本能，原罪的趋向以及个性追求，趋向恶的选择，是这种"罪性"使得芸芸众生失去真理，步入堕落。人类之所以会堕入恶的渊薮不是上帝有意要考验人，而是人类在自由选择时背离上帝的结果。正如陀思妥耶夫斯基所言："魔鬼同上帝在进行斗争，而斗争的战场就是人心。"，[8]要保证人选择的价值趋向善，必须保持对上帝的信仰。有上帝的指引人才会选择正途，才会在受尽磨难后获得"神启"，才会于人生绝望的幽谷深处窥见上帝的神性之光，其灵魂也才会最终获得拯救。

回溯北村三十多年的小说创作，大致可以其 1992 年皈依基督殿堂为界分为前后两个阶段。对照自《施洗的河》以降北村以往"神性"小说文本中包孕的那种二元对立、主题鲜明的惯性写作范式，作者在 2016 年 9 月推出的长篇新作《安慰书》显然出现了某些异质性的新变，对既往圣经体"U 形"／倒

7　北村：《爱能遮掩许多的罪》，《钟山》1993 年第 6 期。

8　[俄]陀思妥耶夫斯基：《卡拉马佐夫兄弟》（上），耿济之译，译林出版社，2012 年版，第 115 页。

"U 形"固化叙事结构的打破，对游离于"信"与"不信"单向度价值判断之外"第三种人物"的描摹塑造、对现实世界中血亲复仇主题正义性、合法性的质疑……等都是对比此前同类小说中出现的崭新因子。笔者将在下一节专门对《安慰书》进行论析。这里从略。

三、神性小说的主题伸延：符合基督教理想的"乌托邦"

目前学界关于先锋小说"乌托邦"主题的研究已有很多积累，其中不少的研究成绩可圈可点，但遗憾的是，同时也有一些研究其存在的问题不可谓不多。众所周知，一个完整的逻辑论证过程应该被分为概念、判断、推理三个向度的。可以肯定地说，如果概念不严密甚至过于含混，其文章后续的判断、推理也就势必难以成立，其最终得出的结论也势必难以服众。就目前笔者接触到的一些对先锋小说作品的乌托邦主题的研究文章来看，就"乌托邦"这一批评术语，存在着不少概念混乱、应用不当等不足之处。譬如李遇春先生在《乌托邦叙事中的背反与轮回——评格非的〈人面桃花〉〈山河入梦〉〈春尽江南〉》一文中，就将《山河入梦》中的姚佩佩和《春尽江南》中的谭端午、庞家玉、绿珠、陈守仁等人分别指认为所谓追求人道主义——自由主义的"灰色乌托邦"主人公和抱有"新保守主义乌托邦"情结的憧憬者云云；而在笔者读到的另一篇《九十年代以来先锋小说的创作转型》的博士论文中，则仅仅肤浅地在需要对"乌托邦"严加定义的地方以该术语的某种分类法取而代之，该文声称："保罗·蒂里希将乌托邦分为两种：向后看的乌托邦（backward looking）和向前看的乌托邦（forward looking），在九十年代的先锋小说中，这两种形式的乌托邦都有所体现。"[9] 然后就在不经对"乌托邦"概念进行界定的情况下，直接进行行文的判断和推理。他在循此路径的进一步推导后声称苏童的《米》和《我的帝王生涯》是所谓"向后看的乌托邦"小说，原因是："乌托邦在苏童的《米》中主要表现为五龙的还乡情结。五龙之所以离开家乡是因为一场洪水，……五龙就是在家园被毁、乡根折断的情况下进入了都市，但是他在都市之中几经辗转，却始终感觉到精神无所依归、灵魂无所安置，他在都市中永远是一个闯入者，一个过客。五龙无数次地想象着他的枫

9　保罗·蒂里希：《政治期望》，四川人民出版社 1989 年版，第 171 页。转引自王琮博士论文：《九十年代以来先锋小说创作的转型——以苏童、余华、格非为代表》，辽宁师范大学文学院，2012 年。以下同篇引文均出自该文，不再另注。

杨树老家……，即使家乡已经破败不堪，但在五龙的记忆中始终有着无法言说的对家园的怀想和渴望回归的念头。他对都市始终怀着仇恨的心理，他认为它'是一个巨大的圈套，诱惑你自投罗网。为了一把米，为了一文钱，为了一次欢情，人们从铁道和江边码头涌向这里，那些可怜的人努力寻找人间天堂，他们不知道天堂是不存在的。'，都市带给五龙的是屈辱，是磨难，是对他的尊严和灵魂的践踏。最后，五龙带着满满两车皮的米向家乡走去。铁轨将他从枫杨树家乡带到了都市，又将他残缺的身体和生命带了回去，然而让五龙魂牵梦萦的家乡近在咫尺了，他却没能最终看到，死在了回乡的途中，而他的死亡则意味着他的精神注定要永远地流浪，永远无法回到他的精神故乡，乌托邦式的梦想也未真正地实现……"；同理，他将苏童《我的帝王生涯》之所以也看作是乌托邦小说的原因是"在《我的帝王生涯》中少年帝王端白在一次偶然的机会下见到了一位走索艺人的表演，这一次的偶遇让他意识到帝王生涯并不是他想要的生活，而成为走索艺人才能满足他内心渴望的自由与飞翔，他的乌托邦理想就表现在对走索艺人生活的憧憬之中，而当他真的成为走索工的时候，却又鬼使神差地回到了燮国，因为他知道'那是一场仪式的终极之地'，在目睹了燮国的覆灭之后，为他留下的只有那永远也读不完的《论语》。"，正基于此，王声称："无论是五龙的离乡—怀乡—归乡，还是端白的离乡—归乡—离乡，我们看到的都是乌托邦的非真实性和不可辨识性，它只是'从未实现的事物的一种虚幻的表现，是作家主体的假想之物'，作家只是通过乌托邦的遥想来满足人们对精神理想的期待。"；接着，他又将格非的"江南三部曲"（包括《人面桃花》、《山河入梦》、《春尽江南》这三部长篇）说成是所谓"向前看的乌托邦"小说，给出的理由是在格非的这三部曲中，我们看到了这种"一种反抗，一种对终极价值的茫然寻找"这类乌托邦形式的展现："小说中一代一代的寻梦者怀着同一个'桃源'梦想，试图在自己生活的时代建造一个超现实的乌托邦世界，即使最后没有成功，却也表现出了寻找的姿态"。因此，作者说，乌托邦的主题一直存在于三部曲之中："《人面桃花》里陆侃、陆秀米……他们'想把普济的人都变成同一个人，穿同样的颜色、样式的衣裳；村里每户人家的房子都一样，大小、格式都一样。村里所有的地不归任何人所有，但同时又属于每一个人。全村的人一起下地干活，一起吃饭，一起熄灯睡觉，每个人的财产都一样多，照到屋子里的阳光一样多，落到每户人家屋顶上的雨雪一样多，每个人笑容一样多，甚至就连做的梦都是一样的。'，张季元则想建立一个大同世界，他相信'在未来的社会中，每个人都是平等的，也是自由的。他想和谁成亲就和谁成亲。只要他愿意，他甚至可以和他的亲妹妹结婚'。"而到了《山河入梦》中，前两者乌托邦的弊病则在由谭功达梦想、郭从年收官的"或许是世界上最美好的地方，甚至比共产主义未来还要好"的"乌托邦"世界里得到了展示，因为郭从年的花家舍人民公社虽然有完整的规划与制度，却仍然无法去除人性的险恶，而"人，不是别的东西，他们是最为凶残的动物。他们只会做一件事，就是互相撕咬。"；到了《春尽江南》中，昔日承载两代人乌托邦美梦的花家舍在当今社会，完全变成了一个物欲横流，商业气味浓厚的温柔富贵乡。于是乎，"几代人都在坚定地寻找这个理想中的乌托邦，而这个乌托邦要么遥不可及，要么与现实发生冲突，最终只能存在于人们的脑海之中，在生活中化为一个泡影，消失得无影无踪。"——笔者以为，上述所引的二人看法实可商榷。因此，笔者觉得在展开论述之先，从乌托邦、乌托邦文学、乌托邦小说等概念谱系上入手，对之作一番简要的爬梳还是大有必要的。

"乌托邦"这个词是随着英国政治家和小说家托马斯·莫尔爵士于 1516 年发表了用拉丁语创作的小说《乌托邦》以后而遐迩闻名、流传开来的。"乌托邦"（Utopia）这个词包括两个希腊语的词根，即是："没有"（ou）和"地方"、"处所"（topos），在拉丁文中意思是"不存在的地方"。同时，又因为谐音的缘故，这个词就兼有"理想"、"美好"和"虚幻"、"缥缈"附加涵义。

其实，在这个词的诞生之先，乌托邦的思想就已源远流长，关于乌托邦的思想起源和最早的系统阐述，学界普遍认为可以追溯到古希腊哲学家柏拉图的《理想国》，也有人将之追溯到更早的希伯来先知。后来，许多国家和民族中更是都出现过有关乌托邦的论述，涉及宗教、哲学、政治、经济、社会、人文、科技等各个领域。作为文学的乌托邦作品是"关于一种完美的社会和政治秩序的空想描述，它表达了人们对美好世界的梦想。乌托邦……是对能够保证每个人都过上值得一过的生活，并摆脱了匮乏和痛苦的理想社会的重建。"[10]。

就泛文学性的乌托邦文学创作类型而言，它既包括神话、传说，譬如希腊神话中的那个长年云雾缭绕、高耸入云的奥林波斯山和居住其间的宙斯诸

---

10 （英）乔治·格兰·乌托邦创作[J]·熊元义，译·文艺研究，1990，（6）·第 151 页。

神，以及同样在古希腊时期流传的关于"黄金时代"、"亚特兰蒂斯"的美丽传说；也涉猎宗教，譬如《旧约》中"流淌着奶和蜜"的迦南以及奥古斯丁的《上帝城》；也可以追踪到古典的诗歌和散文中，譬如我国奴隶社会时期的《诗经》中《硕鼠》一篇写到的实际上就是个抽象的乌托邦国度的"乐土"，东晋诗人陶渊明描绘的那个没有阶级，没有剥削，自给自足，人人自得其乐的桃花源等等。当然，就狭义的文学意义而言，乌托邦文学创作的主流就单指乌托邦小说。

从乌托邦小说创作的历史谱系来看，托马斯·莫尔（Thomas More）的《乌托邦》（Utopia，1516）无疑应是第一部近代乌托邦小说，以后接踵其后的还有康帕内拉的《太阳城》，弗兰西斯·培根的《新大西岛》，在以后，还有诸如梅西耶的《2440 年，一个似有若无的梦》、爱德华·贝拉米的《回顾：公元 2000-1887》、威廉·莫里斯的《乌有乡消息》等为标志的一大批乌托邦小说或科幻小说。

就这种小说类型的写作范式而言，是远在托马斯·莫尔的第一部近代乌托邦小说中就奠定了的。后来的乌托邦小说创作者，无不沿袭着莫尔的创作心路，即不断地在追求"进步"的诱伸下，在他们各自的文本中创设和构想着新的理想社会的完美运行模式，并据此构想了许多关于人类未来发展前景的设计方案。毫无疑问，相对于纯属浪漫主义幻想的古典乌托邦文学而言，上述由托马斯·莫尔开启的近现代乌托邦小说显然有了更强的现实性与鲜明的现代性，事实上它们正是在文艺复兴启蒙理性引领之下的现代乌托邦想象，是古典乌托邦精神与洋溢着"科学、民主、自由、幸福"等现代性的启蒙理想相融合而生成的宁馨儿。

作为"经典乌托邦小说"殊异面目出现的"反乌托邦小说"事实上不过是前者在现当代历史新阶段的发展余绪和新变而已，从根本上说，20 世纪以来，以扎米亚京的《我们》、赫胥黎的《美妙的新世界》、奥威尔的《一九八四》、威廉·戈尔丁的《蝇王》、安东尼·伯吉斯的《发条橙》、艾拉·莱文的《这完美的一天》等为代表的反乌托邦小说仍然和经典乌托邦小说同属一个谱系——因为它们并未摆脱对未来世界的乌托邦彼岸的期盼，不过是更多地表达了在朝向现代性乌托邦驶近的途中，对接连出现的、背离其原初构想与承诺的种种社会危机和严重弊害进行无情的揭露和深刻的反思而已。这种揭露和反思，意味着人们对现代性问题的多元思考和对新的治疗方案的广泛探寻，绝非对经典乌托邦小说积淀下来的现代性价值理想的全然否定，而只是一种以纠偏方式表达的对未来更加健全、合理社会进行筹划的"反方案"而已。

通过对"乌托邦"、"乌托邦文学"、"乌托邦小说"和"反乌托邦小说"的西方理论谱系的爬梳厘定，可以帮助我们在使用乌托邦这一概念时有了可资攻玉的他山之石。避免了一些因为概念混乱而造成的解读误区，由上述讨论可知，无论是在经典乌托邦小说还是在对前者进行救弊补缺、反思扬弃的"反乌托邦小说"里，关于乌托邦这一概念，早已在学界有了约定俗成的确定性内涵所指：这种内涵的基本着眼点在于建立一个稳定、统一的理想社会——凸出的是人的集体存在的社会构想模式。而李遇春先生指认的那些所谓"具有各色乌托邦叙事功能的人物"，像《山河入梦》中的姚佩佩和《春尽江南》中的谭端午、庞家玉、绿珠、陈守仁，包括王琮在其博士论文《九十年代以来先锋小说创作的转型——以苏童、余华、格非为代表》中所指认的五龙（苏童的《米》）和那个少年帝王端白（苏童的《我的帝王生涯》）等人，他们的所有追求和理想，不过是对这个荒诞现实的一己反抗罢了，他们中从没有一个人试图建立什么众生平等人人幸福的乐土，因而将这种人人都可能有的理想情怀统统说成是乌托邦主人公叙事者的确有某种程度上的为文造情之嫌。可见，王文关于先锋小说作家笔下的乌托邦主题的判断，关于格非的《江南三部曲》，苏童的《米》和《我的帝王生涯》属于乌托邦小说种类的观点大可商榷。

就先锋小说作家笔下构筑的乌托邦世界而言，除了笔者下面专节探讨的格非而外，其他还有扎西达娃、洪峰、潘军等，扎西达娃在其充满雪域魔幻现实主义的小说中一直在寻绎中的"香巴拉"，洪峰在《和平年代》中梦想瞩望的那个全世界真正友好和平共处的新世界，潘军在《重瞳：霸王自叙》中借助项羽之口描摹的那个没有政治群丑为了一己利益而发动战争、虐杀平民的赤县神州无不是作家自己心目中乌托邦的理想折射。

当然，上述作家而外，作品彰显最浓厚的乌托邦色彩的代表性作家无疑是北村。北村在其不同时期的中短篇小说和长篇小说中都以基督教的神性世界为范本，在文本的艺术世界中，孜孜不倦地建设他心目中的乌托邦大厦。这是北村神性小说的基本主题的延伸。于这些作家仅仅将乌托邦视为一种作品的象征或者是某种修辞格不同，北村对自己灌注在小说作品中的乌托邦情结直言不讳，他在《我和上帝有个约》发表后不久的一次演讲中声称："在我们的彼岸，一个景观出现了，有人把它称为乌托邦，有人叫做桃花源。其实这两者是完全不同的两回事：乌托邦是必须实现的，桃花源是不必实现的；乌托邦是用来居住的，桃花源是用来逃避的；乌托邦用相信达到，桃花源用怀疑描述；乌托邦是回忆，桃花源是幻觉。我从未像今天一样感到作家的宿命，就是我们无法走通第三条路，它就像中西医结合一样荒唐和必然招致失败。因为作为人的作家是多么微小，他并不参与这种关键而隐密的选择，又要承受选择的重担，它昭示了作家最为尴尬和苦楚的面貌。唯一的办法就是选择依靠。"[11] 这里我们看到，北村绝不仅仅是将乌托邦看出一种小说的象征或修辞手法，而是将之作为作家唯一的选择——当然，他所选择的乌托邦无疑就是由基督神性光芒照耀的彼岸"天国"。在肯定自己神启乌托邦世界的正当与唯一性的同时，北村在一系列作品中通过不同故事主人公怀揣的"共产主义"乌托邦的理想遇挫来否认他们追求的此种乌托邦世界的合法、合理性。譬如在《家族记忆》中，我的小叔康如柏就是这样一个真诚的"共产主义"乌托邦信徒："文革一开始，他立即卷人了运动。他是凭着一种卓越的理想参与这场史无前例的斗争的。那段时间，他早出晚归，后来甚至日日不归。一进人运动，他像渴在岸上的鱼突然回到水中，立刻活跃起来，他那沉默寡言的性格随即大变，成了出色的演讲者，声名传遍整个县城。他从不以喊口号式的大嗓门压服别人，他的语调低沉，很小声，迫使听众都安静下来，他的语速也很慢，但声音富有磁性。他说出的话大大超越了《毛主席语录》的范围，能引经据典地从马恩那里找到陌生的段落，甚至从空想社会主义者那里找到论据，使那些只会死背语录的人望其项背。"[12]，对理想乌托邦的执着追求，让他完全变成了一个常人眼中的异类，面对追求自己的少女马晴，他将二人未来的关系也镀上了一层神圣的乌托邦光辉："在马晴的叙述中，康如柏渐渐地浮现出这样一幅形象：对理想无限忠诚，果断，坚韧不拔。对马晴也十分专一，但他从来不说温柔的话，甚至对马晴有的时候的儿女情长嗤之以鼻，他认为他们两个人只要像一对革命夫妻或红色恋人那样并肩战斗就行了，这才是最重要的，至于别的东西却都是不重要的。"[13]最终导致了女友弃之而

11　北村：《乌托邦抑或桃花源》，《文学界》（专辑版），2013 年 05 期。
12　北村：《家族记忆》，《大家》，2000 年 01 期。
13　北村：《家族记忆》，《大家》，2000 年 01 期。

去。他积极参与武斗，看不起自己的兄长，因为后者根本就不相信有他想象中的这种乌托邦的存在必要性，兄长的观点是："社会是不可能通过激烈的方式（诸如革命）来改进的，甚至不需任何实际的行动，因为任何行动都必有其副作用。社会良好的具体体现在于人心。到了一定时候，社会自然会进步，达到完美或较完美的阶段。就像一个姑娘长到 18 岁自然会漂亮一样"。但是，这个整体沉湎于革命理想的共产主义乌托邦的圣徒，却在亲眼目睹了自己最崇拜的"新公"头头曹成和四个女人鬼混，而且用公家的钱买炼乳喝的事实后，因为精神上受到重创而最终年纪轻轻就忧郁而死了。在《公路上的灵魂》中，北村刻画了另一个比任何人都真诚地相信共产主义乌托邦那为之奋斗的伟大目标必然实现的军人铁山的形象。

在这部小说中，北村巧妙地利用女儿的视角，转述了父亲铁山和阿尔伯特之间发生的一场乌托邦之争："有一次，我进到他们屋里的时候，竟然发现，这两个老人坐在桌前，桌上摆着《资本论》和《旧约律法》，阿尔伯特在给铁山讲《申命记》，而铁山在给阿尔伯特讲《资本论》。他至今都认为，《资本论》的观点是正确的，是人没有实行好。阿尔伯特认为，《旧约》和马克思的理论有相似之处，或者说马克思借鉴了《旧约》的思想，形成了自己的思想。我很吃惊，我不知道为什么到老的时候，这两个情敌会在一起研究这两种理论的共同之处，在我看来，这两种东西毫无共同之处。正如以撒是命定承受神的产业。阿尔伯特说，共产主义也是这样，在未来可能按需分配，因为是承受的产业，不是努力得来的，不是自己的，所以不会产生私心。目标没有问题。铁山说，是执行的人出了问题，《旧约》中和神来往的是祭司，共产主义运动当中，也需要优秀的党员和领导者，可是很遗憾，有人丢掉了这个伟大的事业，比如戈尔巴乔夫，他是个不称职的祭司。我听了这两个老头的观点，惊讶得说不出话来。后来我总算找到了一个我认为很有力的能区别他们的问题，我问铁山，阿尔伯特认为有神，你认为有神吗？铁山思忖了一会儿，说，有，到了共产主义，人就是神，在物质极大丰富之后，人就可以通过觉悟，进化到神的境界，人就变成了神。"[14]在北村笔下，这种伴随铁山一生的乌托邦信念直至盖棺论定时仍然被他仅仅攫住不放："他一回到北京就病倒了，几乎一病不起。我每天在协和医院照顾他，直到他生命终结。在他弥留之际，我想向他传福音，希望他在临死前能信主。可是我做了很大的努力，效果却微乎其微。

---

14 北村：《公路上的灵魂》，新华出版社，2005 年 09 月第 1 版，第 188 页。

我向他讲生命的意义，讲基督的救赎，他老跟我讲中国历史。他颤颤巍巍地伸出手指头，翻来覆去地说着谁应该负多少责任的问题。他说中国革命和建设事业是复杂而艰巨的，共产主义事业的前景仍旧辉煌，但在这个过程中，人物有时会犯错误。一般来说，比较多的观点是就成绩和错误，七三开。铁山伸出手指，摇摇晃晃地说。我就讲，再谦虚一些，好不好？退一步，六四开，可以了吧？谁能不犯错误呢？我只关心他的灵魂得救，我说，爸爸，你能不能暂时放下这些问题，想一想灵魂的问题。他正色道，怎么能放下这么重要的问题呢？六、四开，应该到了底线，你看有没有道理？铁红。我说我没想过这个问题。铁山说，宗教也犯错误嘛，阿尔伯特不是说吗，祭司也会犯错误，党员也一样，人嘛。他拖长腔调，好像还在当官一样，所以，六、四开，就算表示一下姿态嘛，你觉得我这种分法怎么样？铁红，你就表示一下意见嘛！。"[15]至于作家北村本人对于铁山和阿尔伯特两人秉承的两种乌托邦的各自态度，显然已经非常清楚地以"症候"的方式包蕴在作品中了。

第二节　由《安慰书》看北村"神性小说"的创作新变

　　《安慰书》是先锋小说作家北村沉寂十年后于 2016 年底推出的一部厚重长篇，它采用了类似罗伯格里耶那样的悬念推理的侦探小说写法，在践行文学介入生活的可能性和可行性方面做出了重要的探索。小说甫一发表，就以其开阔的视角、复杂的人物、宏大精巧的结构、峰回路转的叙事和对时代问题的反思深度而引起批评界的重视和激赏。笔者以为，《安慰书》无疑是自北村在精神上皈依基督殿堂以后创作的"神性"小说作品中非常重要的一个文本，它在"'U'形故事模式的断裂性"、"人物形象的复杂性"和"复仇主题的混沌性"这三个主要方面都显示了自身较之于此前同类小说不同的"新变"质素。

一、《安慰书》的故事内容和艺术手法

　　具体地说，《安慰书》实际上描述了两个故事：即是过去的"花乡霍童村高铁拆迁案的故事"和现在的"'我'对市长公子情节恶劣、引发全城公愤的激情杀人案进行调查的故事"，前一故事是在小说的若干章节里断断续续讲述

---

　　15 北村：《公路上的灵魂》，新华出版社，2005 年 09 月第 1 版，第 197 页。

的。小说用第三人称直接对第二个故事进行正面陈述，以十二年前被"我"的报道搞得狼狈不堪的拆迁官员陈先汉的妻子聘请我来担当其儿子陈瞳杀人案的辩护律师的事件来展开故事：副市长陈先汉的独生子陈瞳，在其生日宴会的当晚向其爱慕已久的刘智慧求爱被拒，在刘的当场侮辱和李江随后蓄谋已久的激烈言辞刺激下，遂酿下了刀捅碰瓷的孕妇造成一尸两命的过激杀人案件。接手为这件街头激情杀人嫌疑犯辩护的"我"，是一个当过记者后因报道强拆新闻被迫转岗的律师。随着调查的深入。"我"发现陈瞳杀人案件和十二年前的一桩拆迁案件有着千丝万缕的联系。今天身为副市长的陈先汉，就是当年主管高铁同城段建设的交通局长，他当时下令强拆的指令导致一起重大事故，事故的直接受害人刘青山夫妇和幼女刘智慧、刘的弟弟刘种田、执行强拆命令的李义和当时对此事进行报道的"我"等各色人物的命运从此发生不可逆转的剧变。在巨大心灵痛苦浸泡下长大成人的刘智慧，和后来同样沦为受害者的李义的儿子李江（这起案件的公诉人），为了报复共同的仇人陈先汉而选择将一心忏悔赎罪的陈瞳作为复仇的砝码。事后尽管刘智慧在良知的谴责下做过挽救陈瞳的努力，但毕竟没有改变其被判处和执行死刑的结局，在巨大打击下的陈先汉也跳楼自杀。这两个故事而外，小说还有一个尾声。分别交代了几个人物的结局：刘智慧在悔罪中放弃财产，远赴非洲当修女，后来在做慈善中染上了致命疾病。李江因在陈瞳案中的伪证罪失去了检察官资格，坐了一年牢，后来决定去找刘智慧与其结婚。"我"也因为有小人翻旧账遭诬陷而在活到四十九岁的知天命之年失去了律师的工作。

　　小说在追问案件真相过程的同时，围绕着另一更大主题——发生在花乡霍童村和花乡集团内部的两次"强拆"事件，在很大程度上还原了三十年中国改革的现实在不同阶层的人们身上留下的复杂精神图景，完成了一个具有人道主义现实悲悯的小说作家对现实生活中由改革之"殇"带来的"罪"与"恶"的时代拷问。

　　上世纪九十年代以来，随着中国社会"市场化转型"和"城镇化"改革的不断推进，某些贪腐官员利用自己所掌握的权力谋取经济利益，从而造成了权与钱相互联合、相互渗透的新型官商经济这一有待清除的体制赘疣，由是，在全国范围内频繁发生的强制性土地拆迁事件才成为日益突出的社会问题，毋庸置疑，正常的土地拆迁是实现城镇化建设、经济发展、社会进步的必由之路，但是这种社会进步的前提必须是建立在保证作为弱势一方的失地平民、农民切身利益不受威胁、践踏乃至被无偿掠夺的社会公平正义基础上的。否则，强制拆迁的大规模社会事件必然引发因为底层失地贫民生存环境的日益窘迫而造成的一连串的尖锐社会问题。虽然早在"市场化"和"城镇化"改革的初期，国家就通过各种政策调节手段努力抑制种种滋生"官商勾结"的腐败温床，大大加强了对此种现象的打击力度，但这项工作毕竟任重而道远。正是这种在中国社会、经济发展过程中自身必然经历的改革阵痛，引发了社会各阶层尤其是中下阶层的普遍不满，也引起党和国家的高度重视。"强拆"这一热点题材正是伴随着这一历史过程而产生的，并渐渐形成一种重要的创作潮流与特定的题材与类型。单就先锋小说作家的创作视阈来看，《安慰书》而外，此前就有残雪的《在城乡结合部》、余华的《第七天》和格非的《春尽江南》《望春风》等。在《安慰书》中，读者欣慰地看到，小说从土地拆迁这一崭新视角切入，进一步延展了作家此前在《我和上帝有个约》、《白夜》文本中对政治体制改革中亟待解决的"结构性"问题进行了更加深入的思考，他并没有对改革浪潮中的"贱农"之殇这一凸出的现实社会问题加以人性化、道德化的解释，将之仅仅归咎于个别贪腐官员（如陈先汉们）的人性堕落所致，而是通过陈先汉之口触及了整个中国改革大船在进一步改革续航的伟大征程中亟待克服的更深层的实质性问题，譬如效率与公平问题、目的与手段问题等等。这正如在小说文本的后半部中陈先汉自我反省的那样："这不是某个人的问题，不是某个官员的问题，这是结构性问题，就像一艘大船触礁了，河底全是石头，你能把所有石头都捡光吗？不，你得水涨船高，船就能继续前进……我是贪官，但你要我认错，这有点难。"[16]

小说在"过去的故事"和"现在的故事"的越界闪回中，以其洞幽烛微的犀利笔触，从多角度出发，成功地塑造了一系列生动鲜明、极具矛盾张力的圆形人物形象。

作为整部小说矛盾辐射和聚焦的中心，陈先汉这个在同城的现代化改革中叱咤风云的关键人物不得不提，这是一个从农村出来的苦孩子，从前寄宿在乡镇中学的时候，酸黄瓜就是他最大的奢侈食品，用他自己的话来讲，他是完全靠自己的本事当上官的，没有任何家庭背景，遇上一个重才的领导，他才得以施展宏图。他也一度信奉效率就是生命、时间就是金钱的信条，从

---

16 北村：《安慰书》，《花城》2016 年 05 期。第 46 页，以下引文均出自该书，不再另注。

小崇拜伟人和英雄，立志为官一任两袖清风。同城高铁的政绩、花乡集团的发展无一不和这位运筹帷幄、雷厉风行的政府能吏息息相关。但是，这个有所作为的能吏从"十五六年前干建设局处长"的时候就被映射人性欲望的"权、钱、色"腐蚀了。他开始渎职贪污、搞女人、利用党和国家委任给他的局长市长平台经商开公司。在长期的政争和压力下，他更是变成一个自私、残忍甚至为求政绩冷酷到不惜指使手下开推土机轧死失地农民的地步。他最后的悔悟，完全是建立在儿子陈瞳在继刘种田夫妇、李义李江一家和刘智慧以后也同样也充满吊诡地间接沦为其受害者乃至被施以极刑的巨大打击。可以说，在北村的笔下，这个人物是立体和饱满的。

小说同时勾勒了在陈先汉"魅力"影响下同样抱着"一将功成万骨枯"、"走路不能不踩死蚂蚁、改革不能不付出代价"这样的只讲效率不择手段、完全无视"人命关天，死人为大"传统伦理的陈妻杜秀丽和陈的忠仆李义这样的人物。杜秀丽在向"我"掩饰其丈夫下令强行开推土机辗轧失地农民的行为称为"英雄不问出处"，李义更是一度甘当陈"一将功成"的"枯骨"，每每以能在陈先汉这样的当世改革英雄手下听差而引以为豪，一直到颠沛流离、历尽苦难的临终去世时才有所悔悟。

作为被花乡霍童村高铁拆迁案及其余波所殃及的第二代受害人，陈瞳、刘智慧和李江几个人物形象塑造得都很见艺术功力。作者令人信服地展现了他们三人各自在命运处境中所进行的痛苦挣扎以及在其人生进退沉浮关键节点抉择前后的复杂心路历程。出于行文需要，笔者在下文再对他们进行展开论述。这里从略。

在表现手法上，小说充分运用了文体戏仿、蒙太奇与拼贴、不确定性的"真实"观、元小说、魔幻现实等现代派和后现代派的艺术手段。

就《安慰书》文体戏仿的表现手法上，笔者坚决不能同意某位批评者在《文艺报》上对北村的苛责，她认为《安慰书》"更接近一部通俗小说，极像《福尔摩斯探案集》里的一个章节"，因此这种模仿通俗小说的结果除了"精心编织的节奏"外就一无所取，结果只会导致"作品不能说服人、打动人"，其所塑造的人物形象也就连带地无法"审美"地存在"并沉淀为文学意义上的典型形象"云云……，[17]笔者以为，对侦探小说这种最能体现传统小说的叙

---

17 刘琼：《北村长篇小说〈安慰书〉：先锋的一种转型及我的挑剔》，《文艺报》2017
年 4 月 17 日第 002 版。

述原则、最大众化的小说样式的形式、题材乃至经典文本本身进行模仿，这早已是当代西方一流小说大师们经常采用的一种不算新鲜的艺术手段了。譬如米兰·昆德拉的《告别圆舞曲》就是借助类似侦探小说结构的"旧瓶"装进作家超越通俗意义上的现代性小说的"新酒"内容，崛起于上世界五六十年代的法国新小说派，更是乐于采用这种侦探小说的小说样式，米歇尔·布托尔的《日程表》的"内容"就是一桩案中案的谋杀案件，此外如罗伯-格里耶的《橡皮》、《窥视者》等小说名篇对于侦探小说形式的模仿就更能说明问题。因此不能因为先锋小说作家模仿了不那么先锋的传统小说样式就武断地指认他的写作是蜕化和返祖了，一切"讲道理"的有效阐释的前提是要先"摆事实"！综观《安慰书》作品需要表现的"主题内容"，北村精心选择的这种的侦探小说样式，显然非常有利于作家有条不紊、抽丝剥茧地描述出多个家庭复杂纠葛的两代恩怨，从表现效果来看，它无疑是出色地完成了其作为承载、表现作品特定的故事内容的形式载休的任务的。

上文笔者交代了《安慰书》小说"过去和现在"毗连衔接的两个故事的"本事"梗概，以什克洛夫斯基为代表的俄国形式主义者认为：故事作为"本事"不过是一堆毛坯性的、按照时间先后顺序的发展进行简单罗列的"材料"而已，它还须得经过一定的艺术处理或形式加工后，才能得以进入小说家构筑的、"陌生化"的情节艺术层面。[18]小说如果一味刻板地按照"本事"层面的传统线性时序进行循序渐进的叙事，不仅单调沉闷，而且也难以展示人物外在的社会空间与内在的心理空间。我们看到，在《安慰书》中，作者显然将后现代派的蒙太奇和拼贴机制引入了小说，从而使文本的时空结构遵循的不再是传统的历时性故事逻辑，而是一种持续现在的共时性情节逻辑。在文本中，北村首先将线性时间的链条一一打断，把完整的"本事"切割成许多游离于时间性联系之外的零散场景片断，继而再将每个片断首尾相接，使之构成一个个相对独立的叙述单元，与此同时又使它们和整个"本事"建立联系（拼贴）。最后采用合中带分、先合后分的叙事手法，在故事渐次展开的途中，不断地把十二年前已经发生过的某些关键事件插入现在来讲（蒙太奇），以这些事件作为体现持续现在时的不同起点，以不断地逆行倒追、越界闪回的方式展开全书的故事，蒙太奇和拼贴机制的引入，还使得《安慰书》中许多大致相同的场景（譬如刘青山夫妇和村民被辗轧现场的惨烈场景）不断重复，

18 徐岱：《小说叙事学》，北京：商务印书馆，2010年，第126页。

从而使得全书始终笼罩在一种循环往复的悲怆氛围中。总之，由于蒙太奇和拼贴叙事方式的引入，使得《安慰书》单一的故事"本事"变成了一个被立体化、多义化了的复杂多面体。

学界普遍认为，后现代主义文学中的"真实"不再是传统现实主义"反映论"意义上的"可以还原的真实"，而是以"语言"为中心、仅仅存在于文本的编织中的"真实"。博尔赫斯的短篇小说《埃玛·聪茨》无疑是这种说法的最好注脚：年轻的纺织女工埃玛通过来信获知其父亲因误服大量的安眠药而死亡。她想起了父亲曾经发誓说盗用公款的恰是自己厂里的老板洛尔泰文。在怀疑老板谋杀父亲以后，她利用厂里工人要举行罢工的机会决定报仇雪恨，接到信后的某一天，她先去码头卖身给了一个船员。然后去老板家，谎称要向老板汇报工人罢工的秘密，在老板接见她时开枪打死了他。然后，她拿起电话报警，谎称洛尔泰文先生借口找她了解罢工的情况强奸了她，她杀了他……，博尔赫斯在结尾处这样感慨道："这不容人不相信"，因为"爱玛·聪茨的声调是真的，她的贞洁是真的，她的仇恨是真的，她受到污辱也是真的。"[19]的确，这不容我们不相信。其实，我们所相信和接受的事实，往往都是一些用语言编织而成的谎言。这种"文本中的真实"观在法国的福柯和美英的新历史主义者们那里同样得到了支持：福柯认为，话语的真实与否背后掩藏着权力的干预与操控，权力会根据自身利益将经过特定加工后的"真实话语"强加给话语的受众，而不给他们留有其他选择的余地。新历史主义者海登·怀特（Hayden White）则把已经发生过的所谓历史"真实"看作是一种话语的操演，面对死去的"史料"，史学家所作的工作不过是对之进行"故事新编"。就像小说家讲故事一样，已经发生过的历史事件的真实完全有赖于史学家如何来编写和叙述故事。进一步讲，即使是真实发生过的历史事件，其真实性也并非都是可以予以还原的，因为作为认识主体的我们面对的不是直接的客观存在，而是这种客观存在的文本编织物！一言以蔽之，所谓的历史的真实性只是语言叙事和阐释活动的结果——事件的真相虽然存在，但强行还原的结果只会造成类似"罗生门"那样的多个不同版本：这在《安慰书》中有关刘青山的真实死因追查上可谓表现的淋漓尽致：到底刘青山是死于自杀还是他杀，若是他杀的话，凶手到底是刘种田、李义还是花乡集团的其他人？作者一直

19 豪·路·博尔赫斯：《博尔赫斯短篇小说集》，王央乐译，上海译文出版社，1983年版，第 175 页。

到全书结束时除了罗列出若干刘青山死亡"真相"的彼此间互相矛盾的不同版本，也没有告诉我们哪一个才是真实的答案。我们也许只能和作者一样，相信文本中律师唐松的话："真相？你要什么真相？……真相已经大白，再没有真相了"。

在《安慰书》中，作者还利用了元小说、魔幻现实主义的先锋手法。前者如作家在补叙刘种田、陈先汉两人同时打算跳楼时在楼顶相遇然后促心交谈的场景时，就刻意强调突出小说故事的"编织本身"："这是我事后知道的，所以现在我也是在以作家的某种能力整合陈瞳死刑执行前夜的一幕：不过我并没有更改事实添油加醋，只是以文学笔法尽量恢复事实真相，呈现事件原貌——因为事件本身已经足够吊诡，所以语言要朴实无华"；后者如在陈先汉和陈瞳父子均已先后死去的小说结尾，北村突兀地写道："这时，我们看见了陈先汉，他骑在殡仪馆的中式飞檐上，手里也夹着一根香烟，他也来参加儿子的葬礼了……"。当然，在《安慰书》中，除了上面已经讨论过的这些先锋技法而外，还有大量的现代派、后现代派小说手段的汇人，这些都有待读者自己进一步的悉心发掘。

二、从人物形象、固化结构到复仇主题的新变

对照自《施洗的河》以降北村以往"神性"小说文本中包孕的那种二元对立、主题鲜明的惯性写作范式，作者在《安慰书》的写作中显然出现了某些异质性的新变，对既往圣经体"U 形"叙事结构／反结构固化模式的打破，对游离于"信"与"不信"单向度价值判断之外"第三种人物"的描摹塑造、对现实世界中的"恶"与"罪"行为进行直接复仇的主题正义性、合法性的质疑等都是对比此前同类小说中出现的崭新因子。

前文说过，自上世纪九十年代以来，《圣经》一直都对北村的"神性"小说创作有着清晰可辨的重要影响。这其中，比起漂浮在文本表层的对《圣经》语词、典故、意象、原型……等的借用和续写，北村显然对《圣经》体的"U 形"和倒置的"U 形"叙事框架更为青睐和偏爱。这两种结构（主要是前一种）也由此成为北村"神性"小说创作中的基本模式。这两种结构的优点是利于北村在用《圣经》对社会人生进行文化解读时，可以将其中的神学主题阐释得更为明确，但是，随着这两种结构的日益固化，其中的不足乃至缺陷也日益显露出来。这种不足集中体现在小说中"堕落"与"获救"情节转换的

过于生硬和呆板。针对于此，甚至有些批评者不无嘲讽地将北村的这两种叙事结构专门提炼成"生之困顿→流浪→堕落→忏悔→回归（信仰，爱）"和"乐园→生之困顿→建筑理想国→理想国倒塌→绝望→死亡（主要是指灵魂的死亡，笔者注）"的写作套路。[20]前一种是刘浪、张生、孙权、张敏、陈布森、李百义……们重复着相同的人生轨迹，后一种则是玛卓、孔成、超尘、康生、杜林……们的命运指掌图。这两类人物前者因为"信"而灵魂得救，后者因为"不信"而永坠泥途。在《安慰书》中，让读者为之眼前一亮的是，我们第一次看到了长期以来被上述两种模式屏蔽掉的中间人物形象。

小说中的陈瞳，虽然是带着父亲"原罪"的不洁之血来到世间，但是他天生心地善良，小时候就因为母亲杀鹅而难过，大学期间竟然还会为老师解剖青蛙而流泪。一旦从刘智慧的嘴中得知因父亲的罪恶而欠下的巨大道义债务，就义无反顾、竭尽全能、真心实意地为他们赎罪。面对父亲将推土机轧死农民的事情说成是改革进步必然带来的"合理损耗"的谬论，他像个律师那样反驳父亲：如果你需要，是不是也可以轧死我？让父亲无言以对。面对穷人，他慷慨地施舍接济，在义工团，他被公认为最优秀的员工……倘若追问到底是什么力量使得一个官二代出身的陈瞳做到了这么高的境界，只有一个答案，就是他"信"！象这样一个虔诚地皈依了基督并且对代表神性光辉的天使刘智慧也顶礼膜拜的义人，按照既往的写作范式，他无疑最最该获得灵魂和肉体双重拯救达到双重安宁的人。但是，在《安慰书》中，他并没有和刘浪、张生、孙权、李百义他们一样看到镀满金色光芒的天国景象，而是因为过激杀人被判处死罪并施以极刑，在行刑现场，他没有向《我和上帝有个约》中灵魂获救的陈布森那样坦然甚至是幸福地面对死亡。似乎为了强调这一点，作者将整个行刑过程如实地这样展示道："妈——他拼命挣扎，连同椅子一起翻滚到地上，两条腿乱蹬，法医喊：按住他，按住他！警察把椅子和他一起扶正，连椅子一起绑在后面的铜柱上。陈瞳求救的目光望着我，哭喊：救救我！救救我！我心被刺透，低下头去……行刑队长喝道：快点完事！三个行刑警察迅速站成一排，举起装有消声器的枪，陈瞳发出杀猪般的惨叫！……枪响了，总共三枪，谁也不知道是谁的枪打中了他，陈瞳的头往前一挂，就没声音了，胸前涌出鲜血……我快吐了！我看过行刑，但这回忍不住了，主要是

---

20 张志庆，潘源源：《从反叛到屈从——北村基督教小说创作论》，《河南大学学报》（社会科学版），2015 年第 1 期。

因为陈瞳死前杀猪般的嚎叫！。"。如果说在《安慰书》之前北村"神性"小说
"U形"结构中的主人公都是由"不信"走向"信"的话，那么，陈瞳则是北
村此类小说中从"信"走向"不信"的第一人！

　　和陈瞳一样，小说中刘智慧的形象塑造也大大超越了此前"神使"人物
形象系列的扁平单薄而显得张力十足。在以往的"神性"小说中，作为上帝
的使者派往堕落主人公那里的"神使"人物因为肩负着各自"播撒神光"的
任务而显得尤为圣洁。譬如在《施洗的河》中，最终带领刘浪皈依上帝的无
疑是在他读医科大学时，那位手捧《圣经》的女信徒。和这位女信徒相比较，
刘智慧"神圣天使"光环下显然包裹着的是一颗"复仇女神"的心灵！父母双
亲的残酷遭遇从小就深刻地烙印在她小小的心灵深处，这以后，一度悲痛到
活不下去的自杀之际得到李义的"指点"，旋即以决绝的姿态向残害父母的陈
先汉掷出了复仇的利剑，为达目的，她竟不惜将无辜的陈瞳作为祭品，在明
知道陈瞳其实是想要通过长期行善而为他父亲背良心债，刘智慧虽然踌躇过，
但最终还是不断折磨他，把炭火堆在他的头上，让他一刻不闲地感知着无尽
的罪感。另外，她还利用陈瞳一直以来对自己的爱情幻想和圣母般的崇拜，
在陈瞳向她求婚的生日晚宴上，当着众多宾客的面，不仅拒绝他的求婚，还
连带着将对他的蔑视和仇恨一股脑地全部倾泻在他身上。痛苦的陈瞳果然如
她所料的那样在其恶毒的诅咒下所有之前建立起来的价值观瞬间完全崩塌，
最后冲出晚宴后在情绪失控的情况下因为过激杀人而被起诉判了极刑。深深
伤害陈瞳后获得短暂心理平衡的刘智慧转而又被后悔淹没，一直在心里放不
下的仇恨和恐惧，却因为她激起自己对陈瞳的愧疚而消弭，这以后她又带着
愧疚开始极力为陈瞳奔走，最后终因对陈瞳的死无法释怀而远赴刚果做了修
女祈求能达到心中的安宁。

　　陈瞳、刘智慧而外，无论是以前冷酷无情、贪污腐败、视老百姓生命为
蝼蚁在人生的最后阶段真心悔过的陈先汉，还是为了发展花乡集团不惜杀害
兄长刘青山最后反复自杀不成到到底未能最终原谅自己的刘种田，他们也都
和前两者一样，是新出现的、完全超越了此前两类模式化人物的第三种中间
人物，这些中间人物身上体现的矛盾心理和灵魂挣扎，全部都冲破了此前北
村"《圣经体》U形故事框架"及倒置的"《圣经体》U形故事框架"这两种预
设叙事模式的牢笼，充分地彰显了人性所能达到的深度！

　　北村九十年代转向以来绝大多数的"神性"小说，以艺术的形式形象地

诠释了"神正论"中"由'罪性'而迷途，因'神启'而获救"这一侧面的问题。但是，牵涉到"面对现实世界不义之人所行的'罪'与'恶'该如何对待"这一"神正论"问题的另一侧面，长期以来在北村的此类小说中虽屡屡涉及但一直都并没有被"作为一个创作问题"而正重地对待。随着市场经济转型的深入，经济政治体制改革的滞重，商品化消费主义大潮引发的物欲横流、道德沦丧、知识分子的信仰危机和由地方野蛮城镇化的推进导致的社会公平正义的严重稀缺等各种社会矛盾的日益加深，新千年以来，北村也开始在其连续推出的长篇小说《愤怒》、《我和上帝有个约》中开始对"神正论"这个维度的问题进行了广泛地触及和深入的思考。从这一"神性"小说创作谱系的分支上而言，《安慰书》可谓是上述两部作品在思考上臻于完善的愈加成熟之作。具体而言，这三篇小说的主人公虽然都对犯下滔天罪恶的不义之人采取了"血亲复仇"的极端行为，但是，《安慰书》的写法显示了作家对之前两部小说"复仇"正义性单线主题的自觉疏远，在故事步步推进的过程中，从复仇手段到复仇结局这两个维度，该书都对之前写作中复仇的"合法性"提出的大胆质疑和痛苦的追问。从而使得表现在此前小说中"复仇"的鲜明主题也由此变得无比的复杂和混沌。这可以视为是《安慰书》中体现出来的第三个，也是在以往"神性小说"的主题内蕴上发生的最大"新变"表征。

就复仇行为本身来看，在《愤怒》和《我和上帝有个约》中，作者显然赋予了复仇者以充足的合法性：李百义之所以要奋起杀死那个残酷、贪婪、道德全然败坏、将他父亲虐待致死的警察，并在处死这个恶人前，还庄重地在自己拟定的判决书上签署了自己的名字，原因在于他所有寻求正义的可能性都被剥夺了；土炮之所以要伙同黑帮分子一起虐杀因为贪赃拿好处费而间接造成西坑煤矿发生瓦斯爆炸使土炮痛失亲人的樟坂市分管工业和安全的副市长李寂，也是因为他在官官相护的社会中找不到可以申冤报仇的任何途径。而就复仇这一极端行为本身可能造成的结果的来看，无论是马木生（李百义之前的真名）杀死警察钱家明，还是土炮杀死李寂，所结果的也只是他们仇人一己的生命。这里显然可以视为是作家北村为了力避复仇的极端行为可能造成的不可管控恶果而在这两个文本中作了"切割性"的处理。但是，在《安慰书》中，我们却看到，因为刘智慧和李江是利用心地善良、皈依上帝的真诚赎罪者陈瞳为砝码向他们共同的仇人陈先汉发动"复仇行为"的，而在"复仇后果"上又不可避免地"流了义人的血"，让无辜的陈瞳被冤枉乃至处以极刑——这就使得无论是从复仇行为还是从复仇后果的任何一个维度上看，这种血亲复仇的合法性根基均遭到了极大的动摇因而也使得自身陷入进巨大的复杂性和悖论性中。

时至今日，学界都没能指出从《愤怒》、《我和上帝有个约》和《安慰书》这三个横跨十几年的长篇小说文本之中存在着的、暗中左右着北村对"血亲复仇"情节模式之所以如此设置的内部总体"病症"。通过文本对读，笔者发现，存在于上述三个小说内部隐含的这一互文同构的总体"症候"就是：对于身为基督教徒的作家北村，他要不要让小说中的故事主人公自己取代上帝直接去对"恶"与"罪"进行复仇？该如何面对在复仇过程中可能造成的殃及无辜性质的"扩大化"恶果？这两种"总体病症"是由作家思想内部同时存在的中西两种异质文化之间相互矛盾和纠缠的必然结果。

众所周知，北村早在九十年代之初就皈依了基督教，但他本人毕竟同时又是中国文化孕育的产儿，他不可能摆脱他的民族身份认同就像他不可能摆脱他的皮肤一样！作为长期受中华汉民族传统文化熏陶浸泡的"中国人"身份，其血液里流淌的民族文化因子必然会稀释基督教义对他的影响浓度。这两种异质文化不同取舍诉求之间的矛盾对于作家小说创作中"血亲复仇"主题的影响是彼消此涨的共时性存在。因而也必须综合起来等量齐观地考察。

首先，在"要不要让小说中的故事主人公取代上帝自己去复仇"这个问题上，无疑北村选择了汉民族文化传统的价值取向，在《愤怒》、《我和上帝有个约》和《安慰书》中，他分别让李百义、十炮、刘智慧和李江对其血亲仇人进行复仇——北村的这种选择，单就汉民族文化的传统着眼，显然不难理解，因为在中国的传统历史文化语境中，为血亲报仇是天经地义之事，除了在儒家经典《礼记·曲礼上》中昭示的："父之仇，弗与共戴天。兄弟之仇，不反兵"[21]而外，其他在《史记》、《水浒》中也都有大量的复仇故事的记载，譬如最初载于司马迁的《史记·赵世家》中的"赵氏孤儿"复仇故事，后来就一再被演绎成如宋南剧《赵氏孤儿报冤记》、元杂剧《赵氏孤儿》、明清传奇《八义记》等同一题材的多种古代悲剧文本，中国古代文学对伦理化的血亲复仇模式的偏重由此可见一斑。正所谓"有仇不报非君子"，中华文化自古就

---

21 崔高维校点，《礼记》，辽宁教育出版社，2000 年 03 月第 2 版，第 7 页。

有推崇"快意恩仇"的文化承传。但是，作为一个基督教徒，我们不能不考虑北村在做此选择时面临的另一种文化窘境。在基督教的经典教义中，虽然也主张对不义之"罪"与"恶"进行审判和严厉惩处的《启示录》专章，但执行惩罚、有权柄行使"伸冤在我、我必报应"的只有那个唯一的上帝。这在《新约·罗马人书》的第 12 章第 19-21 章有明文规定，即是寻常凡人是不应该自己去伸冤，对待恶人的态度应是"宁可让步，听凭主怒……你的仇敌若饿了，就给他吃；若渴了，就给他喝。因为你这样行，就是把炭火堆在他的头上……你不可为恶所胜，反要以善胜恶。"。[22]由此可见，从反对常人之间"以暴易暴、以恶制恶"的纯粹基督教义的层面来看，"要不要让小说中的故事主人公取代上帝自己去复仇"对于北村来说显然是个创作中面对的难题之一，弄清楚了这一层，也就不难理解北村在三部小说中苦心孤诣的情节安排：在小说《愤怒》中，他让已经完成"个人的审判"之后远走他乡又通过经商致富变成为一位品格无可挑剔的慈善家的李百义无论怎么做，都不能是自己从杀人的罪孽中自我拯救；在《我和上帝有个约》中他通过陈步森冒着暴露罪犯身份的危险也要对冷薇施行恢复记忆的理疗；在《安慰书》中他让刘智慧和李江在复仇之中陷入进了无边的愧疚和忏悔……这些情节安排的背后掩藏的正是基督教反对个人复仇的教义在北村血亲复仇小说中的"暗辩"式存在，诚如早在《愤怒》中李百义认识到的那样：在这个世界上没有一个完全的好人，我们每一个人都是罪人，所以，除了上帝，没有一个人可以审判别人。没有一个人可以声称自己能够代表上帝施行"报应"从而剥夺另一个人的生命！

其次，在"如何管控复仇可能造成的'扩大化'恶果"方面，北村则显然更多地受到了《圣经》基督教义的影响。在中国传统的历史文化语境中，常有片面强调复仇动机的天然正义性和而不计在实际复仇过程中是否会造成殃及无辜的后果。对于这一点，刘再复先生就曾做过很深刻的反思。在《双典批判——对〈水浒传〉和〈三国演义〉的文化批判》一书中，刘再复先生指出："《水浒传》反社会的事件中最严重的事件，是武松的血洗鸳鸯楼。"。[23]他站在现代知识分子人道主义情怀支点上对武松在复仇中表现的"滥杀"行为予以激烈谴责，将武松这种杀戮性英雄看作对民族传统中补天的女娲、填海

---

22 《新约全书》，中国基督教协会，1989 年版，第 179-180 页。
23 刘再复：《双典批判——对〈水浒传〉和〈三国演义〉的文化批判》，生活·读书·新知三联书店，2010 年版，第 43 页。

的精卫、追日的夸父等建设性的英雄的文化背叛。[24]就理性对待"复仇"，避免使惩罚范围扩大化方面，深受基督教义影响的西方文化在理论层面显然表现出了更具有人道主义普世价值的人文关怀。

作为一个基督徒，一个心怀强烈悲悯情怀的知识分子，北村是不可能不熟稔并对《旧约·创世纪》中的"上帝毁灭索多玛与蛾摩拉城而赦免罗德一家"的故事进行深入思考的。索多玛与蛾摩拉是两个沉溺男色而淫乱的城市，上帝决意要毁灭这二城，但在他施行神力之前，先差派天使前往营救罗得一家。这是对于"复仇"问题展现的神的爱，在上帝决定之前，亚伯拉罕曾向神为索多玛请求宽恕，这是就"复仇"问题展现的人之爱。[25]正是在这个视阈向度上，我们才能理解——如何在小说文本中有效"管控复仇这一极端行为可能造成的'扩大化'恶果"不仅对北村而言是一个人道主义的问题，而且同时也是一个是否违背《圣经》教义的问题。从而也就更能从更为深刻的意义上体会到《安慰书》中致使陈瞳枉死的复仇后果所凝聚的巨大思想和艺术的张力。

以上分析表明，《安慰书》无疑是作者经过多年沉思后对于"神正论"第二个侧面的问题——该不该向现实中的"恶"与"罪"直接代替上帝进行"复仇"这一两难主题的思考延续和深化。可贵的是，在《安慰书》这一作家苦心经营的类似萨特的极限处境和雅思贝尔斯的临界情境这样的艺术世界中，北村更加坦诚地向读者和受众承认了他作为一个地地道道的寻求者、是一个充满重重疑虑的困惑者自身在处理这一问题时所面临的两难选择：他没有装出给世人指导迷津、开出处方的假先知面目，而是和故事主人公、乃至和读者一样，愿意站在各自价值判断取舍的临界边沿上进行平等地对话、自由地探讨，可以毫不夸张地断言：也正是在这一点上，使《安慰书》具备了自身追步陀思妥耶夫斯基经典"复调"小说思想美学高度的可能。

第三节　格非小说创作概述

先锋小说在上世纪八十年代中期走上文坛以来，成为中国大陆乃至海外华文文学中一度被热议的"现象极"文学事件，固然跟马原、莫言、扎西达娃

---

24 刘再复：《双典批判——对〈水浒传〉和〈三国演义〉的文化批判》，生活·读书·新知三联书店，2010年版，第45页。

25 《旧约全书》中国基督教协会，1989年，第16页。

和残雪等人的开拓性努力以及后继者余华、苏童、叶兆言、孙甘露、北村等的很大影响分不开，但在相当程度上而言，格非的小说创作和其在小说理论上的建树也是其中绝不能绕过的一大重镇，因为格非不仅在创作上是一个集大成者，而且比其他任何先锋小说作家都具有更为自觉的小说理论意识。

一、格非的生平和创作分期

格非，原名刘勇，1964 年出生于江苏镇江的丹徒，第一次高考失利之后，已经打算听从母亲安排学木匠活儿的格非在当地一名小学教师的劝说下进了一家复读班，并于 1981 年终于考进华东师范大学中文系汉语言文学专业。格非在华东师范大学就学期间不仅受到了当时风靡全国的外国现代文学和后现代文学大师作品的滋养（这从他的前期先锋小说中元小说、叙事空缺等质素对阿根廷的短篇小说巨匠博尔赫斯和法国新小说派的罗伯格里耶等的模仿一望可知，这一点笔者下文在展开专门探讨），还受过良好的中国古典文学教育。这些都对他后来的创作发生了深远的影响。在一次文学访谈中，当别人问及格非的《人面桃花》等作品中氤氲着的古典文言的风格与其古代文学修养的关系时，格非回忆说这要得益于刚进华师大时那些 78 级学长对自己的"教训"使然："（他们）说你不要什么课都听，有些课毫无意义，但是古代文学、古汉语这些课都是要听的……所以我一开始对古代文学的兴趣，是由于这帮学长们的介绍。上起课来的时候当然也觉得很有意思，这些老师们教得都很好，学问很高，对学生要求也很高。……所以慢慢慢慢对古典文学有了一些了解，同时也产生了很大的兴趣。你说到《人面桃花》的这种写作跟古代文学的关系，可能那是一个'因'吧。这个'因'慢慢种下来，经过很多年，你读古籍、读原典，慢慢地可能有些积累，可能就会和这些东西心意相通。写作的时候，你需要用到哪些词、哪些句子，很自然地就流淌出来了。"。[26]，虽然格非初登文坛主要是以其先锋姿态为主要标识，然而在其早期的诸多的先锋中短篇小说中仍能发现其中表征出来的古典文学因子，这对格非、包括对中国大陆的先锋小说的发展而言未必不是一件幸事。1985 年，格非以优异的学业成绩毕业留校，这之后，格非的生活基本上都是在高校教书和著书写作中度过，他先后在华东师大担任过中文系助教、讲师、副教授和教授，在 2000

---

26 格非，韩一杭：《追忆黄金时代》，《上海文学》，2018 年 06 期。

年获文学博士学位，并于同年调入清华大学中文系至今。

格非的第一篇小说是 1986 年发表的《追忆乌攸先生》。在这篇小说里，作者借鉴了戏仿侦探小说的后现代元小说的创作方法，摒弃了被戏仿对象——传统通俗侦探小说的那些诸如设置悬念、制造曲折情节效果的旧有小说技巧，将其转化为对那段荒诞历史的聚焦与逼视：随着小脚女人、守林老人、弟弟老 K 以及叙述者"我"等人依次提交的"目击者证据链"，乌攸先生一度被忘却多年的模糊形象和一幅逐渐清晰的寓言化历史图景又被重新拼贴了出来："乌攸先生、杏子与'头领'显然并非只是村里人追忆和冥想的具体人物对象，他们更像一组符号性的文化象征。乌攸先生作为文化代言人的象征，他爱书藏书救世济人，凭藉自身所掌握的却不为村民理解的知识乃至真理，潜移默化地发散出知识、文明的内在的文化之光；而"头领"则是代表原始暴力的一种政治权威化象征，'一只漂亮的狮子'的人物隐喻充分展示出村民们所服膺的身体政治美学，原始野性的力量化身为威权的表征符码，……乌攸先生身上的文化之光虽然能够映照出威权政治的权力配方，但在焚书的熊熊烈火里权力的气焰无疑魔高一丈……"，[27]这里作者巧妙地利用了侦探休小说的固化结构模式对文革进行的寓言化反思提纯显然使其具备了某种足以穿透历史迷障的批判锋芒！

在格非此篇处女作的作家小传里格非写道："小说写作是我日常生活的一个重要部分，它给我带来了一个独来独往的自由空间，并给我从现实及记忆中获得的某种难以言传的经验提供了还原的可能。在写作中，岁月的流逝使我安宁。"，由此可见格非在步入文坛伊始，就自觉地摆脱政治、经济这两大触手对写作的他律化影响，而将对"纯义学"的追求和构筑精神向度的乌托邦作为自己文学生涯的毕生追求。这种"纯文学"诉求，在格非早先的小说探索期，鲜明地打上了阿根廷的博尔赫斯和法国"新小说"的诸多烙印，这具体表现为作家自觉疏离政治和日常社会问题，把更多的精力聚焦在命运、生死等形而上的哲学层面，同时，因为格非又是先锋作家中受古典文学、古典文化濡染最深的作家，传统佛家的诸行无常观、道家文化固有的阴阳、谶纬、宿命观等因子也给这一时期以《迷舟》和《褐色鸟群》为代表的探索小说涂上了浓重的神秘色彩。

---

27 蔡志诚：《身体、历史与记忆的侦探——《追忆乌攸先生》的文本分析与文学史意义》，《西安电子科技大学学报》（社会科学版），2007 年 01 期。

1987 年格非发表了其成名作《迷舟》，《迷舟》的故事梗概是这样的：1928年年初，北伐军打到兰江两岸。孙传芳调集守军守卫。在守军所属的三十二旅旅长萧，按照命令要求攻击江岸榆头镇自己哥哥的部队。出乎意料的是：主人公"萧"，在激战开始的前夕却突然莫名其妙地失踪了，不仅如此，他还去了当时的敌占区——榆关。那里有他的情人"杏"和他作为敌军的哥哥。出发前，萧通过来自家乡的马三婶的报丧，得知了多年前送哥哥去黄埔军校的父亲去世了。起初，萧的母亲不想让二儿子也走父兄的路，就让他到榆关镇跟着表舅学医。在这里，萧遇到了表妹杏，两人一见钟情。出发时，萧和一个言拙的年轻警卫员一起渡河回去。回到家的第二天，在父亲的葬仪上萧认出了情人——早已嫁给本村兽医三顺的杏。在马三大婶的撮合下，萧和杏有了鱼水之欢。发现了杏的出轨后的三顺把杏阉了以后遣回榆关，并扬言报复萧。后来萧只身遇到三顺等人后，本可以杀死萧的三顺竟放了他。但幸免于难的萧在次日刚跨进门的时侯，被奉命监视萧是否去榆关向哥哥部队通风报信的警卫员用枪杀害。

在《迷舟》中，格非模仿罗伯格里耶在《窥视者》中被广泛赞誉的"叙事空缺"手法，把"萧"在一个极端重要的敏感时段去榆关的动机也设置成了"空缺"，给文本留下了大量的艺术空白：萧去榆关究竟是去会昔日的杏，还是去给目前作为敌军的哥哥送情报，还是二者兼有？但在文本中，作者和罗伯格里耶一样，在没有用补叙闪回的答案填补这一空缺罅隙的情况下，就意犹未尽地结束了故事。正因为小说的这种"空缺"处理——使得传统小说中追求的故事"完整性"被瓦解，一个本来貌似写实的叙事变得暧昧不明。

《迷舟》发表以后，即以"叙述空缺"闻名于"先锋作家"之中的格非继而又在 1988 年发表了被称为当代中国最费解的小说《褐色鸟群》。这篇小说更是让格非先锋小说作家的地位得以牢固地确立下来。这以后，尽管格非曾一度搁笔，但相对于其他先锋作家而言，其创作的文学作品总量也不可谓不丰厚。据卢婷婷在 2018 年发表的《三十年格非研究综述》的统计："自 1986年发表在《中国》上的《追忆乌攸先生》至 2016 年出版的长篇小说《望春风》，格非在过去三十余年中，共创作出 31 篇短篇小说，13 部中篇小说，7 部长篇小说（加上 2019 年发表的《月落荒寺》计有 8 部长篇，笔者注），31 篇散文以及若干文论，而且各类作品都数量可观，因此它们常被冠以不同名称，分别以小说集、散文集、文论集的形式出版面世。这也导致了研究格非的学者们承受着巨大的工作量。"，[28]这些文学作品尤其是小说的质量同样不乏名篇佳制，譬如引发文坛评坛关注的长篇小说有：《敌人》（《收获》1991 年）、《边缘》（《收获》1993 年）、《欲望的旗帜》（《收获》1996 年）、《人面桃花》（《作家》2004 年）、《山河入梦》（《作家》2007 年）、《春尽江南》（《作家》2011 年）、《望春风》（《当代》，2016 年）、《月落荒寺》（2019 年《收获》）等。具有代表性的中短篇小说则有：《大年》（《上海文学》1988 年 8 期）、《青黄》（《收获》1989 年 3 期）、《风琴》（《人民文学》1989 年 3 期）、《唿哨》（《时代文学》1990 年 5 期）、《傻瓜的诗篇》（《钟山》1992 年 5 期）、《锦瑟》（《花城》1993 年 1 期）、《凉州词》（《收获》1994 年 1 期）《紫竹院的约会》（《东海》1995 年 11 期）、《赝品》（《收获》1997 年 5 期）、《戒指花》（《天涯》2003 年 2 期）和《隐身衣》（《收获》2012 年 3 期）等。

　　由于特定的历史条件，和同时期先后登上文坛的其他先锋小说作家一样，格非的小说创作从一开始就带有师法西方现代主义、后现代主义文学的实验性质，随着八九十年代之交以来的写作转型，伴随着外部社会环境的变化和作家自身创作风格的不断成熟，格非的写作呈现出了三个明显的阶段·从 1986 年《追忆乌攸先生》的发表到 1991 年长篇小说《敌人》在《收获》上的付梓可以视为第一阶段；这以后约从 1992 年《傻瓜的诗篇》开端到长篇《欲望的旗帜》写毕可以视为格非写作的第二个时期。这以后格非的写作到了前面笔者讲到过的"搁笔期"，除了偶尔的中短篇小说，长篇基本上不再有新的作品问世。第三个阶段就是从 2004 格非"江南三部曲"首部《人面桃花》的问世一直到今天，除了"江南三部曲"而外，格非还连续写出了诸如《望春风》《月落荒寺》等连续五部成熟厚重的长篇和一些像《蒙娜丽莎的微笑》和《隐身衣》那样堪称圆熟的中短篇。

二、西中并重的叙事策略

　　研究格非三个时期不同阶段的小说创作，必然要涉及他在创作小说中使用的各种小说叙事理论。格非属于那种在西中古今叙事学方面造诣很深的学院派教授学者型的博学者。在小说的创作过程中，他正是通过自己多年来对古今杂糅、中西合璧的综合叙事美学的有意识地不懈追求，在自己小说创作取得巨大成功地同时，也为新时期以来的共和国当代小说在叙事上走向成熟

28　卢婷婷：《三十年格非研究综述》，《宁波职业技术学院学报》，2018 年第 3 期。

贡献了属于自己的一份不容小觑的力量。在新世纪之初的一次文学对谈中，张学昕教授感慨地赞叹格非道："我知道，这些年来你对小说叙事是非常用心的。无论你作为一个优秀的小说家，还是作为一个在大学课堂上讲授小说叙事理论的教授，我觉得，从你理论上的思考到实际的小说写作实践，这些使你的小说叙事学和小说文本之间，相互构成了一个有趣的映照。以我的视野看，到现在为止，我还没有发现有哪位中国作家像你那样，认真地去从实践到理论对小说叙事问题作如此深入的思考和探索。"[29]可以毫不夸张地说，格非即使不是中国当代先锋作家中最拔尖的巨擘的话，他也是这批先锋作家中最杰出的小说叙事理论批评家。即使最概括地讨论一下他叙事学方面的批评专著以及他不同时期发表过的批评文章，恐怕都需要再专门另写一篇论文才能胜任。

格非可以说是在 20 世纪八十年代中后期初登文坛伊始，就对叙事手法在小说写作中的地位具有自觉意识的先锋作家之一。当然，这种对小说叙事作用和意义全面、整体的认识还需要随着他创作的不断深入而不断地进行升华。整个八十年代，随着后文革时期二次启蒙的时代语境下大陆对西方现代文学的引入，西洋东洋诸家现代派、后现代派小说大师的经典作品携同肇始于欧美五六十年代、同样在八十年代传入中国大陆的结构主义经典叙事学在大陆文坛广泛地流布开来。在这种时代背景下，和其他先锋小说作家一样，格非的小说叙事不可能不受到这种强劲的外来叙事美学的影响。随着《追忆乌攸先生》《迷舟》《褐色鸟群》等的发表，以陈晓明教授为代表的一些批评家运用西方叙事理论对格非此一时期的小说进行了后现代主义小说术语的话语指认，譬如陈晓明在一篇文章中提出，格非在叙事中模仿西方后现代小说运用的"空缺"与"重复"是"用形式主义策略来抵御精神危机，来表达那些无法形成明确主题的无意识内容。"；[30]方克强认为"迷宫"也是阐释格非此一时期小说的关键词，他由是还将格非的"设迷"方式归纳为三类：二元对称性叙述，首尾循环性叙述，情节的缺失与视点的阻隔等。[31]对于这一时期格非小说的叙事手法，我们在前面已经进行过相关文本的专门讨论。这里不再赘述。

---

29 张学昕，格非：《文学叙事是对生命和存在的超越》，《当代作家评论》2009 年 05 期。

30 陈晓明：《空缺与重复：格非的叙事策略》，《当代作家评论》，1992 年 05 期。

31 方克强：《迷宫：格非的小说世界》，引自徐俊西主编：《上海五十年文学批评丛书：作家论卷》，上海：华东师范大学出版社，1999 版，第 263-276 页。

但笔者这里需要指出的是，深受中国古典小说熏陶的他很快就认识到这种从写作技术处理出发，单纯地将叙事策略看作一个技术问题的偏狭。也许正是在这种无意识心理的驱动下，才让格非的小说一出手就在先锋的叙事脸谱上涂上了一层淡淡的中国古典小说叙事传统的油彩（具体见上文分析）。

进入九十年代，格非渐次从小说创作的技术问题的遮蔽下，将叙事学的修辞问题日益提到自己的小说创作践行中来。他后来这样回忆道："我自己在大学教书，很自然地对叙事学研究发生兴趣。第二个方面，我后来慢慢地接触到一些西方的叙事理论，接触到二十世纪的文学理论，我发现叙事问题不仅仅是一个技术问题，或者是一个修辞的问题，它当中反映了社会意识形态的一个变革。特别是语言对写作活动本身的这种制约，慢慢地我开始对这个方面比较感兴趣。为什么一个作家会采取这个叙事方式，这背后有很多的政治、社会的原因，不仅仅是一个技术手段。"[32]这种对叙事在技术之外的修辞层面的重视，让格非的创作在九十年代以后进入到一个对历史与现实关系如何通过叙事的"修辞装置"加以有效组合的深层思考。尽管由于创作的欠量和惯性使然，格非这个阶段的中短篇小说也还继续固守着前期的"技巧和智性"，但在许多文本中开始出现了叙事上的新变：长篇小说《边缘》因为"叙事上的第一人称转向，结构上的意识流以及语言的典雅优美"被吴义勤视为转型的表现，[33]对照这一时期的代表性文本《傻瓜的诗篇》和《欲望的旗帜》等，相对于前一阶段格非充满叙事十顿的先锋文本而言，这些小说的情节与主题都显得相对清晰可循。

九十年代后期到新千年之初，有一个一直以来始终缠绕着格非的叙事本体问题越来越让他决心暂时放开写作去溯本求源地寻求终极的答案——这就是，如何看待、处理中国传统文学中的叙事问题。他在和张学昕的对话中坦承："用西方叙事理论来反观中国的叙事文类，你就会发现非常多的文化和修辞的差异性。……中国人反而会觉得受八十年代开始的叙事理论的影响，就恨不得立刻把中国这样的叙事的理论和阐释学完全西方化，套用西方的理论来解释中国的作品，包括诗歌、小说。这个过程我觉得对我个人而言也是一

---

32 张学昕，格非：《文学叙事是对生命和存在的超越》，《当代作家评论》2009 年 05期。

33 吴义勤：《超越与澄明——格非长篇小说〈边缘〉解读》《小说评论》1996 年第 6期。

个很大的刺激，我就希望了解中国在叙事上究竟和西方有什么不同。当然你可以反观自己写的小说，也可以看看同行的小说，也可以去追溯，追溯到比如现代，再从现代追溯到近代和古代，比如章回体，章回体再到话本、拟话本到传奇、史传和神话，这样追溯下来，你就发现中国叙事的源头在什么地方。我自己的研究是一步一步地来完成它，我觉得中国叙事学的源头恐怕还是在《诗经》、《史记》、《左传》这一类的作品，这一类的作品实际上对中国的叙事影响最大；所以你要研究中国的叙事，你就不能仅仅研究小说，同时也要关注其他的文类。这大概就是我思考的一个基本的脉络。"[34]经年深入地醉心于对中国叙事文学传统的研究，使得格非对中国叙事传统文学的强大资源和旺盛生命力有了深入的认知，他在一篇文章中强烈地批驳了一些学者对中国叙事传统的矮化，大声疾呼道："古典小说文类的复杂恰恰从另一个侧面说明了中国叙事资源的博大和丰富。一个不容忽视的现象是，近现代以来的小说对古典小说不同文类的重新书写和择取从未中断。鲁迅之于神话，沈从文之于唐传奇，废名之于汉赋、六朝散文和唐人绝句，汪曾祺之于明代的小品，张恨水和张爱玲之于章回体等等，都是十分明显的例子。"[35]，在全面对比中西文学叙事各自的特点以后格非得出，中西的叙事传统双峰并峙，各有千秋。他站在熟谙两种叙事积淀的高度上论证说"我们说'空缺'最早是从西方学来的，里面讲故事讲到一定程度他就不交代了，是不是？然后它还在这个地方，你就觉得太奇妙了。当然你就会去学着写。但是我发现过去的中国人做得更好，就像《红楼梦》里面就有很多的'空缺'……中国的叙事虽然比较重现世和人情，但也一直尝试从内部完成超越。西方的超越性更外在，并凸显形式的力量。这当然也好，与中国相比是趣味不同，但它很容易极端化。"[36]等等。作为一个小说作家，最重要的是利用最恰当的最有力的叙事方法把自己的意图表现出来："因为一个作家他要写作，首先出现的是他的意图，他要表达的东西，这个东西在很大程度上对他的写作质量有很大的决定性。当他决定要写一个什么东西的时候，同时就会出现他的方法，比如说我怎么来表达才能把我们意图表达出来，所以叙事是伴随着这个人、他的意图，就是经

---

34 张学昕，格非：《文学叙事是对生命和存在的超越》，《当代作家评论》2009 年 05 期。

35 格非：《中国小说的两个传统——格非自述》，《小说评论》2008 年 06 期。

36 张学昕，格非：《文学叙事是对生命和存在的超越》，《当代作家评论》2009 年 05 期。

验作者的意图出现的。当然，如果对叙事学的了解比较多，这当然是有好处的，因为在选择的时候，比如我要表达一个意图，同时我可以参考的叙事方法是非常多的，那么你就可以随意取用、综合乃至创造。"。[37]——这段话说破了归根到底中西两种叙事传统都可以平等地作为作家在创作进程中从其个人阅读积累的日常武库中自由遴选的、可供作家选择的表达意图主旨的载体和工具罢了。二者之间尺长寸短，各有优劣，并不存在什么绝对的高下之分。想要更好地表现作品，作家必须打通两者的界限分野，执其两端而取其中——综合利用二者的长处，避其各自短板才行。

进入新千年，自《人面桃花》开始，格非的小说历经了一个否定之否定的螺旋式进展从而在叙事美学上走向了高度的成熟。这以后，从《江南三部曲》到《隐身衣》，再从《望春风》到《月落荒寺》。我们看到了一个成功地打破了传统与精英二元对立的叙事思维，有效地在叙事策略上令古典与现代卯榫在了一起的格非。本章的第四节，笔者将会以《望春风》为个案，对格非的这种将现代主义和现实主义、将世界文学和古典文学叙事高度杂糅的经典叙事文本进行专门的分析探讨。

三、《江南三部曲》中的乌托邦反思主题

在格非三个时期全部小说的整体创作中，知识分子主题和乌托邦主题显然是其中最为重要的两大主题。具体而言，在格非创作的前中期，占小说最显著地位的主题是对各种知识分子的灵魂画像，后期的《江南三部曲》，则在前期知识分子反思的基础上，又注入了对乌托邦主题的反思。对于格非知识分子主题的小说探讨，详见本书的上编第四章。另外，在本章的第一节，在陈述北村和中国其他先锋作家的乌托邦主题小说写作时，笔者通过对既有研究成果的商榷中就"乌托邦"、"乌托邦文学"、"乌托邦小说"和"反乌托邦小说"等概念作了爬梳，并就北村的充满基督教神性皈依的乌托邦写作主题进行了分析。这里，笔者将重点放在格非《江南三部曲》中四代乌托邦理想的解读上。

纵观《江南三部曲》，格非通过对其中次第建构（或企图建构）的"前现代古典乌托邦"、"现代性启蒙乌托邦"、"反现代性乌托邦"和在"市场经济"开启的时代转型中以悖谬的方式兑现了的"伪现代恶托邦"四个不同艺术世界的反思和诘问，对任何以终极真理的化身宣称可以"永久性解决全部社会

---

37 张学昕，格非：《文学叙事是对生命和存在的超越》，《当代作家评论》2009 年 05 期。

矛盾"的各色乌托邦的共通虚妄性进行了反省和批判，对此，学界的研究已经取得了很大共识，但是，对于上述四种类型的乌托邦／恶托邦在《江南三部曲》中本质性的内在联系上，尚有进一步厘清的必要。《人面桃花》中的那个由陆秀米建设无果的"现代性启蒙乌托邦"事实上不仅在上述的四者中居于统摄全局的核心地位，而且，它所寄寓的启蒙理想瞩望至今仍然是一项未竟的事业。

在《人面桃花》发表后的一次访谈中，就该小说的创作动机、写作旨趣等问题，格非曾这样夫子自道："我所关注的正是这些东西——佛教称之为'彼岸'、马克思称之为'共产主义'的完全平等自由的乌托邦，《人面桃花》中讲到的桃花源也是这么一个存在于想象之中的所在。"[38]。这以后，不管有意无意，批评界关于《人面桃花》（连带"三部曲"后续的《山河入梦》《春尽江南》）的评论重心，很多一部分都集中在对其乌托邦／反乌托邦言说的解读上。

如前文所言，在本章第一节有关北村小说的乌托邦色彩的相关论述中，笔者就"乌托邦"、"乌托邦文学"、"乌托邦小说"和"反乌托邦小说"的西方理论谱系等概念作了初步的疏浚。鉴于格非《江南三部曲》小说文本的民族文化特殊性，仅仅厘清这些共同的概念当然还远远不够，作为格非创作成熟期的巅峰小说作品，《江南三部曲》这个号称"大河小说"的大部头长篇系列理所当然地包容着多方面可供发掘的复杂主题内蕴，但不可否认，对"乌托邦"的企盼、反思和祛魅无疑是这诸多复杂内蕴中的基本主题之一。倘以西方小说范畴中的"乌托邦"和"反乌托邦"为参照坐标，结合《人面桃花》《山河入梦》《春尽江南》特殊的汉民族文化传统和中国百年历史实际进程中现代化乌托邦情结的曲折沧桑为综合研究视阈，就不难发现，从某种意义上，这一贯穿三部曲小说其中的串珠主题红线无疑就是格非对《人面桃花》《山河入梦》中分别以花家舍、普济和梅城等为"载体"建构或试图建构的"前现代古典乌托邦"、启蒙色彩颇浓的"现代性启蒙乌托邦"、"反现代性乌托邦"和在《春尽江南》中展示的在"社会主义市场经济"开启的新一轮时代转型中以荒诞和悖谬的方式兑现了的、颇具后现代色彩的"伪现代乌托邦"的不断建构、反思、解构和祛魅的进程延展。在这种主要以内省、反思和抗辩的"反乌托邦"视界的观照下，灌注在三部文本中的主旨文意主要是对这种种沾染着中国文化历史境遇特殊色调的乌托邦神话折射出来的严重弊害和社会恐怖图

---

38 格非、于若冰：《关于〈人面桃花〉的访谈》，《作家》2005 年第 8 期。

景在深刻内省基础上的声讨和诘问，是对其所各自宣称的代表终极"真理"、"正义"、"自由"、"善良"和"幸福"等的消解和反叛，是对其"企图一劳永逸地永久性解决全部社会矛盾"许诺的质疑、批判和颠覆。

具体而微，格非在《江南三部曲》里，统共写了四代乌托邦／恶托邦故事，共同揭示了"理想"与"现实"这一人类将始终面对的基本矛盾。这其中，既有曲写，又有直写。所谓曲写，指的是作者在《人面桃花》《山河人梦》两部小说中假借普济、花家舍和梅城等地生发的这三代人身上的乌托邦故事——即是陆侃神往、由王观澄建设的"前现代古典乌托邦"故事；张季元等前赴、由秀米后继建设无果的"现代性启蒙乌托邦"故事；谭功达践行失败、由郭从年"完美"收官的"反现代性乌托邦"故事。所谓直写，是指作者在《春尽江南》中不再假借上述地域虚构故事（如上所述，按照"乌托邦小说"约定俗成的内涵所指，花家舍在《春尽江南》中最多不过是唤起读者对昔日乌托邦故事的记忆闪回而已），而是直接面对百年中国历史始终萦绕在几代人心头的"现代化乌托邦梦想"，全面审视其在九十年代中国社会进入市场化时代后，以颇具西方后现代色彩的伪现代性的悖论方式实现后人们所面临的巨大焦虑和失衡，全面立体地反映了格非眼中这个现代化乌托邦神话的龙种在当代中国现实社会中变成跳蚤的全面丑陋与罪恶处。

概而观之，格非在《江南三部曲》中关于"乌托邦"的反思，基本上是以否定性极强的反乌托邦形式呈现的。他对各种许诺给人们带来终极解放的乌托邦是否会事与愿违地产生更大的集权、专制、奴役、剥削和压迫等，都持有很大的戒心和质疑。

（一）四代"乌托邦世界"的追求与反思

表面看来，仕途蹭蹬、罢官回籍的陆侃企图"将整个村子用一条没有间断的风雨长廊连起来"的乌托邦的追求似乎缘起于一幅"桃花源"图，而实际上作者在文本中着意映射的是前现代的中国封建社会绵延日久的"大同情结"。这种情结是社会矛盾普遍化、尖锐化、深刻化的结果。是政治黑暗、人欲肆虐、灾难四伏、人类群体存在环境恶化时，具有高度社会责任感的中国古代的往圣先贤们对深重灾难普遍表现出的"救世"愿望的缩影。是由孔子、墨翟理想世界中的尧舜时代、道家理想世界中的黄帝时代、许行理想世界中的神农时代共同杂糅叠加而成的陶潜的世外桃源。格非有意地将陆侃的这种人人看来无异于疯狂的追求和抱负通过女儿秀米之眼，在其惨遭蹂躏的土匪窝花家舍那里化为现实。花家舍的"总设计师"是同样饱读诗书、立志独与天地之大美相往来的王观澄，此公也曾做过级别颇高的地方官员，但厌倦俗世公务，后来经年辗转寻访，终于在安静、祥和、僻静的花家舍辞官隐居。本来挣脱尘网、清修寂灭，"心心念念要以天地为屋，星辰为衣，风雨雪霜为食"的王观澄到了后来，终于和同气相求的陆侃走到一处，他立志将此偏远的村子在自己手里实现"大同世界化"，"要花家舍人人衣食丰足，谦让有礼，夜不闭户，路不拾遗，成为天台桃源"[39]。然而这种理想并没有如愿以偿地被实现。先是为了在山旷田少，财力不足的岛上修房造屋、开凿水道、辟池种树、构筑规模浩大的风雨长廊"只好"干起土匪的营生，后来更是在一场火并中毁于一旦，弄成了血腥之地。验证了貌似保守昏聩的丁树则的那句"桃源胜景，天上或有，人间所无"的谶言。

和对陆、王的前现代封建理想乌托邦的单纯批判视角不同，格非显然对于张季元、陆秀米二人醉心其中的、彰显着浓厚启蒙色彩的现代文明式乌托邦在质疑其非理性的同时，给予了其较多有保留的肯定。并对这种乌托邦未能在中国近代历史上得以顺利实现的深层原因进行了痛苦的追问和哀怨的叹惋。在感情和精神上双重背负着张季元遗志的秀米，自日本接受了现代西方思想浸润后重回家乡，领导成立了普济地方自治会，在一间寺庙里设立了育婴堂、书籍室、疗病所、养老院和普济学堂，以知行合一、积极介入的入世情怀，从启蒙新民和革命救国两个向度，祈求能在普济一带乃至整个中国建立理性、科学、民主和人道主义的人间天堂。为此她宁可放弃基本的亲情伦理（这间接造成了母亲的过早离世和儿子的不幸罹难），而最终只是落得个身陷囹圄、家破人亡的悲惨结局，革命失败后秀米的闭门禁语，拒绝小驴子的来访，暗示了在时代多种残酷力量和内部变节行为的各种因素的联合压迫、绞杀和掣肘之下，这股风刀霜剑中苦苦摇曳支撑着的乌托邦暗火最终只能走向彻底寂灭的归宿——区别于《江南三部曲》中格非建构的其他类型的"乌托邦/恶托邦世界"，唯有这一注定在中国几千年来长期积聚的历史惰性和文化矢量的双重吊诡下似乎永远也无法实现的现代性启蒙乌托邦，才真正居于其他三种乌托邦/恶托邦类型逻辑内聚力指向的中心，意义非凡。

《山河人梦》的故事把《人面桃花》的历史语境从清末民初拉近到新中国建立后的 50 年代末到 60 年代初，在干天斗地的"大跃进"精神的催生下，

---

39 《人面桃花》，上海文艺出版社，2012 年 4 月第 1 版，第 129 页。

陆秀米之子谭功达终于未能走出母亲精神基因暗中昭示的乌托邦幻想的宿命式老路，无可逃遁地一头扎进新一轮天下大同、山河都入梦中的桃源幻景中。一向热衷于左倾冒进、迅速"赶英超美"一类乐观主义信条的谭功达凭借自己县长和代理县委书记的强大资源，其绘制出了新一轮的红色桃源梦要远比外祖父陆侃那种仅仅想将普济村的各家各户用风雨长廊连接在一起，以图村民甘食美服、安居乐俗的小国寡民式的前现代古典乌托邦要气魄恢弘很多：他请刚毕业的美术专业的大学生绘制的那副"桃源行春图"不顾正在肆虐的大饥荒现实背景，刚愎自用、土法上马，志在把梅城县的各个村庄全部用风雨长廊连接起来，以让全县人民"既不用担心日晒，也挨不了雨淋"，结果因仓促修建的普济水库大坝决堤，死人无数，可谓是劳民伤财，黯然收场。在自己雄心勃勃的梅城规划成为泡影之后，却在郭从年领导和主宰着的花家舍人民公社里，和自己苦苦寻绎的理想国猝然相遇。但是，直到他得知姚佩佩的来信早已被当局监视和掌控的巨大恐惧中，才对自己苦苦执着的激进乌托邦的荒谬性算是有了彻底反省。才看清了貌似道不拾遗、秩序井然的花家舍人民公社绝非什么乌托邦理想天堂，其实质不过是一座以幸福的名义对自由进行限制、以集体的名义对个体进行压迫，依靠特务组织和科技进步带来的技术便利对村社所有的人都进行严格监控的边沁式的集体监狱而已！在这里，"外甥告发舅舅、妻子告发丈夫、孩子告发父母，甚至还有自己告发自己的"的告密事件层出不穷。这里的公正、平等，实际却是更不公正更不平等，因为"主权者"郭从年本人不受任何监督制约，结局就必然只能要走向集权和腐败。在这种家长制的专横统治和严密控制下，所有的人都变成了以"我们"的名义存在的符号，个人完全异化为毫无个性的机器，接待谭功达的女孩小韶兄妹的遭遇更是暗示读者，任何心存异念、行为越轨的异己分子在这里都将遭到无情的清除与隔离，所有的"落后分子"和"即将犯错误"的人，都一定会被改造成为"举止端庄、得体、不苟言笑的新人"——这种表面上整体划一的反现代红色乌托邦里既没有活力，更没有丝毫的创造性可言。

　　与《人面桃花》和《山河入梦》两部反乌托邦小说不同，格非在《春尽江南》中的反乌托邦故事不再是对消失远遁于某个特定时空的"过去时"陈述，而是将小说的取景框直接对准八、九十年代之交直至新世纪以来的世态众生，较之前两部小说中三个乌托邦建构各自浓淡不匀的历史"漫漶"色彩，格非明显地在《春尽江南》里从生活真实中植入进很多真实的时代符码——这种时代符码在文本中既有海子的诗歌、苏童的小说等碎片式点缀，更有和故事中虚构主人公直接交流对话的像诗人欧阳江河、诗评家唐晓渡和小说作家叶兆言等文本以外的真实社会人物。可以说，以现实日常生活为依托，直接描摹百年中国近现代历史上几代人为之上下求索奋斗的"现代化"诉求——这一集体乌托邦理想——在当下时代现场终于在上世纪 90 年代以来在"社会主义市场经济"开启的新一轮时代转型中以悖论方式兑现后的全部荒诞和困境，正是《春尽江南》这部反乌托邦小说的最大主题。在格非看来，这种终于摆脱了前现代农业文明的现代化乌托邦理想带来的中国经济社会转型，不仅没有"毕其功于一役"，完成百年中国乌托邦进程终点的历史夙愿，而且还导致了诸如精英精神的沦陷、道德人性的丧失、生态环境的污染、个人主体性的异化乃至整个民族文化身份的迷失等更加恶劣的负面恶果。现今的中国现实本身实在是已经发展到了令人震惊的荒诞程度，王德威曾颇有见地指出《春尽江南》这部小说似乎因为单一刻板的现实主义手法而略显辞气浮露，但也许在格非看来恰恰相反，他的《春尽江南》这部反乌托邦小说也根本不再需要什么特别的先锋小说艺术手法的发明创造（相对而言，《人面桃花》和《山河入梦》两部小说都还有共同的"逃亡"和"宿命"的神秘主义色彩），只需要对这个处处流溢着丑陋和罪恶的现实本身进行稍事剪裁、略微浓缩的写实性大致勾勒即可。正基于此，格非才以传统现实主义小说中塑造"典型环境""典型人物"的主要结构技法，将他对当下社会的痼疾、当代人精神困局的思考，在《春尽江南》中，通过诗人谭端午的忧时伤世、颓废放逐和律师庞家玉不断追赶时代节拍、最终幻灭的二者人生轨迹的基本线索，交织以盘根错节的其他故事人物升降沉浮不同运命的各色表演，一一挥洒投映在时代转型期千秋盛世虚幻外衣的掩盖下的由种种丑陋和罪恶交相辉映共同织就的世纪末的斑驳图卷中。

谭端午、徐吉士、陈守仁、王元庆、庞家玉、绿珠这批以"诗人"为共名的故事主人公，告别了理想主义的上世纪 80 年代，进入了以经济活动为中心以世俗功利为本质的当下时代后，他们的人生道路就代表了在 80 年代末期的启蒙受挫以后，被抛出时代中心位置的精英知识分子们各各不同的路径选择。伴随着时代大潮，这几位知识分子的命运也随之发生了耐人寻味的分化。他们中的一部分选择了逃离中心、冷眼旁观，在或音乐或诗歌或庄禅中作遗世独立的现代隐士，如谭端午和绿珠；另一部分则选择了竞取资源、拥抱现实，在赤裸裸的社会丛林中，按照新的道德伦理要求的显、潜规则中或游戏或狡黠或血性地生存。庞家玉放弃了丈夫为她托关系找到的一个县城编辑，几经周折，与人合伙开了一家律师事务所。徐吉士如鱼得水地混迹于新闻界，放下理想的王元庆和家庭资源深厚的陈守仁都选择了经营房产，各自成为了腰缠万贯的商人。

早已经在妻子庞家玉眼中与时代脱节的谭端午，虽然颓废，但依然在相对清醒中兀自保持着几分与这个醍醐世界相疏离的清高，他执守着 80 年代朦胧诗人的气质理想，喜欢陶冶性灵的古尔德。虽然不屑于象冯延鹤那样在当下社会自甘"混沌"，凡事都抱着勿必、勿我、勿固、勿执的假出世心态，但在实际生活中又只能是一边抱着那本欧阳修的《新五代史》愤世嫉俗，一边在一个可有可无的机关单位里苟延残喘，宛如他曾自况的《城堡》中的那个纯属多余的土地测量员。独立是独立了，但这种独立却像"水母一样软弱无力"。和他惺惺相惜的美丽女孩绿珠，姿态慵懒，堪破人生，在形象特征上与其极为相似，熟谙各种《荒原》译本，痴迷沉醉于诗歌缪斯，先是出家不成，后来又要千里迢迢地赶到云南西双版纳寻找传说中的香格里拉那样的理想寄宿地。在今天的世界，面对那样多的"非人"的序列，"满世界找不到一个地方可以干干净净地死掉"。谭端午和绿珠，无疑充其量只是两个现代社会伦理中的"多余人"和"零余者"形象，在这个在尘嚣甚上的功利主义时代，只能是由成功地脱逃出这些早已被宣布出局的孤独文人圈子的一群庞家玉们来唱主角的。

由李秀蓉更名而来的庞家玉，是个不折不扣的新现实追随者。也是在 90 年代转型前后视点下沉、早先摸到时代跳动隐秘脉搏的"精明"知识分子的典型代表。在完成了一个从文艺青年到专业律师的完整蜕变之后，她以一个心气高傲、永不服输的时代新女性的形象出现在文本中。她从服装到化妆品，从 UGG 的翻毛皮鞋到兰蔻、古奇、香奈儿、CD，不仅仅追逐品牌时尚，也同样追逐饲养欲望的异性身体。她不仅把自己变成一个上满了发条的机器，一刻不停地运转，还殚精竭力，终于把童趣盎然的儿子整个改造成一个只知道争强好胜出人头地小小年龄就丧失了爱心和感情的高效学习机器。然而，这个一心追赶时代步调的精明律师，动辄指斥丈夫不切实际，只能一天天烂掉的女强人，毕竟还存有一丝未被时代的罪恶彻底异化和完全吞噬的良知，而这些终于弄得她遍体鳞伤，心力交瘁的工作业务应酬最终在她中年乍至时就以医院死亡通知单的形式告诉她已落伍掉队、被罚出局。

围绕着端午和家玉双方，由各自错综纠葛的生活、工作和职业关系延伸的掌脉纹路所指，我们看到了商品化时代日趋沉重的社会不公和几乎令人匪夷所思的种种悖谬和荒诞之处：譬如当代中国触目满眼的已拆迁的断壁残坦或正兴建的高楼大厦背后那无处不在的、打着城镇化和房地产开发旗号、明火执仗地对城乡平民的家园土地进行巧取豪夺的"房吃人"行径正在权力与资本勾连的官商新经济模式下如火如荼地进行；譬如那些抢天哭地伸冤告状无门、上访被劫送精神病院只能通过自焚等极端方式以暴易暴地保护自身利益的下岗职工和失地平民；譬如精英知识分子生存和精神的双重焦虑、社会民主的匮乏和政治体制改革的滞重、权钱交易的官商经济和丛林原则、拜金主义和消费文化强烈冲击下学术界告别诸神后的尔虞我诈消极堕落；再譬如"浪漫、诗情"色彩褪尽后爱情的千疮百孔振翅远遁、贪婪追求效益带来的雾霾漫天毒素遍布的严重生态危机……等等，作家都或以素描的方式进行粗线条勾勒，或用油画的方式进行原生态呈现，对之均作了一定的反映。

面对这个物质畸形发展、文明日趋失范的社会生活，我们不由得感到一股彻骨的悲凉：原本寄托我们五彩缤纷的梦幻的乌托邦世界在市场化商品经济的大手拉开了新的历史帷幕以后，一变而成为一个感性欲望和器官本能被无穷放大、处处流淌着人性的贪婪和邪恶的现实空间。一个价值判断缺失、权钱统治一切的单向度的量化、异化世界。一个连土壤、空气和水中都充满各种毒素的"恶托邦"地带。

（二）《江南三部曲》的逻辑内聚性

时至今日，潜藏在《江南三部曲》三个小说文本内部深层的本质联系并没有得到切中肯綮的剖析与解读。笔者以为，《人面桃花》中的那个由张季元们前赴、陆秀米们后继但建设无果的"现代性启蒙乌托邦"不仅在上述的各种乌／恶托邦中居于统摄全局的核心地位，四代乌托邦／恶托邦故事，无论是在《人面桃花》小说中假借普济和梅城等地生发的"前现代古典乌托邦"故事；还是在《山河入梦》里谭功达起初心仪不已的（由郭从年"完美"收官）那个的"反现代性乌托邦"故事。还有那个作者在《春尽江南》中展示的那个在"中国特色市场经济"开启的时代转型中以荒诞和悖谬的方式兑现了的"伪现代恶托邦"世界——它们正是在与那个在普济没有实现的"现代性启蒙乌托邦"的对照联系中才被激活自身存在的全部意义，在普济没有实现的"现代性启蒙乌托邦"是其他三者共同指向的联系枢纽和辐射中心，而且，它所寄寓的理想瞩望至今仍然是一个未竟的事业。

首先，陆、王心仪的前现代古典桃花源式乌托邦和张季元、陆秀米努力建设的颇具启蒙色彩的现代文明乌托邦实际上象征着格非对于古典中国在现代化嬗变过程中的分娩阵痛！正如陈独秀在其《吾人最后之觉悟》一文中振聋发聩地指出的那样："儒者三纲之说，为吾伦理政治之大原，共贯同条，莫可偏废。三纲之根本义，阶级制度是也。所谓名教，所谓礼教，皆以拥护此别尊卑、明贵贱之制度者也。近世西洋之道德政治，乃以自由、平等、独立之说为大原，与阶级制度极端相反。此东西文明之一大分水岭也……"[40]。由此来看，《人面桃花》中的两种乌托邦分明就是中西伦理政治分别在封建礼教三纲和启蒙自由平等两种截然不同的本原下（这二者之价值冲突不可调和）各自设计的乌托邦规划蓝图而已。王观澄的风雨长廊中画有"二十四孝图、戏剧人物、吉祥鲤鱼、瑞龙祥凤"的主体穹顶昭示的教义和他悉心教化下果然变得谦恭有礼、见面作揖、告退打恭、父慈子孝、夫唱妇随、其乐融融的百姓活脱脱是前现代古典乌托邦的理想世界，它想当然地把农民和其他各麾下的首领理想化，企图以单纯的道德说教作为教化民众的精神动力断乎不能持久，再者，纯从公平分配着眼搞平均主义也违反了客观经济规律和基本人性论，所以这种集体化、单一化的社会结构和生活蓝图，随着花家舍总揽把和五位土匪首领火并的血雨腥风的指掌图，王观澄践行的这种一厢情愿的古典浪漫主义桃花源式乌托邦方案也随之灰飞烟灭，可见，这种乌托邦方案失效的原因恰恰在于其内部现代性因素的匮乏，这种乌托邦载体的放大版，充其量也就是类似"太平天国"天朝迷梦那样的在历史上循环不止却又始终因为诞生不了现代性的生产关系而终究停滞不前的历代农民起义。

其次，在晚清之际由张季元们前赴、陆秀米们后继建设的彰显着科学、民主、自由、幸福启蒙色彩的现代性乌托邦版本，虽然在几千年封建酱缸的长期浸泡中难免有矫枉过正的非理性的弱点（譬如张季元日记中记载的蜩蛄会成员在夏庄薛宅中商定的《十杀令》等），但是，这种方案毕竟是传统中国摆脱封闭的老大帝国内陆河而导向世界现代文明海洋的一次悲壮尝试，这种乌托邦的多舛运命早已由中国近现代启蒙和救亡的两大时代主题的悬殊力量的博弈结果所预设和谱就：由于封建主义加上危亡局势，陆秀米们经营的现

40　陈独秀：《吾人最后之觉悟》，《青年杂志》1 卷 6 号。

代性文明乌托邦不可能得到平和渐进的稳步发展空间，在各种反动势力的反复碾压和掣肘下的，其最后的夭折飘零早就预示了由于启蒙理想被挤压，老大帝国几千年的封建余毒并没有随着共和国的建立而得到"彻底之解决"，共和国前三十年郭从年们假玫瑰之名旗号下建立的、在打倒所谓资本主义的同时，重又向比之更加野蛮落后的，封闭保守、高度集权、以平均主义为核心特征、缺乏民主意识的反现代性乌托邦版本的必然到来。

对于从晚清到共和国这百年以来政治现代性历史发展的曲折与吊诡，李泽厚先生曾精辟地指出："每个时代都有它自己中心的一环，都有这种为时代所规定的特色所在……在近代中国，这一环就是关于社会政治问题的讨论……中国近代紧张的民族矛盾和阶级斗争，迫使得思想家们不暇旁顾，而把注意和力量大都集中投放在当前急迫的社会政治问题的研究讨论和实践活动中去了。"[41]，这也就是说，从维新运动到推翻清朝，政治斗争始终是先进知识群兴奋的焦点。至于启蒙和文化，根本就很少顾及。而在推翻清朝以后："无论是北伐初期或抗战初期的民主启蒙之类的运动，就都未能持久，而很快被以农民战争为主体的革命要求和现实斗争所掩盖和淹没了。一九四九年中国革命成功，曾经带来整个社会和整个民族的文化心理结构的大震荡……但是，就在当时，当以社会发展史的必然规律和马克思主义的集体主义的世界观和行为规约来取代传统的旧意识形态时，封建主义的'集体主义'却又已经在改头换面地悄悄地开始渗入。否定差异泯灭个性的平均主义、权限不清一切都管的家长制、发号施令唯我独尊的'一言堂'、严格注意卑尊制度的等级制、对现代科技教育的忽视和低估、对西方资本主义文化的排拒，随着这场'实质上是农民革命'的巨大胜利，在马克思主义的社会主义或无产阶级集体主义名义下，被自觉不自觉地在整个社会以知识者中延漫开来，统治了人们的生活和意识"[42]。一言以蔽之，李泽厚上述思想的最为深刻之处可以用这样一句话概括：即是现代性启蒙精神匮乏的恶果必然导致封建主义再次复辟。理解了这一点，无疑有助于我们厘清郭从年们致力建构的"反现代性乌托邦"与张、陆向往的"现代性启蒙乌托邦"之间的承续与变异逻辑——本来应

---

41 李泽厚：《中国近代思想史论》，人民文学出版社，1979 年 07 月第 1 版，第 475 页。

42 李泽厚：《启蒙与救亡的双重变奏："五四"回想之一》《走向未来》，1986，第 1 期，第 35 页。

该在现代性启蒙和民主革命充分展开后，才可能得以完全清洗的封建主义余毒，在中国现代历史的发展中，由于这个过程太过短暂即告夭折，在这样的情况下，反现代性乌托邦的种种设想就很有可能使"封建主义"借尸还魂。

复次：20世纪90年代以来的中国，经过了一个多世纪艰难曲折的现代化进程，终于从呼唤现代化的思想憧憬全面进入到接轨全球经济"一体化"的现代化乌托邦理想的实践操作阶段，但是，在西方由法国资产阶级大革命和英国工业革命两个引擎开启的世界"现代性"潮流被引进以后，基于历史的重负、现实的国情等等复杂因素的制约，"去政治化"的中国并没有得到一劳永逸的疗愈。在貌似千秋盛世的虚幻外衣的掩盖下，格非看到了这一乌托邦寓言在现实中国真正得以以其反面的"恶托邦"形式兑现以后更加荒诞和悖论的一面。"市场化"所带来的也不仅仅是文化的商品化，还有权力与资本在各个领域的合谋。正是在这个意义上，格非在《春尽江南》中承续了前两部小说中的反乌托邦主题的基本文意和主题内蕴，自觉对照与张、陆理想中的"现代性启蒙乌托邦"之间的对比，将这种"恶托邦"的全部荒诞与困境视觉化为一幅世纪末的浮世绘：这里我们看到代表法律卫士的警察唐燕升感慨自己的职业真不是人干的，而维护法律庄严的律师徐景阳面对那么多冤枉的葫芦案，只能让自己保持一个"Game心态"；这里我们看到民主民生的匮乏和政治体制改革的话题早已沦为学术上的自由主义空谈乃至酒后的时髦消遣；这里我们看到儿子拒绝赡养父母、兔唇孩子被家长抛弃、司机为了少赔偿故意撞死伤者的世风日下；这里我们看到年轻女子把妓女暗娼作为正当职业的道德沦丧；这里我们看到雾岚变成了雾霾、宁静诗意的江南美景变成严重污染的天空和河流以及"水不能喝，牛奶喝不得。豆芽里有亮白剂。鳝鱼里有避孕药。银耳是硫黄熏出来的。猪肉里藏有$\beta 2$受体激动剂"[43]的生态困境。

比及王观澄建构的"前现代古典乌托邦"和郭从年建构的"反现代性乌托邦"，《春尽江南》中的这幅"恶托邦"无意流溢出更多的后现代主义的狂欢化色彩限于篇幅，笔者这里随意剪裁了以下两处小说中的情节片段来予以说明：

庞家玉在北京学习期间，端午将他们在唐宁湾的一套住房在不知情的情况下通过非法经营的颐居公司租给了女医生李春霞。后者以自己已经给了颐

43　格非：《春尽江南》，上海文艺出版社，2012年，第31页。

居公司两年租金为由，拒绝从房中搬出。最后，家玉回来以后，在与对方沟通无果的情况下，先后找过公安局、派出所、工商局、消费者协会和市中级人民法院，但让她不解的是，所到之处都把事故牵涉到的法律责任推得干干净净，身为两次被评为市十佳律师的家玉，在明知是自己的房子却偏偏拿不回来的来回奔波中"奇怪地发现，这套法律程序，似乎专门是为了保护无赖的权益而设定的，一心要让那些无赖，自始至终处在有利地位"[44]。最后，在万般无奈的情况下，却由"国舅"代表的黑社会不到 20 分钟就把问题圆满地解决了。本来，按照常理来说，法律应该是现代社会生活运行得以保障的根本基础，正所谓"有法可依、有法必依、执法必严、违法必究"，法律通过督促、惩罚等有效手段，应该可以维持社会的良好的秩序。但是在这个江南小城鹤浦市我们悲哀地看到，从法律的执行者、到法律的阐释者和法律的捍卫者，都对法律失去了起码的信心，这种法律既不能保护失地的下岗职工，也不能保护自由竞争的商人，甚至不能保护优秀的专业律师的合法利益——面对一个触目皆是贪赃枉法、杀勇斗狠、善恶颠倒、逻辑失范的世界，所有的法律不过是一纸空文而已！为了彰显这种后现代式的荒诞和悖论，作者还将反讽的镜子对准此事过后端午夫妇犒劳"国舅"一行的答谢晚宴上来那么聚光一照，通过幽默的对白让我们看到今天的中国发生的咄咄怪事：资本家在读马克思，黑社会老大感慨中国没有法律，被酒色掏空的投机文人在呼吁重建社会道德。在巴赫金的后现代狂欢化的"加冕"理论中，开发商、流氓、无行文人本来应该都属于狂欢仪式中的"小丑"角色，现在他们却成为社会正义的引领者，而将他们这群丑角"加冕"成为"国王"的，正是这个日益疯狂和不可理喻的失范社会！

随着 80 年代末海子在山海关的纵身一跃，一个属于诗和启蒙的年代也随之消逝。在文学界，日益膨胀的文化市场原则以及学术商品意识，促使一些人开始奉行"集体自焚、认同市场，随波逐流"的"后知识分子"人生信条，他们是时代转型后能快速地接受商品意识、洞悉市场规律的新知识分子群体。徐吉士，这个被格非以《诗经》中"野有死麕，白茅包之。有女怀春，吉士诱之"的寓意命名的故事人物，就是其中的典型代表之一。这个积极拥抱时代的投机文人掮客，如鱼得水地混迹于新闻界，虽然整天忙于四处寻花问柳，但照样顺利地由《鹤浦晚报》的新闻部主任升任为该报社社长。这个当年"享

---

44 格非：《春尽江南》，上海文艺出版社，2012 年，第 151 页。

誉全国的青年诗人"，却能在不经意间闹出把"鹁鸪"念成"句谷"的笑话。在《春尽江南》故事中，格非正是借助由吉士四处张罗最终成功举行的一场诗歌学术研讨会来对当今的诗歌文学界投去满含揶揄的一瞥——由吉士多处摇唇鼓舌最终得以成功操办的诗歌研讨会，在会场开幕发言时既有装点门面的地方政府官员、又有财大气粗的赞助商董事长张有德的与会代表，会议召开的地点就选在已经沦为堪称"温柔富贵乡、人间销金窟"的花家舍旅游胜地。天上神圣的诗歌缪斯也被地上淫荡的潘金莲取而代之为与会讨论的重要内容之一。接待这些具有高远精神追求的诗人和闻名退迩的评论界巨擘的花家舍表演团的演员们，在白天奉献的是革命剧目和红色文艺遗产，晚上则脱下戏装妙体横陈地陪酒卖身……在这里，由经济搭台、政府捧场、组织者沽名钓誉、参与者免费游乐的所谓的诗歌研讨会场，我们看到的是高贵纯洁的诗歌和污浊不堪的会所沆瀣一气、革命追缅的情怀和妓女文化的情趣携手共舞、洋溢着后现代狂欢色彩的大杂烩而已——什么高贵与卑贱、什么庄重与调侃、什么伟大与渺小、什么意义和荒诞，都已再难分清彼此之间的绝对界限，所有的一切不过只是可以随时互相转换的具有深刻双重性的假定性存在罢了。这是一个一切高度都被铲平的社会，这是一个一切深度都被填埋的当代，随着生活、生命中应有高度和深度的被解构，包括牺牲、献身这样往昔充满神圣光辉的意象也被完全祛魅，变得荒唐可笑，正如格非借助故事叙述人端午在一首诗歌中对"牺牲"的解读中诠释的那样："牺牲，本来就是历史的一部分，或者说，是文明的一部分……而在今天，牺牲者将注定要湮没无闻。没有纪念、没有追悼、没有缅怀、没有身份、没有目的和意义！"。[45]

　　哈贝马斯将现代性定义成为人们许诺了一个美好的未来世界的积极方案："科学对自然的支配许诺了从匮乏、需求和自然灾害中获得自由，社会组织的合理形式和思想的理性模式的发展许诺从神话、宗教、迷信中获得解放，从权力的武断运用及我们自己的人性的黑暗面中获得解脱。"[46]它许诺人类可以借助科学、民主、理性和道德，在实现物质生活现代化的同时、也使得所有社会矛盾得以全面化解，从而实现人的全面解放。这可以视为西方乌托邦小说的理论同调，在《人面桃花》中张、陆为之竭力践行的"现代性启蒙乌托

45　格非：《春尽江南》，上海文艺出版社，2012年4月版，第106页。
46　David Harvey, The Condition of Postmodernity: AnEnquiry into the Origins of Cultural Change, Oxford: Blackwell Publishers Ltd., 1990.（第12页）

邦"无疑可以视为其派生。这种社会模式构想虽然带有明显的一厢情愿的臆想成分，但无可否认，作为现代性启蒙乌托邦关键词的科学、民主、自由、幸福……等本身并不能因之而被全部否定——正如谁也无权否认"这一现代性的乌托邦理想是支配两百年来整个世界的各种进步和解放事业的精神动力的源泉"[47]一样。王观澄和郭从年各自惨淡经营的两种乌托邦模式因为自身的前现代性和反现代性质早已被历史抛弃。《春尽江南》作为"恶托邦"的悖论形式兑现的伪现代性启蒙乌托邦无疑是现代性启蒙乌托邦龙种结出的跳蚤。倘若将之视为针对启蒙以来的现代性乌托邦理想的"思辨"，则可以为现代性启蒙乌托邦在更大格局中寻求更深的心智之光。恰如笔者第一节所述，西方反乌托邦小说并未摆脱对未来世界乌托邦彼岸的期盼，不过是人们对现代性启蒙乌托邦践行过程中出现的问题的多元思考和开具的新的治疗方案而已。它们断然不会对经典乌托邦小说积淀下来的现代性价值理想全然否定，陆秀米在普济建设的理想国所指向的这一现代性启蒙乌托邦理想至今仍是一项未竟之事业。

第四节　论《望春风》的主题内蕴和叙事策略

从小说的主题内蕴上看，格非的长篇小说《望春风》至少可以分为两个基本层面：一是对正在渐行渐远，趋于消匿的江南乡土中国背影连同与之血脉相连的传统道德伦理的悲情回望。二是在文本表层的温情记忆和忧伤挽歌的深层孕育着的国民性批判的巨大思考重量。从叙事策略上而言，《望春风》中展现出中西合璧的成熟叙事技巧：其间既迷散着诸如散点透视、草蛇灰线等中国古典话本、章回小说叙事的漫漶色彩，又彰显着"轮回"、"元叙述"、"魔幻"等西方现代派、后现代派小说手法的先锋性表征。它成功地打破了传统与精英二元对立的叙事思维，有效地在叙事策略上令古典与现代卯榫在了一起。

一、渐行渐远的乡土背影

农村作为中国广阔社会的一个基本组成部分，自鲁迅滥觞，一直都是现当代许多知名小说作家描摹刻画的题材对象。《望春风》作为格非首次正面描写当下中国农村、中国农民的重要长篇，不仅是其个人创作轨迹的新变和转

---

47 汪行福：《走出时代的困境》，上海：上海社会科学出版社，2000 年版，第 28 页。

向，亦是对百年中国现代白话小说史上乡土小说创作主潮的积极融汇。当然，针对不同时期乡土小说的创作谱系，无论是从主题内蕴还是从叙事手法来看，《望春风》无疑都有其自身特有的"新质"。就主题内蕴的第一个显在层面而言，《望春风》无疑是对其"江南三部曲"中《春尽江南》"恶托邦"主旨的承续和延展——对于在20世纪90年代"市场经济"开启的时代转型中日益显现、愈演愈烈的种种社会不公，同样出于为生民立命的知识分子介入精神，如果说《春尽江南》讽刺锋芒的所指在城市，那么《望春风》批判暴露的重点显然在乡村。在迷散于文本字里行间那挥之不去的温情、诗意中，作者以从谷节制的写实手法，深刻揭示了在不无激进的城镇化野蛮推进中，当代乡土中国的身影连同与之血脉相连的传统道德伦理、风俗人情也正在不可挽回地渐行渐远，趋于消匿。

作品的故事情节并不复杂：故事从上世纪五十年代写起，小说主人公"我"，世代居住于江南水乡的一个叫作儒里赵的秀丽乡村。"我"从小父母离异，母亲据说抛弃父亲和年幼的"我"到大城市去做了官太太。"我"的父亲表面上是一个算命先生，但事实上却在从前和某个"反动"组织有牵连。后来，相依为命的父亲也因为此事在便通庵的破庙里悬梁自尽。无依无靠的"我"遂被父亲的好友大队书记赵德正收养。赵德正是大字不识、吃百家饭长大的孤儿，被严政委任命为大队干部，他一心为了儒里赵，先后为村里开山造田、创建小学，办了许多政绩斐然的好事，但是因为政治背景激变，随着严政委被迫害至死后，他也被郝书记、高定国等人设计陷害，失去官职。有一天"我"被德正的妻子春琴告知南京的母亲派人来要接"我"去大城市，小武松一家，知道此事后马上把女儿春兰嫁给了我，我到了南京以后，才知道要去的地方不过是个叫做邗桥的砖瓦厂，母亲没有见到"我"就很快病逝了，春兰来到我的工作单位后很快就和附近厂子的一名上海技术工公开同居，终于实现了她在"我"这里没有实现的做个大城市人的梦想。再后来，"我"被迫失业，又因为开出租出车祸把城里的房子也卖掉赔偿了。之后，"我"在离家乡不远的一家采石场传达室里稳定下来。"我"的家乡儒里赵村被堂兄赵礼平伙同福建的一个蒋姓开发商勾结乡政府用污水倒灌的手段逼走，昔日秀丽的风光已经被拆迁的满目疮痍。德正死后，春琴的儿子龙冬吸毒被抓，她被不孝顺的儿媳百般虐待，最后同彬把春琴和我两个人临时安置在他花钱改造后的便通庵的破庙里。我和春琴这两个五十多岁的老人相爱了，我们就在这并不是长久居住地随时有拆迁危险的临时家中决定把时常回忆起的儒里赵村昔日的乡里乡亲和曾经发生在他们身上的故事写下来。

小说通过对儒里赵这个江南普通乡村从简朴秀丽的淳朴往昔到新世纪前后随着市场化经济、城镇化发展的全面推进，被时代风云裹挟的洪流巨波冲击得七零八落、分崩离析，最后终于人畜俱散、不可避免地沦为一片废墟的全部过程，有针对地批判了当下社会日益凸显的强制性土地拆迁导致的官民社会对立、开发商的贪婪残酷导致的贫富两极分化和底层贫民生存环境的日益窘迫等一些尖锐的社会问题层面。小说在"过去"和"现在"、"乡里"和"乡外"经常越界、交叉的叙事闪回中，完成了对高家兄弟、赵礼平、赵同彬、小武松、朱虎平、梅芳、春琴、龙英、王曼卿等全书几十个各色人物或精雕细刻、或粗笔勾勒的取象构形，间接地传达了时代变迁的轨迹，寄寓了现代知识分子祈求精神返乡的艰难虚妄和立足荒原面对未来的稀薄希冀。

诚如"我"所认知的那样："其实，故乡的死亡并不是突然发生的。故乡每天都在死去。"。《望春风》所写的儒里赵村的前现代田园风光，在市场经济的浸润下是一点一点、一步一步地由读者不太容易留意到的一天天的"渐变"积累而成的。先是在商品经济时代大潮的冲击下，这个昔日在德正时代不惜以愚公移山的精神共同努力开山垦田、视耕地为农村最大宝贵财产的村民们，一窝蜂地搞起了各种各样的所谓乡镇企业，甘愿放弃了祖祖辈辈生于斯长于斯耕种稼穑于斯的土地，任其撂荒。堂妹金花和婶子来南京找"我"索要故乡的那所老房子时给"我"说："早些年，生产队的田都分到了各家各户，现在村子里几乎没什么人种地了。这也难怪，一年忙下来，累个半死，一亩地只有五六十块钱的收入，谁愿意干？大家都忙着办厂，政府也鼓励村民办乡镇企业……"。[48]当信心十足的高定邦，想要学习前任村长德正，决心带领村里男女老少一起完成修筑水渠这样足以彪炳儒里赵村"村志"的壮举，但是，小武松的一席话无异于给他披头浇了一盆凉水，小武松潘乾贵给他这样说："时代不同了。如今田地都分到了各家各户，所谓的大集体早已名存实亡。除了我们这几个老杆子，你说说你还能指挥得动谁？你要修这条日屄的水渠，目的无非是为了防旱排涝，多打粮食，这是好心。大家都看在眼里，不用说。可你想一想，就算是年年风调雨顺，村子里也没人愿意种地了。种地不赚钱，

---

48 格非：《望春风》，译林出版社，2016 年 7 月版，第 265 页。以下小说全部选文均出自该书，不再另注。

弄不好还他娘的赔钱，邪门啊！我们大队的地，差不多有一半都撂了荒。每个人做梦都想办个厂子，做点生意，一夜发家。"，当倔强认死理的高村长一意孤行地非要坚持干下去的时候，除了梅芳（后来也因为别人说闲话被高定邦赶走）之外，全村人没有一个人再肯听他的指挥，连羞带气的高吐血住进了医院，自以为这项大工程要泡汤的时候，居然被礼平仅仅几天功夫就高质量地完成了。当大病初愈的高定邦望着河渠两岸新栽的塔松亲眼看到金钱的神奇魔力之后，老泪纵横的他才真切地感受到撬动时代变革的那个无形的力量已经悄悄地来到了古老的儒里赵村。

就在这一点一点的渐变的积聚中，不知不觉间，不想让它来的一点一点地不可抵挡地在逼近，某一年的初春，当来自福建的蒋姓老板看上了儒里赵的这块"自永嘉时迁至江南后"就由祖辈们选择的吉地，和礼平两人决定把它"全吃下来"时，那条原本为了防旱排涝，多打粮食的水渠，竟然变成了赵礼平和新任村长小斜眼逼着村民拆迁一击奏效的最大法宝。对高定邦这个曾经在儒里赵村威风神气的村长而言，被沿着这条水渠倒灌的污水淹没的不只是儒里赵村，还要搭上他后半生的名誉和幸福，这个悲情村长最后落得个被村里人人咒骂，年老后和儿子二人挑着锅碗瓢盆，在朱方镇走东家，串西家，靠给人烧菜做饭，勉强度日的境地。

就在这一点一点的渐变的积聚中，不知不觉间，不想让它走的一点一点地不可挽留地远遁而去了：那个"到了仲春，等到村里的桃树、梨树和杏树都开了花，等到大片的柳树、芦苇和菖蒲都返了青，江鸥、白鹤和苍鹭就会从江边成群结队地飞来，密密麻麻地在竹林上空盘旋"时人世间最漂亮的江南水乡不复存在了，渐次被一片杂陈在丑陋、破碎阴沉的荒野里的犹如一头巨大的动物死后所留下的骸骨，又被虫蚁蛀食一空化为齑粉的废墟所代替！那个坚决抵抗郝建文暧昧行径不惜牺牲政治前途的梅芳和那个不堪其辱而自焚身亡的龚姓公社业余京剧团演员不复存在了，她们的形象渐次被流氓大亨赵礼平不断宠幸的物质女孩和多年来被村里人视为"贞洁"样板最后也一头扎进赵礼平怀抱的蒋维贞所代替。那个喜欢玩踩高跷的同彬们不复存在了，他们的形象被因为吸毒而被抓的龙冬们所代替！除此而外，随之而走的还有朴素的乡土文明、伦理道德、风俗人情和一整套的传统生活方式和内在的精气神！

埃温德·雍松曾说过："一个作家的作品，往往反映出他在其人生旅程中所积累的经验，他把这些经验作为某一首诗或某一个故事的素材。诗人和小说家为了要产生实在的或是对他们而言是实在的真实映象而创作。"[49]这段感言用于写照格非在小说《望春风》中的创作心态尤为契合。原籍山东，永嘉时代迁至江南的"儒里赵村"无疑在文本中被格非塑造成为一个承载全部中华传统文化精髓的载体意象。从源头上看，中华儒文化圈的圣地在山东，山东之于中华传统，其意义堪比耶路撒冷之于犹太信仰。在五胡乱中原兵燹预演期的永嘉时期，代表儒家文化正宗的晋王朝南渡，因此这里的江南也变成了儒家文化血脉贯注的文化江南。理解了儒里赵背后的沉重的文化容量，才能够真正体会到笼罩在格非心中的那种深沉的悲悼情绪。由格非这样一个江南之子亲口宣判这个文化江南偕同乡土江南终于在经历了缓慢延宕的渐衰渐亡后走向其最后的"死亡"，其痛苦可想而知，但是格非选择了面对，正如他说过的那样："我想起《诗经》里'不知我者谓我何求'，心里很难过。先民们从北方来到江南，寻找栖息地，家谱里曾详细记录了这一支，我祖父也曾经不断地给我讲述这个故事。现在村子突然被拆掉了，成为一片平原……我决心要写一部小说，就从五六十年代写起。如果不写，用不了多少年，在那片土地上生活的人也许不会知道，长江腹地曾经有过这些村子，有过这些人，这些人和这片土地曾有过这样一种关系。"[50]

二、国民性批判中的矛盾心理

当然，在《望春风》中，面对乡土江南的颓败和凋敝，除了文本表层温情的记忆和忧伤的挽歌而外，在文本的深层还孕藏着国民性批判的巨大思考重量，它和作家的心血、胆汁杂糅调和在一起，凝结成一种深沉的激愤和控诉。这种激愤和控诉在批判故事人物的丑恶与残忍、拷问故事人物的人格与道德的同时，进一步诘问其何以至此的现实、文化和人性等复杂的内在基因和根源。

倘就现实的层面而言，不需要作什么艰深复杂的技术性分析，我们都能看出，直接造成儒里赵村人畜俱散、分崩离析，最后不可避免地沦为一片废墟这一结果的，无疑是由贪婪残酷的房产开发商"赵礼平"们串通基层乡镇政府强制推行的土地拆迁所致。格非从《春尽江南》开始就对这一当下社会

---

49 吴岳添《诺贝尔文学奖辞典》（1901-1992）第 917 页，敦煌文艺出版社 1993 年版。

50 格非：《望春风》的写作，是对乡村作一次告别。中华读书报，2016 年 6 月 29 日，第 011 版。

的尖锐矛盾作了无情的暴露和批判。这在《望春风》中又成为他主要描写的一个重要主题。在他的笔下，打着土地拆迁和房地产开发旗号对城乡平民的家园土地进行巧取豪夺的行径正在某些基层地方权力与开发商资本勾连的畸形官商新经济模式下甚至是在明火执仗地进行。它是造成社会迅速贫富两极分化的罪魁祸首：一方面，少数类乎赵礼平那样的不良开发商通由各种蚕食鲸吞建筑土地的合法手段攫取大量惊人财富，另一方面则是那些告状无门只好乖乖搬迁的像儒里赵村村民那样的失地平民们的抢天哭地。我们且看《望春风》中的这段场景——

　　"蒋老板说：'这好办，我们各出一半的钱，把这块地方盘下来。至于将来做什么，再说。只要有地，我不怕它长不出花花绿绿的票子来。我在朱方镇找地方建造安置房，项目报批和全部的拆迁，你来负责。'。事情就这样定下来了。等到了第二年夏末，朱方镇的安置房已悄然封顶，可礼平这边的拆迁仍然一筹莫展。他咬咬牙，将原先许诺给村民的拆迁补偿费提高了一倍，村民们照样不理不睬。礼平一着急，就把刚刚在刑警大队升任大队长的高定国叫到了跟前，责令他找来些虎狼枭獍，动用"非常手段"，给那些冥顽不化的村民们一点颜色瞧瞧，'出了事，我扛着'。"

　　应该说，笔者截取的这一"切片"颇能见证作为开发商代表的礼平们为了圈地拆迁无所不用其极的赤裸裸的丑恶嘴脸，但是我们倘若从文化和人性的角度进一步追问的话就会看到——格非的深刻之处在于他并没有就此停留，而是超越了对于基层腐败权钱勾结的简单批判，以洞幽烛微的笔触，深刻触及了这其中潜藏着的国民劣根性内部的思想幽灵！

　　首先，这种负面国民素质的劣根性体现在类似赵礼平这样的儒里赵村土生土长的恶人身上。

　　对于生性淫邪、奸诈和贪财的赵礼平，小说对之进行了穷形尽相的追踪式跟拍，例如小说写这个坏种才十岁时就调戏雪兰；继而在宝明家当学徒不到一年，就强暴丽华未遂被赶跑，还有一次，居然从家里偷钱企图去嫖王曼卿。他出了丑闻以后，不仅无所顾忌，反而愈加凶恶，像一头凶狠的小兽；他不仅大骂父亲是瘸子、老狗，还威胁要动手打他。几乎所有与他接触的伙伴都说他为人险恨，不讲规矩，一肚子坏水。又如他在以后先后通过当猪倌、办集体厂子私吞钱财、行贿等不义手段发财以后更加飞扬跋扈、为害乡里，他使奸耍滑地破坏春明夫妇的结亲计划，终于将其二女儿娶到家中，婚后又居然为了满足变态心理霸占了朱虎平的老婆、最后更是勾结其他开发商和乡政府将污水倒灌进儒里赵村，将所有村民赶出了这个具有千年传承的村庄……如此若干细节，加上这个人物形象在小说全部四章中其他地方的"闪回"，格非将礼平狡诈、贪婪的性格刻画得淋漓尽致，跃然纸上。

其次，这种负面国民素质的劣根性还表现在象郝书记、高定国这样"审丑"性极强的人物身上。德正的大队书记位置是在计划经济时期由严政委指定的，虽然并非民主选举，但具有特定的历史合理性，德正带领村民办成的开田、建校"两件大事"也足以见证其领导能力和严政委的用人眼光。但是，这样的"好官"却因遭到阴谋家算计而先后垮台。和描写赵礼平的恶贯满盈使用的"极不省法"不同的是，这里格非采用的是"极省法"的另一套笔墨，就是说在整个阴谋实施"白虎堂"小节中郝书记、高定国都没有直接露面。读者骤一看，有点摸不着头脑，及至细寻，按照朱虎平的暗示和前后章相关内容的推敲，故事脉络中的那条隐匿的线索才得以豁然。倘若格非仅仅将这些在任何一个中国村庄都可能上演的因权力争斗而引发的各类人物缠构的故事铺排出来，那就显得司空见惯、稀松平常。但格非做到了穿透肤浅的肌理层面刺入到负面国民性的骨髓深处——

"就在半个月前，高定邦从公社开会回来，找到了正在菱塘捞浮萍的春琴，将她叫到没人的地方，这才压低了声音告诉她：严政委死了。他们逼他吃了屎。当天晚上，他用一枚双面刀片割断了自己的喉管，死在了四牌楼臭气熏天的公共厕所里。"

"武装部的人没有连夜将赵德正押解回公社，瓢泼大雨只是其中的原因之一。在天光大亮时，押着赵德正（五花大绑，一丝不挂，嘴里还咬着曼卿的红袜子），在村里走上一圈，让全村的男女老幼开开眼，也许才是他们真正的意图所在……老福眼里噙着泪，手里拿着一件她丈夫过世时留下的旧褂子，要替德正披上遮羞，还说了一句不该说的话：'天底下哪有这样的王法？就是国民党抓人，也没见过剥人家衣裳的'。"

本来凡是有权力的地方，不同集团之间轮回重复的角力博弈就肯定在所难免，但是，这种把政治对手赶下台还不罢休，还要下作到扒光其衣服游街、逼其吃屎的做法，就明显地触及到了国民劣根性中的那种集体性的、无意识的人性恶部分了。这一情节也正基于此从而获得了相当震撼的批判力量。

复次，这种负面国民素质的劣根性还表现在整个儒里赵村村民灵魂深处群氓式的麻木、庸弱、势利和怯懦上。比及以上两种，这种揭示无疑具有更加深广的意义。

对于依靠侵吞集体胶木厂权益发迹以后的赵礼平，绝大多数的村里人纷纷开始对其投去趋炎附势的艳羡目光。就连昔日当着"我"婶婶的面数落礼平心术不正的赵锡光，也一改过去对其的厌恶与不屑，逢人就夸他是一个有出息的好青年。在赵礼平被塑造成一个儒里赵村"成功者"形象的同时，小木匠赵宝明的大女儿丽华，这个昔日被礼平强奸未遂的少女反而成为村里的舆论又一次在精神上进行强奸的对象。一些人开始在背后讥讽小木匠的"失算"，嘲笑他没有"识人之敏"，说设么"好好的女婿不要，事到如今，你就是用八抬大轿，将丽华送到人家门上，礼平连看都未必会看她一眼。"。而本来就生性腼腆，不爱说话的受害者丽华，非但不敢为自己反抗辩白，反而像是做了什么见不得人的事，显得更加木讷可怜。她长年穿着一件打满了补丁的灰褂子，蓬头垢面，自轻自贱，跟谁都不说话，最终终于变成一个神智不太清醒的抑郁病患者。丽华后来的不幸，显然是和儒里赵村里人那时刻投掷在她身上的"同情"和"惋惜"的目光分不开的。这里面包含着格非对于看客们潜在的残酷、非理性、是非不分等人性阴冷一面的沉痛体验。

当狼一般狠毒的礼平勾结村长小斜眼转而扑向他们自身，将他们从家园中强行逼走，当依靠"各家自扫门前雪，莫管他人瓦上霜"的保命哲学不再奏效，当"吃了暗亏"的他们自己也成为以前他们幸灾乐祸的对象时，儒里赵村民表现出来的忍气吞声、一味退让的卑屈心态则更是让读者不胜唏嘘：这些人一方面忌惮礼平的势力，不敢作声，转而将各自满腔的怒气洒在了同样沦为受害者的退休村长高定邦。另一方面却因为愚昧，反倒觉得兴风作浪的赵礼平这个人有本事，"他们在大街上看见赵礼平那辆插着国旗的宝马车远远驶来，仍像往常那样纷纷让道闪避；当赵礼平的形象出现在当地的电视新闻中，他们仍然念念不忘，用'一个劁猪郎如何变成亿万富豪'的励志故事，来教育他们浑浑噩噩的子女。"——对于礼平和高定邦的不同取舍态度，正是格非在儒里赵村村民身上再次痛心无比地重又发现了的麻木健忘、自轻自贱、怕强凌弱、奴性十足的阿Q"精神胜利法"的谬种承传！至此，相信读到此处的读者都能够感受到格非内心深处的那份深沉悲哀。

就像在时代的荒原里并不放弃寻求神奇圣杯的艾略特那样，在污浊的社会和阴暗的生命里，格非仍抱着疗救的希望，这种"反抗绝望"的精神无疑也在某种程度上使他完成了和挣扎着寻找生命意义的鲁迅先生的精神对接。在格非笔下，总是有少数的清醒者，他们或救贫扶弱，古道热肠；或不甘随波逐流，放弃做人的应有尊严，始终坚守自己的信仰底线；或尝试以行动来反抗社会的不公，敢于打抱不平。例如以不同方式俱都让"我"沐浴在爱之光辉中的父亲和母亲；例如赵孟舒将孤儿德正安置在祠堂后全村百家对其无私施舍的乡村人情伦理；例如淳朴善良、济人急难，从不计回报的老福奶奶、梅芳，例如在春琴落难时从山西连夜赶来施行"千里大营救"的同彬夫妇；例如面对德正被押游行示众、春琴拦路被打，高定邦指挥村里青壮小伙颇具"水浒气"的以暴易暴；再例如，被老牛皋一家凄惨遭际触动伤怀后拿起菜刀拉着龙英、春琴去造纸厂讨回公道的梅芳和跟在其后的乡里乡亲们……这些人的情况反映了格非在创作过程中的痛苦和矛盾，为了给儒里赵村村民留下最后一点尊严，他坚持让清醒者发声，这使得《望春风》在思想上对国民劣根性的批判和审视显示出驳杂、多层次的内蕴。

在迷散于《望春风》文本字里行间那挥之不去的温情、诗意中，作者以从容节制的写实手法，深刻揭示了在不无激进的城镇化野蛮推进中，当代乡土中国的身影连同与之血脉相连的传统道德伦理、风俗人情也正在不可挽回地渐行渐远，趋于消匿。在这种悲情回望的复杂心境中，格非发出了国民性批判的深沉喟叹。

三、《望春风》的古典小说叙事基因

格非在《望春风》中展现出中西合璧的成熟叙事技巧：经过从作为叙事材料的"本事"对象向作为更高级的艺术情节层面的升华转换，小说最终呈现出来的是一幅由按时间顺序排列事件的历时性基本面和按因果关系排列事件的共时性逻辑面相互交织而成的艺术画卷。其间既迷散着诸如散点透视、草蛇灰线等中国古典话本、章回小说叙事的漫漶色彩，又彰显着"轮回"、"元叙述"、"魔幻"等西方现代派、后现代派小说手法的先锋性表征。它成功地打破了传统与精英二元对立的叙事思维，有效地在叙事策略上令古典与现代卯榫在了一起。

上文笔者已经略述了《望春风》小说故事的"本事"梗概，以什克洛夫斯基为代表的俄国形式主义者认为："故事"不过是一堆毛坯性的、按照时间先后顺序的发展进行简单罗列的"本事"而已，它还须得经过一定的艺术

处理或形式加工后，才能得以进入小说家构筑的、"陌生化"的情节艺术层面。[51]

正基于此，在格非的笔下，文本并非是完全按照那样逻辑明晰的"编年"顺序来叙述的。经过从作为叙事材料和对象的文本故事向作为更高级的艺术情节的升华转换，《望春风》在文本的情节层面最终呈现出来的是一幅由按时间顺序排列事件的历时性基本面和按因果关系排列事件的共时性逻辑面相互交织而成的艺术画卷。它成功地打破了传统与精英二元对立的叙事思维，在小说手段上有效地令古典与现代卯榫在了一起。

从传统小说的叙事维度来看，《望春风》采用的是"串联"和"框套"这两种手法的组合。

小说共分四章，构成前两章"父亲"、"德正"和最后一章"春琴"等三个故事环境中的各种事实分别是根据少年的"我"、成年的"我"和中年的"我"三种不同眼光、不同观察点来予以呈现的。这三章采取的是从过去到现在的前后串联手法，历时性地交代了孩童、少年时期的"我"在故乡时的村庄里的生活和中年以后我重返故乡时故乡的生活。

第三章的"余闻"，采取的是框套拼接手法，通过"我"听说或看到的不同途径，讲述了小说前两章中出现的各色人物（包括我在故乡外面的生活中遭逢过的人物）的命运结局。这一章颇让读者觉得有类乎《战国策》《史记》的传记行文法，以"章珠"、"雪兰"、"朱虎平"、"孙耀庭"、"婶子"、"高定邦"、"同彬"、"梅芳"、"沈祖英"、"赵礼平"、"唐文宽"、"斜眼"、"高定国"、"老福"、"永胜"和"牛皋"等为二级标题，将各人的行状遭际统属于各自所系的二级标题下面一一阐述。沿着前两章铺就的时间和空间坐标向前后伸缩闪回，通过使用框套的方法，分别将不同时间、地点发生的不同事件框入进"余闻"这一共同的大标题下面来描写。这种写法无疑使《望春风》具备了传统绘画散点透视的效果：仿佛在一幅统一的画面上，作者安排了许多由若干子画面拼成的镶嵌画。每一子画面虽然显得相对孤立，但是这些子画面又是有机地结合在一起的（像在"雪兰"和"朱虎平"之间的过渡，就更是完全没有任何斧凿痕迹），它们之间有内在联系。而这里做联系工作的恰恰是读者，一旦读完全章，一幅血脉贯通兼又勾连前后故事进程的精美镶嵌画便浮现在读者的脑海里了。

51　徐岱：《小说叙事学》·北京：商务印书馆，2010 年版 126 页。

　　《望春风》在基本遵循上述"开始、发展、高潮和结尾"的线性叙述套路的同时，有意地融入了取法《金瓶梅》《红楼梦》等古典优秀章回小说"草蛇灰线、千里设伏"的叙事精髓，在文本中设置了大量的悬念：譬如，赵锡光和"我"父亲在赵礼平还是个孩子时就不约而同地先后预见到其心术不正、以后是一个狠角色、将来会在村子里兴风作浪，为害一方。在以后这个生性淫邪、不讲道义的赵礼平果然通过办集体厂子私吞钱财、行贿和土地拆迁等不义手段"发迹"以后，最终勾结乡政府将儒里赵所有村民赶出了这个具有千年传承的村庄；譬如，父亲在"我"九岁时离家后选择在便通庵悬梁自尽，这个疑问整整纠缠了"我"的一生。直到四十年以后，在"我"和春琴被逼的无家可归时一起住进了便通庵这个尚未拆迁的简易"家"中时，才算多少参悟了父亲死在便通庵对我们运命沉浮的冥冥所指。又譬如，小说开始不久在严政委亲自选定赵德正为农会主任、高定邦、梅芳等和他搭班子时，就不失时机地同时买下这样的谶言："五十多年后，我在蚊声如雷的炎炎夏日写下上述这段文字时，内心感到了一种难言的痛楚。唉，世事变幻，鬼神不测，不说也罢。我相信，聪明的读者读到这里，多半已经猜到了其中的原由了吧。"，[52] 这在小说发展到最后，三个曾在儒里赵都风光无限的村干部全都晚景凄凉、各自以不同的方式黯然收场。

　　不难看出，在悬念设置的功夫上，《望春风》不仅做到了一般意义上的铺垫和埋伏（譬如"我"缠着父亲追问倘若他算命失准那家人生不出儿子怎么办时，父亲说他不必为两年后的事情再操心的细节"铺垫"），还能在文本高潮迭起的叙事部分同样"忙中设伏"、"乱中设伏"，在其间埋进"拽之通体俱动"的秘密针脚（譬如在地主乡绅赵孟舒出殡的偌大排场中埋伏下以后高定国从朱虎平家搜梅芳的情书无果把两部名琴掠走的后话），从而使得文本情节紧凑、扣人心悬，达到了"一波未平、一波又起、波诡云谲、花团锦簇"的高水平叙事效果。

　　当然，格非对中国传统叙事的继承和对话还表现在其对古典长篇章回小说《水浒传》中"横云断山"法、"背面铺粉"法、"极省法"和"极不省法"的叙事策略以及类乎"三言""二拍"等拟话本小说中常见的说书人手法……等多元技法的娴熟运用。

---

52 格非：《望春风》，译林出版社，2016 年 7 月版，第 48 页。以下小说全部选文均出自该书，不再另注。

所谓的"横云断山"法、"背面铺粉"法、"极省法"和"极不省法"等中国古典叙事学的这些叙事术语，均是金圣叹在他的《第五才子书读法》中，以《水浒传》为例，归纳出来的几种叙事方式。代表着中国古典章回小说在长期发展过程中不断积淀下来的叙事审美经验。

依照金圣叹的原意，"横云断山"的好处在于它可以力避叙述内容上的单一乏味。他援引例证说："如两打祝家庄后，忽插出解珍、解宝争虎越狱事；又正打大名城时，忽插出截江鬼、油襄鳅谋财倾命事等是也。只为文字太长了，便恐累赘，故从半腰间暂时闪出，以间隔之。"[53]这种技法无疑我们在《望春风》中同样可以看到。譬如小说在开头写"我"随父亲算命的途中，突然插入进四种算命先生的区别来稀释这种单一行程中的乏味冗长。而"背面铺粉"法则类似雨果的"美丑对照"原则，是指通过对比、反差的二元对立式的两极化描写，使美的更美，丑的更丑。譬如文本中多次写道德正、王曼卿、老福奶奶、同彬等和"我"毫无血缘关系的外人，他们对"我"仁慈怜悯来对照反观"我"婶子一家人对我的冷血无情。就收到了意想不到的叙事效果。"极省法"和"极不省法"易于理解，分别指粗笔勾勒和精雕细刻两种刻画人物的手法。在《望春风》中作者对郝书记、高定国和赵礼平这两种不同类型的反面恶人形象就分别采取了上述两种阈定手法，对于阴险狠毒、熟谙官场权力博弈规则的郝、高二人，虽然全书统共提到他们的也就短短数百字，尤其是对于二人合谋设计的整治赵德正的白虎堂拖刀计一节中，作为主角的二人居然连面都没露——读者骤一看，还真是有点丈二的和尚，摸不着头脑，及至细寻，按照朱虎平的暗示和前后章相关内容的推敲，故事脉络中的那条隐匿的线索才得以在读者心中豁然。可见，比照作者对于赵礼平这个他事事儿乎都要不惜笔墨进行追踪跟拍的圆形人物而言，格非对于郝、高二人显然采用的是惜墨如金的极省法。

中国古代话本、拟话本等短篇小说和长篇章回小说，在叙事上的一个共同起源就是"说话"。"说话"艺人直接面对诸位"看官"进行表演，作为"说话"的底本的话本小说则以拟想中的听众为接受对象，不经任何中介直接向拟想听众讲述故事、臧否人物。后来的拟话本和章回小说"仿以为书，虽已非口谈，而犹存曩体"[54]——这在它们的共同叙事上均留下了一个叙事人（说

53　金圣叹：《读第五才子书法》，《金圣叹文集》，巴蜀书社1997年版，第240页。
54　鲁迅：《中国小说史略》，北京大学出版社，2009年10月版，第89页。

书人）与读者（听众）之间相互沟通的平台，在文本痕迹上则明显地表现为"各位看官"之类的惯常说辞。这一点，我们在格非的《望春风》中能明显地感觉到他也在刻意地求古求"拙"，譬如作者在行文中常常跳出来以"亲爱的读者朋友"、"我相信诸位"等等开启下文的叙述——这给我们留下的印象就是讲故事的"我"本人确实是一个读书不多的下层知识分子和农村说书人形象。

四、轮回叙事的"持续现在时"新质及其它

《望春风》的文本叙述策略在迷散着中国古典小说的话本、章回色彩的同时，又彰显了现代派、后现代派小说手法的先锋性表征。如果说前者偏重于以故事的稳定性和明晰性来稀释读者的"好奇心"需要的话，那么后者则着眼于以文本的分裂性和模糊性等来餍足读者的更高级的审美创新性需要。正是因为这相互对立的传统、先锋二种叙事手法又同时存在于同一个文本中，才使得《望春风》在叙事上充满了气场和张力。

《望春风》运用的现代派、后现代派手法丰富多彩，巧妙奇特，表现了格非的先锋小说叙事经过岁月的淘洗已经达到了几近炉火纯青的艺术境界。他在《望春风》中采用的先锋叙事手法主要体现为轮回叙事的后现代先锋技法。

如上所述，小说可以分为"故事（又叫做'本事'）"和"情节"两个层面，《望春风》小说如果一味刻板地按照"本事"层面的线性时序进行循序渐进的叙事，不仅单调沉闷，而且也难以展示人物外在的社会空间与内在的心理空间。但是格非匠心独具、惨淡经营，他在加西亚·马尔克斯《百年孤独》的启发下，将这个完整的"本事"先切割成许多零散的片断。继而再将每个片断首尾相接，使之构成一个个相对独立的叙述单元，与此同时又使它们和整个"本事"建立联系。格非在处理这些既相对独立又彼此勾连的叙事碎片时，采用了合中带分、先合后分的叙事手法，即在故事渐次展开的途中，不断地把将来的某些关键事件提到前面来讲，以这些事件作为体现持续现在时的不同起点，以不断地逆行倒追的方式展开全书的故事。这种轮回逆行的叙述在文本中俯拾皆是，现已《望春风》在故事的"本事"开头第一章写到的两处内容为类例对之进行切片式透析——

"父亲愣了半晌，摸了摸我的头，沉默了许久，这才对我说："其实，她是一个可怜人。这人命不好。"很多年以后，到了梅芳人生的后半段，当霉运

一个接着一个地砸到她头上，让她变成一个人见人怜的干瘪老太的时候，我常常会想起父亲当年跟我说过的这句话。唉，人的命运，鬼神不测，谁能说得清呢？"

"不过，后来的事实证明，银娣的说法是有根据的。那是很多年以后的事了。一年秋天，我在朱方镇的一个名叫"平昌花园"的小区里，与高定邦不期而遇。那时候，无官无职的高定邦已年过六旬，腰也驼了，头发也白了。看上去，就是一个平平常常、邋里邋遢的糟老头子。他因烧得一手好菜，每日带着他那瘦弱的儿子，挑着一担碗筷瓢盆，走东家，串西家，见人就哈腰。他仗着自己在部队食堂练就的本领，给人烧菜做饭，艰难度日。"这种反转、循环的轮回叙述形式，可以图示为：

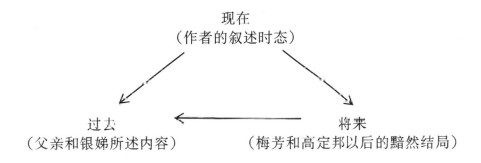

显然，格非的叙述角度是站在某个时间不断漂移的"现在"，讲"许多年后"的一个将来，然后又从这个"将来"回溯"过去父亲和银娣所述的'本事'"的过去。这种轮回叙事在客观上造成了一种笼罩全书的悲情气氛，有意侧漏了所有的故事都是"我"站在五十多年之后对各色人物的运命归宿全部知情情况下的展开叙事的这一秘密，在这种作者站在五十多年以后今天这一"持续现在时"的观察点上，叙事者根据实际情况将注意力分配于内心的回忆世界与外部文本的此在世界两种框架，从而导致两者在启动的同时以不同程度的交织汇合而凸显"多声部"的叙述张力。这种轮回叙事在全书以后的章节中更是作为一种叙事常态而频繁出现，不胜枚举。又譬如，在"我"、同彬和雪兰因为躲猫猫夜里躲在传说中闹鬼的蕉雨山房时作者写道："在往后的岁月中，仿佛就像梦中注定了似的，我和雪兰将会再次回忆起这个七月的夜晚，搜寻黑暗中的吉光片羽，咀嚼着飞速向前的时间留给我们的隔世之感"。再譬如，"我"在邗桥砖瓦厂看着隧道里来往穿行的上海人呆呆出神时，作者又写道："如果我现在就提前告诉你，在将来的某一天，雪兰也会身穿颜色鲜艳的连衣裙，混杂在这伙花花绿绿的上海人中，从黑黢黢的隧道一端拥出，突然出现在我的视线之内，你会不会感到有些吃惊？"……，这种轮回叙事可以视为格非在《望春风》故事文本中使用的最为主要的后现代派先锋叙述形式。

轮回叙事因其利于叙事人物对其所在的"此时、此地"的客观故事世界可以随时进行叙述干预和视角切换的长处，作为一种先锋叙事手法随着拉美的魔幻现实主义小说大师加西亚·马尔克斯的《百年孤独》问世以后在世界范围内广泛传播，不仅在西方的小说、电影乃至话剧领域中被大量使用。传入中国以后，也为很多象格非这样的中国先锋作家所青睐。纵观格非几十年的小说创作，从某种意义上而言，在叙事手法上经历了一个"叙事空缺"手法渐次走低、"轮回叙事"手法逐渐加强的现象——《人面桃花》大致可以视为叙事空缺技法开始在格非长篇小说中被疏远的标志性文本，尽管期间还是出现了几处叙事空缺的地方，譬如陆侃哪里去了；陆秀米是怎样由压寨夫人后来到了日本；饥荒时期是谁送来的那一袋大米等等。但是，比及以前的小说文本，这种技法的使用已经大大降低了（至于在《望春风》的第四章，有关"春琴为了营救儿子与高定邦的密会"和"马老大与摸骨师的暧昧关系"这两个情节的删除并不能看做是叙事空缺，而应该属于元小说叙事）。这种转向，尽管可以归于格非本人对无意识理论、认知心理学等领域热衷偏爱的个性特点，但在更大程度上则与作者力图修正其早期因对叙事空缺这种欧美"后现代派"修辞的大量使用而造成的文本故事的晦涩难懂乃至细节失真有关。而同样是先锋手法，轮回叙事在文本故事中的作用不仅能填补因为叙事空缺而造成的缺失信息，同时还生动地展现了主人公基于回忆的"思考"过程。正基于此，这种叙事技巧在《望春风》中不仅得到了进一步的承续，而且在使用频率上明显超越其早期作品，成为《望春风》文本中最为主要的一种先锋手法。

还应该看到的是，《望春风》中的这种轮回叙事的先锋手法不仅表现在量上的篇幅加大，而且在其形式创新上同样有所改进，这突出表现在格非在对柏格森"生命哲学"认识程度提升的基础上将之和加西亚·马尔克斯在《百年孤独》中的轮回叙事框架的有机结合上，柏格森的"生命哲学"是西方意识流小说的主要理论源头，这种"生命哲学"的"绵延说"认为："现在就是一切"，比起早期将西方意识流的手法仅仅理解为"由过去、现在、未来续接成的封闭时间链条"而言，格非在《望春风》中侧重表现时间轴上的某一点在心理体验上的延续，这种赋予了"新质"的轮回叙事虽然也屡屡打破叙事的顺时性，却不影响故事的进程，且能在更高的程度上彰显叙事主体更强的内省意识。轮回叙事带来的并置、倒错、交错的时空运动轨迹，也将读者拉回到时间轴上的某一点，使读者和作者总是既处于"现在"，又能感应到跨界闪回的、不同梯次的故事时空，从而造成"持续现在时"的奇妙感觉。不像早期《敌人》、《边缘》、《欲望的旗帜》包括《人面桃花》《山河人梦》等文本中的轮回叙事那样作者只是在更大意义上将这种技法用作叙事主体为了凸显其特别关注或着意强调的方面自由地调动叙事内容的叙事方式而已。这也正是格非之所以强调其在《望春风》中存有大量类乎乔伊斯、艾略特、福克纳、普鲁斯特……等欧美小说大师的叙事手法的真正原因。[55]

正如作者格非的夫子自道，在《望春风》的文本叙事中，除了轮回叙事这一主要先锋手法而外，还有大量现代派、后现代派小说叙事技巧的汇入，这些都有待读者自己进一步的悉心发掘。限于篇幅，笔者这里就文本的魔幻色彩和元小说叙事进行简要探讨：

儒里赵附近的半塘寺有个供人祈梦的伽蓝殿。进庙烧香的人一踏进山门，就会昏昏欲睡。来到伽蓝殿就能在梦中看到自己的前世和今生的吉凶祸福，父亲在七八岁时，在伽蓝殿的一张草席上做了一个梦。梦见厚厚的积雪和船头坐着的尼姑。其后果然没能逃出妻子离婚高攀、自己在大雪纷飞的便通庵悬梁自尽的宿命。在德正于唐文宽家遭到郝书记和高定国的设计陷害的前夕，"我"的父亲这位充满神秘色彩的通灵人物，居然还保持着死前头发湿漉漉的样子提前在梦中告知这一切。小武松不听赵锡光的告诫，一意孤行地给儿子起名叫做"洪武"，结果因为犯了忌讳，这孩子果然落下斜眼的不治之症……，所有这些先验的梦幻、谶语以及宿命的不可逃避等俱都使得小说显得扑朔迷离，古怪稀奇，充满魔幻色彩。

"元小说"也叫"超小说"，通常指那些有关小说创作过程本身的小说，有时还兼具小说评论的性质。元小说的主要特征在于它的自反性，通常具有

55　格非：《像〈奥德赛〉那样重返故乡》，《南方日报》，2016年7月6日第A18版。格非说：我通过《望春风》和前辈作家对话，当然不只《金瓶梅》或明清小说，还有乔伊斯、艾略特、福克纳、普鲁斯特等非常多的人。有大量小说的技巧可以用进去，可以是司马迁，也可以是《喧哗与骚动》的写法，我可以开一个长长的名单，当然我觉得没必要这么做。

意义不同的两种类型：一类可以福尔斯的《法国中尉的女人》为代表，在小说中打破现实与虚构的界限，强调突出小说故事的虚构过程。以此来打破文本真实性的幻觉，唤醒读者对于文本叙事过程本身的意识。另一类以戴维·洛奇的《小世界》为代表，在小说写作中兼评小说创作的问题。《望春风》主要体现了前一种元小说的特点。也就是说，格非在小说中刻意将故事编造、情节构置等的详细过程有意透露给读者，在《望春风》的第四章，格非先是写道，"有一天晚上，天黑得很早。我们俩躺在床上磨牙，春琴忽然对我说，只要一闭上眼睛，过去村子里发生的那些事，就会像放电影一样在眼前浮现……听她这么一说，我心里若有所动。我告诉她，其实我一直有个愿望，希望有朝一日可以试着把这些故事写下来"（写作缘起）；接着又写道，"春琴对我的故事疑虑重重，甚至横加指责。到了后来，竟然多次强令我做出修改……其中改动最大的，是更生这个人物。关于他与唐文宽之间的那档子事，春琴责令我一个字都不许提。前后删改七八处，删掉的内容，大约在七千字。这样一来，更生从小说中的一个主要人物，被降格为一个次要人物。这是我始料不及的。"（写作过程）；后来还写道'写到这里，我本来可以模仿一下《一千零一夜》那个著名的结尾，写上一句"他们从此过上了幸福美满的生活，直至白发千古'，以此结束整部小说，但我知道，我要这么写，就有点自欺欺人了。我们的幸福，在现实世界的铁幕面前，是脆弱而虚妄的，简直不堪一击。"（写作结局）……在小说中有意"坦承"编纂故事的过程，显然是元小说的最主要特征之一。

第七章　徜徉在先锋和写实之间：苏童和叶兆言

人们习惯上将以"香椿树街"和"枫杨树乡"这两个虚构的江南地名作为自己文学地理主要版图的苏童和专以追怀民国时期前尘旧事、描摹当下南京众生万相的叶兆言并称为"文学江南"的双子星座，他们二人都是以书写新历史主义小说崛起、又同时经常出入于现实人间烟火和先锋写作意识之间的"江南才子"型作家。当然，在具体的创作实践方面，二人笔下的江南景观又有很多乃至很大的同中之异。正基于此，笔者将两位作家并置于同一章中进行阐述。

第一节　苏童小说创作概述

一、"以古典审美的文笔挖掘生存的深渊"

苏童是 20 世纪八十年代中后期跻身新时期文坛的杰出先锋小说作家之一，在《关于小说艺术》一文中，苏童认为："一个好作家对于小说处理应有强烈的自主意识，他希望在小说的每一处打上他的某种特殊的烙印，用自己摸索的方法和方式组织每一个细节每一句对话，然后他按照自己的审美态度把小说这座房子构建起来。这一切需要孤独者的勇气和智慧。"[1]这种自觉的

---

1 苏童：《关于小说艺术》，《苏童研究资料》，汪政，何平编，天津人民出版社 2007 年版，第 34 页。

创作追求使得苏童的小说在思想内容和艺术手法上都独具一格。他把对社会、历史、人生、人性、人心等的深刻思考与高超的艺术表现形式有机地结合在一起，把天马行空的想像力与出色的语言技巧融为一体。他和叶兆言一样，俱都属于先锋小说作家中真正富有个性与创作力的作家，一直享誉文坛，盛名不衰。

季进、吴义勤在 1990 年苏童在文坛上初露锋芒时就写的一篇题为《文体：实验与操作——苏童小说论之一》的评论文章中这样感叹道："当我们流连于苏童'风景独特'的世界，一定会为他在历史与现实之间的求索、追寻而感喟、而唏嘘、而击节。这种强烈的审美效应并不仅仅得自作品的深刻意蕴，而且也在于小说所体现出的苏童独特自觉的文体意识。富于感染力的优秀作家往往正是大胆而独特的文体家。"[2]

南京大学的张光芒教授对苏童也赞美不已，在 2019 年他在总结苏童近四十年的小说创作时高屋建瓴地这样总结道："作为久负盛名的当代作家，苏童的创作以强烈的主体意识、敏锐的人性探索热情、高超的想象力与叙事技巧独树一帜。在思想趋向上，苏童通过对现实和历史本质性因素的深刻揭示挖掘生存的深渊，呈现出深切的象征意义。就叙事策略而言，苏童用充盈着古典审美韵味的文笔，对身处历史重大转折或者普通日常生活中的人及其现实历史关系进行了最大限度的虚构与开掘，对被欲望裹挟碾压的蒙昧迷茫的史前情状进行了鲜活淋漓的描摹与重构。他的文本世界在诗与思之间形成强大的张力场，呈现出黑暗人性开掘与抒情的文笔高度结合的审美品格和混沌美学效果。从创作的动机和意义来说，苏童以一以贯之的虚构热情和南方想象张扬了自由的审美精神，以个体生命由激情、萎靡到枯竭的境遇书写赢得了自由叙事的骄傲，以残酷人性和悲剧宿命的个性化演绎还原了表象世界深潜的动能与根基。而这一切最终通往以文学整理世界与人心的价值旨归。"[3]

那么，是什么让苏童及其小说具有这么常青的生命力和如此强大的文学魅力呢。几十年来，许多批评家对此作了许多的研究和探讨，关于他的"创作年谱"和"研究资料"几乎涉及到了他的生活和作品的每一个细微之处。

---

2 季进，吴义勤：《文体：实验与操作——苏童小说论之一》，《当代作家评论》，1990 年 01 期。

3 张光芒：《以文学整理世界与人心——苏童新论》，《湖北大学学报（哲学社会科学版）》，2019 年 01 期。

这些既有的研究文献，让笔者看到了苏童的人生经历和他的小说创作之间的因与果的关系。可以这样讲，要想了解苏童那不失激越的感情、丰富充沛的想像力从何而来？要想了解他讲述的故事、塑造的人物以及探究的问题为什么会是"这样"的？读者就完全有必要了解作家的一些重要的生平细节不可。

二、青涩的文学追梦者

苏童一九六三年一月二十三日出生在苏州城北的一条名叫齐门外有着几百年历史的老街。苏童的童年期正处于三年自然灾害带来的大饥荒余波尚未彻底隐去的时候，和很多普通家庭一样，一家人的生活过得相当拮据。苏童后来回忆说："我父母除了拥有四个孩子之外基本上一无所有。父亲在市里的一个机关上班，每天骑着一辆破旧的自行车来去匆匆，母亲在附近的水泥厂当工人，她年轻时曾经美丽的脸到了中年以后经常浮肿着的，因为疲劳过度，也因为身患多种疾病。多年来父母亲靠八十多元钱的收入支撑一个六口之家，可以想象那样的生活多么艰辛。"[4]这种情况一直持续到苏童在大概七八岁的时候仍然未见改善，童年的苏童记忆最深刻的一件事就是母亲由于弄丢了五元钱找了一整天最后因为彻底绝望而伤心地哭泣起来。苏童曾经这样感慨道，"我认为热爱也好，憎恨也好，一个写作者一生的行囊中，最重的那一只也许装的就是他童年的记忆。无论这记忆是灰暗还是明亮，我们必须背负它，并珍惜它"。[5]这背负在心头的童年行囊，首先赋予作家的是那条百年老街给作家的小说写作提供的取材背景，这就是"香椿树街"的原型生成地。苏童说："我从小生长的这条街道，后来常常出现在我的小说作品中，当然已被虚构成了'香椿树街'了。街上的人和事物常常收录在我的笔下"，除此而外，童年期的经历在塑造苏童孤独、早熟性格的同时也同样为作家后期的写作提前谱就了若干预定的色彩，限于篇幅，笔者这里略举二例：譬如在苏童四岁时爆发的文革，虽然只是"一些模糊而奇异的记忆"。但成年后的他回到老家看见那个文革期间被批斗的干瘦女人时"脑子里立刻闪过'历史'这个沉重的字眼"。[6]可见文革在苏童早年的潜意识里植入的这些残酷、血腥的记忆，经

4　苏童：《过去随谈》，《河流的秘密》，北京：作家出版社2009年版，第76页。

5　苏童：《童年生活的利用》，《河流的秘密》，北京：作家出版社，2009年版，第141页。

6　苏童：《年复一年》，《寻找灯绳》，南京：江苏文艺出版社，1995年版，第89-90页。

过岁月的发酵以后，对其后来关于"文革"背景小说中的暴力书写产生了某种显而易见的影响。再比如在一九七一年苏童九岁时因为患了严重肾炎和并发性败血症被迫休学半年在家治病。这段生病经历造成的痛苦让九岁的苏童很早就感受到了死亡的威胁，生命的无常感使得后来苏童的作品中总是弥漫着一种个人对死亡的恐惧体验。对此，苏童自己就曾坦承地说过："我现在是以一个作家的身份在描绘死亡，可以说是一个惯性，但这个惯性可能与我小时候得过病有关。"。[7]

从一九七五到一九八〇年是苏童的中学阶段。从小就萌发的要当一名作家的渴望在他高中时期化成了实际行动，这和日本的川端康成有几分相似。但可惜苏童没有川端康成那样的幸运，缪斯女神显然还远远没有垂青于他，他上高中时投稿的小说全部给退了回来，这时的苏童也写过诗歌，还庄严地将之写在一个价格不菲的塑料皮笔记本上，作为青涩的文学追梦期的一个纪念一直保留着。

一九八〇年，十八岁的苏童考入了北京师范大学。在当时整个"中文系的学生起码有一半想当诗人或作家"[8]的整体气氛中，开始启动了自己对文学之梦终其一生的全身心追求中去，他先是大量地写诗，后又迷恋写小说，起初的进程很是不顺，一再遭遇退稿的尴尬一度让苏童非常苦恼。为了逃避同班同学那嘲弄的目光和讪笑，已经无法叫停投稿机器的他不得不和一位女生商定将退稿的地址该由她转交。一九八三年，在文学上念兹在兹多年的苏童终于等来了文学的回馈，这一年的《飞天》杂志和《星星》诗刊分别发表了苏童的几组诗歌。更重要的"奖励"则来自被誉为"四小花旦"的《青春》上刊发了苏童的小说处女作《第八个铜像》，这个短篇小说旋即又在第二年获得了《青春》的"青春"奖。这些被后来苏童认为非常稚嫩、荒唐都不好意思收入作品集子的创作在当时让苏童充溢了强大无比的内心力量，让他终于"有一种找到光明前途无量的骄矜和自傲，从此确立了要当作家的宏大理想"了。[9]

一九八四年苏童大学毕业后在南京艺术学院当了近两年的辅导员。在这里由于他经常晚上写小说影响次日正常上班被有关领导目为"不务正业者"，好在这两年陆续发表的一些小说让他次年年底终于得以在朋友的帮助下去了

7　苏童：《苏童王宏图对话录》，苏州：苏州大学出版社，2003 年版，第 197 页。

8　苏童：《年复一年》，《寻找灯绳》，南京：江苏文艺出版社，1995 年版第 92 页。

9　苏童：《一份自传》，《河流的秘密》，北京：作家出版社，2009 年版，第 105 页。

心仪已久的《钟山》杂志做了编辑。杂志社给予了苏童一个几乎全息性的文学氛围，除了"在这里每天所干的事所遇见的人都与文学有关，还经常坐飞机去外地找知名作家组稿"。[10]这中工作上的便利使他接触了许多像贾平凹、铁凝、路遥、张承志那样的著名作家，被在创作上得到这些小说大家的真诚指导，这种前所未有的文学滋养让苏童的文学视界具有了开阔的视野，小说创作有了长足的进步。苏童后来在 1989 年以前发表的很多作品都是源于此一阶段的积淀。

三、作为文学地理版图的"香椿树街"和"枫杨树乡"

根据张学昕在《苏童研究年谱》中提供的研究资料证明，在苏童调入《钟山》杂志社的 1986-1987 年间，其小说的发表呈现出一个井喷的势头。这两年发表的小说主要有：《白洋淀 红月亮》（《钟山》第一期）、《门》（《湖海》第一期）、《水闸》（《小说林》第二期）、《祖母的季节》（《十月》第四期）、《青石与河流》（《收获》第五期）、《北墙上那·双眼睛》（《广州文艺》第七期）、《流浪的金鱼》（《青春》第七期）、《岔河》（《作家》第八期）、《桑园留念》（《北京文学》第二期）、《飞越我的枫杨树故乡》（《上海文学》第二期）、《一九三四年的逃亡》（《收获》第五期）、《黑脸家林——一个人的短暂历史》（《解放军文艺》第二期）、《有三棵椰子树的地方》（《西湖》第三期）、《后院的紫槐和少女》（《广州文艺》第三期）、《北方的向日葵（徽州女人）》（《湖海》第五期）、《算一算屋顶下有几个人》（《钟山》第五期）、《蓝白染坊》（《花城》第五期）、《故事：外乡人父子》（《北京文学》第八期）、《丧失的桂花树之歌》（《作家》第八期）、《遥望河滩》（《奔流》第十一期）等。张学昕教授在援引《小说评论》2004 年第 2 期的一篇文章《打开人性的皱折——苏童访谈录》的观点时指出：一九八七年对于苏童来说是具有纪元意义的一年，在这一年，苏童一是凭借《一九三四年的逃亡》和洪峰、格非等一起，成为先锋小说的领军人物之一，二是同时开启了其后延续几十年之久的"香椿树街序列"和"枫杨树系列"两个小说领地，三是其凭借这一时期以《一九三四年的逃亡》等接近成熟的小说作品一举获得了当时评坛上先锋小说、寻根小说和新历史小说的同时指认和青睐，他说："《一九三四年的逃亡》是苏童的第一篇中篇小说，是他的'枫杨树系列'的第一个作品。它也是苏童的实验之作……在某种程度上，它开启

10 苏童：《年复一年》，《寻找灯绳》，南京：江苏文艺出版社，1995 年版，第 94 页。

了苏童小说的实验之路。而它作为'枫杨树'系列的第一部作品，更是不容忽视的。苏童虽然是以'香椿树街'起步，但是却是以'枫杨树乡'闻名文坛。因为'枫杨树'不仅作为一个意象反复出现在苏童后来的许多小说中，而且文本中代表着故乡的枫杨树乡村更是一个精神故乡和文学故乡，寄予着苏童的怀乡和还乡的情结。而在这篇小说的创作期间，正是'寻根'文学思潮比较热闹的时期，这一思潮推动了'我对我自己的精神之根的探索'，所以这种关于'怀乡、还乡'的写作其实也是苏童关于自己的'根'的一次次的探究……这篇小说不自觉、不期然地与叶兆言、格非、北村、刘震云等人的作品被文学史家和评论家们界定为"新历史主义"小说。"。[11]

继《一九三四年的逃亡》以后，苏童又在 1988 年和 1989 年分别写出了《罂粟之家》（《收获》第六期）和《妻妾成群》（《收获》第六期）。这三个中篇是支撑苏童的创作在当代文坛中被广泛认可的三个支柱。《罂粟之家》被陈晓明先生盛赞为是："可以推为百年来中国中篇小说首屈一指的作品之一……是一篇风格性很强的小说，其叙述的语式与语言的韵味显示出鲜明强烈的形式主义特征。在很大程度上，它代表了八十年代后期中国先锋派小说的艺术特色，也标志着汉语小说在八十年代后期所达到的艺术高度。"。[12]，而《妻妾成群》更是让苏童成为了第五代导演眼中合作的宠儿，随着该小说影视剧改编的成功，当年不肯眷顾苏童的缪斯女神们从此开始纷纷垂青这个飞黄腾达的文坛奇兵了。如同当年霍桑在《重讲一遍的故事》付梓以后引发美英评论家的如潮好评从而给他打开了"与世界沟通的通道"后他在一篇手记中写道的"终于在这间昏暗寒伧的幽室里赢得了声誉"那样，苏童可以一边在南京市中心的某个阁楼一边写作一边这样自言自语了："自此没有谁来阻挠我的强烈的发表欲望了，那些周游全国的稿件——有了令人满意的答复，自此上帝开始保佑我这个被文学所折磨的苦孩子"了。[13]

回顾苏童近四十年的创作，若按照题材类型划分，为了叙述上的方便，学界一般将苏童的创作分为"童年记忆期"、"妇女题材写作期"、"新历史小

---

11 张学昕：《苏童文学年谱》，《东吴学术》，2012 年 06 期。

12 陈晓明：《论〈罂粟之家〉——苏童创作中的历史感与美学意味》，《文艺争鸣》2007 年第 6 期。

13 语出苏童，见汪政，何平编《苏童研究资料》，天津人民出版社，2007 年版，第 44 页。

说写作期"和"现实回归期"；[14]若按照时间划分，则大致可以分为五个阶段：即是 1987 前之前的练笔期：此一时期的作品过于稚嫩，苏童一直不肯将之收录进作品自选集中；1987-1989 年的先锋期：此一时期上面笔者已经进行了详细的介绍，这里就不再赘述了；1989-1993 年的嬗变期，《妻妾成群》以后的《红粉》《米》等虽然在艺术手法上体现了苏童向现实主义写实层面的靠拢，但这些中长篇中蕴含的解构宏观话语历史的去中心精神和对逃亡、异化主题的迷恋却强烈地洋溢着后现代主义文学的色彩；1993 年 2000 年的沉潜积淀期，这一时期，被苏童自己命名为漫长短篇期，作家在沉潜中寻求创作上的再次突围和升华；2001 年以后，随着《蛇为什么会飞》等长篇小说的接连问世，见证了苏童转型成功后在创作上的日臻成熟。

截止到 2019 年，苏童共有 9 部长篇小说（分别是《米》《菩萨蛮》《蛇为什么会飞》《红粉》《武则天》《我的帝王生涯》《碧奴》《河岸》和《黄雀记》）、近百篇短篇小说问世，另外他还写过为数不多的散文和创作谈。这其中，有 3/4 以上的小说叙事背景都发生在他杜撰生发的"枫杨树乡"和"香椿树街"这两个江南之地。对于苏童小说中的这两个虚构世界，关于"枫杨树乡"的所在，在读者和批评家们中间一直各持己见、聚讼不已。一些批评家言之凿凿地说，这是指苏童的祖籍——江苏扬中县的三湄乡，但朱伟对此明确地否定道："《飞越我的枫杨树故乡》是苏童的第一个中篇。在这个中篇里，他第一次写到'枫杨树'这个地方。这个地方应该是苏童意象里的家乡——他的父母都是扬中人，好像他 10 岁才回过一次老家，而他笔下的'枫杨树'却是开满了如'翻滚的红波浪'一样的罂粟花，肯定不是扬中。"[15]因此，在讨论中将"枫杨树乡"看作是苏童在其精神王国内的建构的某个召唤自我寻根回望的精神故乡大致可行。而"香椿树街"是作家明确说明的童年生活所在的苏州城北地带，这一点没有问题。由作家出版社 2013 年 8 月出版的长篇《黄雀记》就是苏童以"香椿树街"为故事背景创作的极具代表性的小说之一。文本无论在先锋性的空间叙事策略上还是在现代性的"异化"主题深掘上都可以视为是作家创作步入成熟期后一部炉火纯青的巅峰之作。具体而微：在叙事方面，作家除了对故事发生的场所、场景进行描摹而外，还有意识地利用了中心视点

14 汪政：《苏童访谈》，见汪政，何平编《苏童研究资料》，天津人民出版社，2007 年版，第 23 页。
15 朱伟：《苏童：飞越我的枫杨树故乡》（上），《北广人物》2017 年第 26 期。

的切换、叙述线程的扩散、"螺旋体"的结构……等多种点、线、面相结合的共时性空间技巧来表现传统小说中历时性的时间维度。在主题层面，文本蕴含了历史空间和现实空间的隐喻性对话以及作家对接连遭遇权力、物欲的"洗礼"而全面异化的一代"失魂人"的深切人文关怀。具体论述如下。

第二节　论苏童《黄雀记》的空间叙事和异化主题

一、空间视点的切割和叙事线程的扩散

伴随着西方空间理论在上世纪 90 年代初被介绍到中国以来，大陆具有明显空间意识的小说创作渐次增多。不少小说作家对空间发生了越来越浓厚的兴趣。在他们的小说文本中，不再把空间仅仅看作是故事发生的地点和叙事必不可少的场景，而是试图利用传统共时性空间来表现小说中历时性的时间维度。继而利用空间推演小说矛盾进程，乃至以之安排小说文本的内外结构。苏童无疑是这批作家中的一个很好的代表，他的小说《黄雀记》无论是在文本内部中心视点的切换、叙述线程的扩散、"螺旋体"的结构……等多种点、线、面相结合的几何空间性技巧的运用上，还是在文本结构安排的惨淡经营方面无不洋溢着鲜明的空间特色。

托尔斯泰曾经说过：一部优秀的艺术作品中最重要的东西是它必须找到那个所有射线集聚或发出的点。[16]亨利·詹姆斯亦有类似的表述，他把这个点视为是小说家创作的中心和作品得以展开所围绕着的焦点，在《罗德里克·哈德逊》（Roderick Hudson）的前言中，他声称："作品……通过找到其中心点，即掌控小说其他部分的那个点，而保持了平衡。从这一中心点，主题得到了论述；从这一中心点……作品已认可了某种构造原则，并至少图谋着捆在了一起"。[17]詹姆斯继而把这一焦点发展成小说某一个（或某几个）人物的观察视界，在詹姆斯看来，小说中单纯的人物外在行动刻画并无重要的意义，真正使叙述产生意义的是某个（或某几个）人物眼中的"事件"。这个（或这些）人物即是所谓的视点人物。

16　Itamburger, Käte. Tolstoy's Art // Ralph E. Matlaw (ed.). Tolstoy [C], Englewood Cliffs, N.J.: Prentice-Hall, 2007. Page16.

17　James, Henry, The Art of the Novel: Critical Prefaces [M]. R. P. Blackmur (ed.). New York: Scribner's, 2003. Page15.

小说《黄雀记》中有三个视点人物：保润、仙女（白蓁）、柳生。小说也就主要根据这三个不同视点人物的各自视界而分化出了三个角度不同的"透视区域"：即是上阕（保润的春天）、中阕（柳生的秋天）和下阕（白小姐的夏天），文本完全依照一阕对应于一个视点人物的布局而展开，在每个"透视区域"之内，作者紧紧地围绕着该视点人物，以其作为最大分量的用力所在，对该视点人物意识周围的卫星式角色和与故事发展关系不大的细节事件，并没有向传统小说那样作面面俱到的全方位表述。三个主要视点人物各站在其不同的观察点对不同的（有时是相同的）故事内容进行带有各自心理反应和价值判断的表述，在很大程度上使小说作者与读者一样成了故事发生时并不在场的聆听者，从而大大地增强了小说的戏剧化效果。而在整体小说的架构上，又通过视点与视点之间的转换和人物与人物的互为镜像，这样一是可以使得每个人物的活动和行为又都能从其他视点人物的"反射镜"中得以呈现，二是使得故事情节在整体上呈现出一种立体互动的强烈质感。

可见，《黄雀记》中作者通过对小说中保润、仙女（白蓁）、柳生三个视点人物眼光的交错采用，对处于这三个视点人物视界中的事件做出相对客观的自然呈现，由此有效地拉远了作家直接的叙述和作为叙述对象的故事本身之间的距离，这样做在降低小说作者叙事声音的同时，无疑也增强小说的戏剧性张力，凸现了小说叙事的非线性结构。从某种意义上，正是因为通过上述三个小说视点人物之眼展现出来的"事件"势必在各视点人物意识的屏幕上投射进这三个视点人物自身的心理意义，所以这种空间几何点技法的运用无疑是大大强化《黄雀记》文本叙事的空间性。

现代、后现代小说作家普遍认为，在故事推进的过程中，一条时间线索可以在走向上分岔为无数个"未来"，而仅仅选取其中的一种而否定其他走向的传统线性因果的叙事不能描写生活深层的本质，在他们的心目中，把叙事线程处理的接近完美的理想文本无疑是博尔赫斯《曲径分岔的花园》或奎因的《三月四月》那样的迷宫体小说。虽然，这种境界并非每一个作家都能达到，可是，追求叙事线程最大扩散化的空间美始终是他们心目中无法绕开的梦想。这种追求在小说《黄雀记》里面无疑留下了深刻的烙印。

在阅读保润出狱以后小说情节进展的过程中，相信大多数读者会有和笔者一样的质疑：在小说的前半部分作者围绕着保润必然复仇的所有能量酝酿和似乎是力托千钧的设局与造势——那十年牢狱之灾的冤屈、那生命中最好年华的蹉跎消耗和那家破人亡的仇恨——却毫无前兆地被一场十年后水塔上的小拉舞步消解的无影无踪。按照传统小说的因果逻辑，被柳生和仙女陷害的保润，在终于走出了最黑暗的十年人生隧道以后，这一把熊熊燃烧着的复仇之火足以烧毁一切，他势必寻找一切可能的机会，最后把他的两个仇人一并杀死，自己或是出逃或是被绳之以法——这种推演是传统因果线性叙事的典型处理方法。

但是，作者的高明之处恰恰在于他在故事的走向上看到了更多的"分岔"，直到我们读完全部小说内容，蓦然回首于文本接近尾声时的那两幕场景时，才会"合理"地洞悉并由衷地钦佩作者匠心独运的高明叙述技巧。在这两幕场景不足千字的表述中，高度凝练地含纳了上述故事分岔可能蕴含的全部走向。

场景一："他的左臂和右臂各刺了两个字，左侧是君子，右侧是报仇。这是她第一次看见裸露的保润。她不知道保润的大臂上有这样扎眼的刺青，有四簇暗蓝色的火焰在他皮肤上燃烧。君子。报仇。君子报仇十年不晚？十年正好是现在，确实不晚。君子要向谁报仇？她像是看见一份通缉令，通缉令上隐约写着她的名字，突然的窒息感袭来，她的腿发软，赶紧爬下了梯子……接过了那朵半开的红色的睡莲，不知怎么想起当年水塔里的夕阳之光，眼睛顿时湿了。她把睡莲捧到厨房，找了一只汤碗装满水，睡莲便浮在碗里了，半开半合，欲言又止的。"[18]

场景二："……她想起柳生那天半夜借宿的细节，脱口而出，你爸爸的裤子，让柳生穿走了。话一出口，她就知道自己嘴快，但是，后悔来不及了，门那边一片死寂。大约过了五分钟，保润从他父母的房间里出来，西装革履，头发已经干了，他的脸色看起来很阴沉，透出一股肃杀之气……她动手去替他整理领带，啪的一下，手被保润甩开了，保润怒喝一声，婊子，别碰我的领带！后悔来不及了，她清晰地看见他眼角的一滴泪花。……过了两秒钟，他突然回过头对她笑了笑，他说，我喝多少酒你明天就会知道的，你等着。"。

以下的扩散叙事线程代表了文本故事发展所指示的几乎全部走向：

①因为恨的太深，保润出狱以后将要丧心病狂地把仙女和柳生全部杀掉；

②因为保润始终爱着仙女，所以杀了柳生，放过了仙女；

18 本文中所引用的作品内容，均出自作家出版社 2013 年 8 月版《黄雀记》。后面不再另注。

③因为保润始终爱着仙女，而柳生又代为照顾其爷爷，这让保润对其心存道义上的感激，所以既没有杀害仙女，又没有杀害柳生。

④最终保润靠爱情的执着打动仙女，与之结合，仇恨遂被爱情稀释，原谅的柳生。

⑤在上述的第③种情况下，保润放过了柳生和仙女，柳生和仙女经过了沧桑巨变后，二人结合。

⑥在上述的第③种情况下，保润放过了柳生和仙女以后，发现自己依然对仙女怀有刻骨铭心的爱情，所以央求（或者胁迫）柳生帮忙撮合，让仙女住在自家老宅养胎，期望在仙女的养胎期间能用自己的痴情和仙女对自己道义上的亏欠赢得仙女的爱情，与之结合。

⑦在上述第⑥种情况下，宝润意外发现仙女在对自己拒之千里的同时，却依然爱着当年强奸过自己、而且目前已经新婚在即的柳生并甘愿与之苟合。对自己付出的一腔痴情却被贬值的愤恨、对柳生的积蓄了十年来的妒恨、和其造成自己家破人亡的旧有仇恨——终于使得柳生放弃了自己早先已经对二人不计前嫌的饶恕和宽宥，重新燃起复仇烈焰，在所有人（甚至包括读者在内）都以为保润不会再向柳家寻仇的情况下，在柳生的新婚喜宴上，当着全部宾客和柳生全部家人的面，保润连捅三刀杀死了柳生。

笔者以为这两幅场景无疑在叙事线程的最大化空间追求上达到了莱辛在《拉奥孔》中提及的"包孕性时刻"那样的美学高度：因为在第一幕的场景里，作者通过了作为特殊视点人物仙女的视域和心理反映折射出作家赋予整部小说前六种全部可能的叙事"分岔"：宝润身上的刺青说明了保润曾经有过进行①②前两种行动的强烈动机；但是，这幕温馨的场景又暗示了如果故事照此逻辑发展下去必然会有实现③④⑤⑥这四种走向的可能。

第二幕场景较之前一幕场景无疑更有着"一粒巧用、全部激活"的妙处，它在全局中起到一个足以翻天覆地、扭转乾坤的巨大空间功能，它使得整个的故事走向摆脱了中间四种的任何一种可能的轨道而发生"突转"：在一个貌似偶然的事故的触发下（倘若仙女当时就解释清楚了那条睡裤的事情结局势必就会向着上述的四个方向翻转），故事的结局不可挽回地滑向一个谁也不愿意看到的巨大漩涡。可见，正是这种追求迷宫空间效应的线程扩散技巧的应用，令人信服地展示了故事中各色人物命运因为被外界无数不可预测力量的影响乃至操纵而尽显不确定性和随机性的复杂一面。

二、"螺旋体"意象和双重空间结构

上述两幕场景造成的故事"逆转"，使得整个小说达到了一种空间意义上的顶点，而非时间意义上的高潮，至少不是传统小说那样的在戏剧情节中发酵出来的"高潮"。在传统的小说（集中体现在所谓的社会主义现实主义小说）的写作中，似乎每部小说都应被构造成类似教堂或者是金字塔式的形状，在圆拱型或者是尖锥型的顶端有光线打在其上，这个照亮全部小说的闪光处就是所谓的戏剧性高潮，它使得全部小说看起来给人一种透视的立体感觉。但是无疑在这里作家放弃了这种时间性的、有着上升式的虚假艺术高潮的臆造。在这个"至今需要绑着才能说话的"现实社会，作家在这里无疑是想让其小说在去"小说化"和去"戏剧化"之后比"艺术或许应该是的那样"更像生活。作者把这种平庸的小说家常常不厌其烦地使用着的虚假高潮从他的故事中平移开来以后，无法朝向读者期待视野所瞩目的高潮继续飞升的整个小说便在此处被突然叫停，转而在空间的二级错觉中化作了一个上升到某个顶点以后因为耗尽能量而开始迅速降落下跌的巨大螺旋体。至此，推开小说，掩卷而思，才明白小说命名的真正吊诡之处——之前关于小说"去恶向善"的主题是"蝉"，之前对此笃信不疑的我们是"螳螂"，最后关头翻转小说的作家本人才是"黄雀"。

分析起来不难发现，在《黄雀记》中，三个女主人公（及其周边的卫星人物）的人生轨迹也和"螺旋体"结构这一意象非常吻合。这三个始终围绕着自我中心不停地盘旋打转着的螺旋体，貌似开放，但是盘旋的中心却是灵魂的缺席和主体性的沦丧，她们表面上充满活力的盘旋构造盛载着她们各自的梦想企图摆脱一切引力盲目地向上努力地攀爬。在起初阶段的确也都有过她们自以为是引以为豪的短暂飞升，但最终被各自冥冥中似乎早已注定的"透明挡板"所阻止，然后不可逆转地向下坠落，堕入黑暗的深渊。

粟宝珍冲破重重阻力、担着不孝骂名总算是把累赘公公送进了井亭医院。从此耳根清净了不说，还给这个家带来了新的经济进项。先是老式的红木大床卖了五百元大钞，接着把家里腾出来老屋又长期租给商业个体户马师傅一家每月都坐等一笔不小的租金，眼看儿子通过关系被送进县委食堂当厨师，眼看这个家蒸蒸日上之际，一场冤狱官司迎面撞来，转眼间落得个中年丧夫，流落他乡的下场。

邵兰英机关算尽，从官司中捞出儿子以后，又在各方面上下打点，儿子事后痛改前非、洗心革面，夹起尾巴低调做人，以后又开了家不大不小的公司，由于得到井亭医院乔院长的"照顾"，不断得到肥缺和商机，其公司渐有风生水起之势。女儿柳娟精神病好转嫁人生子。保润放出来后也不再向柳家寻仇，那架势还摆明了和柳生成了亲兄弟一般的朋友。佛祖保佑、万事大吉，儿子也终于同意和已经是公务员身份的领家小丽结婚。孰料行踪诡异的死神在喜气洋洋的婚宴上假保润之手连用三刀就彻底戳破柳家苦心经营十年的美梦。柳生死了，邵兰英也疯了，在她未疯之前是否懊悔过十年前的精明选择也不得而知。

最能体现这种螺旋体意象的小说人物就是仙女了。在小说下阕的一个场景中，作者提供了一个有关这种象征体验的"特写式"聚焦："……偏偏那女儿检查了画面，不符合要求，还想请她多拍一张，她居然拂袖而去，嘴里刻薄地说，你们这些人，就喜欢假货！有这么矮的埃菲尔铁塔吗？要拍埃菲尔铁塔，去巴黎拍！这地方有什么可拍的？……她进了白宫。白宫是回廊式的，她觉得自己的身体像一只陀螺，被寂寞狠狠抽了一鞭子，开始无主地旋转，这个回廊，倒是适合陀螺的转动。"

这幅场景里出现的那个被寂寞抽了一鞭后开始无主地旋转的陀螺和同样是螺旋体的楼梯一样，是一个十分模棱两可的意象，既可以向上通往铺满阳光的阁楼，又可以向下步入黑暗的地窖。它事实上是对仙女人生运转轨迹的最好譬喻。这幅场景也仿佛一下子穿透了十年的时光，带着读者回到仙女和保润第一次邂逅时她数落保润的那个在岁月底片上被定格的瞬间：

……鸿雁照相馆？谁去鸿雁照相馆拍照？她把伞面转动了一下，鼻孔里发出嗤的一声，你们乡下人，才喜欢去那里拍照呢。

对于白小姐而言，这两幕场景之间有种东西是一脉相承的：鄙夷那些和自己一样出身低微的一群，在强烈的拜金欲望的本能驱动之下，用尽一切能量，使得自己能够从贱民的深渊升至未知将来的最高区域——步入类似郑老板那样的名副其实的有钱人行列！为此她少女时为了一些小恩小惠加上一个手镯可以和强奸自己的柳生一家达成诬告保润的攻守同盟、为此她可以去大都市充当酒吧夜总会歌手（甚至是为郑老板物色妓女的老鸨）、为此她可以抢夺有妇之夫并且随手抛弃后再找人把他逼死……但是，躲在暗处的命运无情地嘲弄了她，她终究没能把自己的人生绘成直指天堂的金字塔，正好相反，事实上这个她始终追求的金字塔式的人生被命运之手轻而易举地就推到掀翻，终于变成了一个倒着的金字塔，一个狡诈无比不可思议的螺旋体，它升到了某个极限以后就开始不可逆转地跌落下滑，直到最后被引向魔鬼所在的地狱，沦为了但丁描述过的装饰地狱的漏斗。

除了以上集中分析的三个女性人物以外，笔者发现，在《黄雀记》的小说文本中还充斥着太多太多的螺旋体结构的人物运行轨迹：十年前逃脱法网、十年后又左右逢源春风得意的柳生；走出监狱，准备开展崭新生活的保润；白小姐身边的那个青春靓丽还没有被送进戒毒所的深蓝小姐……等等，从某种意义上，《黄雀记》就是一个各色陀螺体结构人物纷纷彩排亮相的平台。

巧合的是，倘若把小说上阕、中阕和下阕各自所含篇章数目进行罗列对比来看，则分别是 19 章（上阕，保润的春天）、16 章（中阕，柳生的秋天）和 15 章（下阕，白小姐的夏天），数目比例的本身在空间上也呈现出由宽阔向狭窄渐渐收拢的、由上向下坠落的螺旋体结构来，当然，这种解读虽然可能会有牵强附会之嫌，但仍然不失是对小说进行空间审视的一种进入路径。

除了上文提及的一些作为打破传统线性因果时间叙事而被作家被有意识地在文本内部加以利用的空间技巧或手段而外，分析起来，《黄雀记》的"空间"特色在文本里还表现为更高层面意义上的小说内、外双重结构的惨淡经营上：从文本显在的外围结构上来看，小说呈现出的是一种"圆圈式"空间形式；从文本潜在的内在逻辑结构上而言，小说则表现为历史空间和现实空间的隐喻性对峙以及前者对后者的夹击和渗透。

在小说上阕（保润的春天）第 3 章"手电筒"一节，在整个文本故事即将展开的伊始，作家这样写道："但是，每一对木榫都有一个共同的遗憾，大床的老主人消失很久了，无处告别，而当年的小主人正在阁楼上酣睡，对于大床的灭亡无动于衷。"应该说，这句话很容易就让读者想到加西亚·马尔克斯的长篇小说《百年孤独》里的那个经典开头——"许多年之后，面对行刑队，奥雷良诺·布恩地亚上校将会回想起，他父亲带他去见识冰块的那个遥远的下午。"[19]两者在各自文本中所隐含的时间纬度以及二者所担当的叙事功能有着异曲同工之妙。参照阿根廷学者张玫珊对《百年孤独》空间结构的解读，笔者以为，出现在小说《黄雀记》故事展开伊始的这么短短的一句"当年的小主人"，和《百年孤独》开头的叙事功能相类，一下子激活了故事时间

---

19 [哥伦比亚]加西亚·马尔克斯：《百年孤独》，黄锦炎等译，浙江文艺出版社 1991
年版，第 1 页。

的过去、现在、未来三个不同向度，充分地昭示和彰显了文本叙事结构的空间特性。因为对于作者这个幕后的总体叙述者而言，无论是此前业已陈述的"爷爷的故事"还是此后有待陈述的"保润的故事"、"仙女的故事"、"柳生的故事"、"白蓁的故事"以及上述所有人的故事汇合以后最终不可挽回地走向毁灭性的悲剧故事终点——原来一切都是作者站在十年之后熟谙故事结局基础上对上述各个情节的回顾而已：一切都早已发生，一切都早已是"过去"，一切都属于回忆。于是，小说的结构就呈现出一个由时间打造的空间性的圆圈。作者让他的各个人物角色严格按照彼此的车辙向前运行。然而，这种貌似复杂的运行总是陷于预设的"轨道"之中，无论怎样旋转，终究还要回到原处。穿过这类似走马灯上的一幕幕轮番上演的故事灯景，我们仿佛看到蜷藏在走马灯轴心位置的作家正悠闲自得、张弛有致地转动着其实早已被固定在不同弧面的定格图景。这些不同故事组成的不同灯景衔接成一个圆圈，任凭作者从任意一点上开始自由地转动。

　　小说《黄雀记》的内在逻辑结构亦是一种抽象的、象征的空间建构形式。这种形式具体表现为飘忽的历史空间和平面的现实空间的对峙与对话。这里现实的空间表现为一个被抽空了历史和未来意识、消解了意义中心和人类主体性的后现代平面式空间，一个被种种欲望符号体系所操纵和奴役的"恶托邦"地带，一个因遭遇权力规训和商品物欲的接踵"洗礼"而全面异化的一代"失魂人"纷纷粉墨登场、进行各自人性恶表演的舞台。在这个貌似强大的后现代平面现实空间的挤压下，文本中的历史空间不过只是些投射在现实空间镜像中的面目模糊的剪影而已，它们储存在爷爷一代人的记忆中，粘沾在那个被拆散兜售的雕花红木大床上，徘徊在保润家的老式天井中。但从另一个角度而言，它们无疑又是传统文化之根的意象凝结处，是社会理性和伦理守护所系的历史在场，是被作者隐喻性地赋予了对充满了混沌、无序、暴力和人性邪恶塑落的现实空间进行最终救赎的全部希望之光。

三、"失魂"一代的恶之舞

　　如果说伴随着西方海外殖民的扩张，特别是美洲大发现后带给人类"空间维度"的观念更新可以算作第一次空间革命的话，那么，20 世纪 80 年代以来，在风靡全球的西方商品经济的强力助推下，世界各国被陆续整合进同一个总体性劳动分工协作体系的全球化历史趋势无疑可以视为第二次更大规模的空间革命。这次空间革命不仅要求早先更多意义上以血缘和地域联系为自然分隔的民族国家打破壁垒，开创一个所谓"全面敞开的"空间世界，更野心勃勃地要求建立一个以现代西方商品拜物伦理为统治基础的、企图收编或同化任何异质文化和反抗性意识形态的"同质性的"超级空间世界。改革开放以来的中国大陆，在物质现代化获得长足发展的同时，传统的民族文化、道德伦理观念等诸方面却越来越被这个在全世界泛滥开来的现代超级空间所吞没——这就是我们现在居住在其中的空间。如上所述，在《黄雀记》所昭示的两种对峙空间中，盛载着传统文化之维的历史空间与这一强势空间的力量相比不仅是弱势的、稀薄的、失声的，而且同时还是陌生的，被排斥的。小说《黄雀记》中作者所搭建和营造的这个异常强势的现实空间，是一个价值判断缺失、传统文化被放逐、权力和万能的金钱统治一切的量化世界和异化世界。

权力和拜金主义在把自己施魅成现实空间内压倒一切的绝对权威之前，彼此联手先把无法直接转化成经济效应和现实利益的传统文化、道德、伦理从此在空间中进行挤压和驱逐。在《黄雀记》的文本叙事中，作者隐晦地表述了两者给传统文化遗产分别带来的劫难。

在保润爷爷的丢魂之初，热心的绍兴奶奶让他去祖坟祭拜，但爷爷苦于祖坟早已荡然无存而心急火燎时，"……绍兴奶奶心有不忍了，有意舒缓了语气，为他出谋划策，你也是命苦，祖坟刨了也不都怪你，怪那些红卫兵没良心。"。

这句话可谓是意味深长，因为按照保润爷爷的祖坟被刨这一切片提供出来的指掌图所指，很多读者势必都会重新回望和打量文革初期的那个所谓的"破四旧"时代。可以说，文中提到的那些英勇的红卫兵取得了"无比辉煌的丰功伟绩"，据不完全统计。中华民族五千年的文化遗产在这次浩劫中几乎被毁坏殆尽：从炎帝陵、仓颉墓园、舜帝陵，到大禹庙，从曲阜被炎黄子孙奉为"大成至圣先师文宣王"孔圣人，到杭州和汤阴武庙岳武穆的坟墓均被掀了个底朝天，文武圣人的遗骸更是被挫骨扬灰。新疆吐鲁番附近火焰山上的千佛洞的壁画中的人物的眼睛被挖空。全国最大的道教圣地老子讲经台及周围近百座道观被毁。至于象霍去病、袁崇焕、诸葛亮、王羲之、包拯、海瑞……等被中华民族奉为古圣先贤的陵墓祠堂在那个横扫一切的风暴中均被悉数夷成了平地——曾经被誉为和尼罗河流域文明、两河流域文明、印度河恒河流域文明并肩屹立在世界上辉煌无比的中国古文明，历尽几千年的磨难，大部分文化遗产在存有慎终追远敬畏感的传统中国得以保存，没想到走到了今天，却最终还是没有躲过权力的屠刀，大部分都永远地消失在了历史长河中。在大陆现在已经很难找到传统的中华文明的痕迹，我们眼中那金碧辉煌的道观庙宇、名胜古迹其实大多数是被商品经济之手重新装潢以后以便获得高额效益回报的仿真、拷贝和赝品。

如果说在改革开放之前（主要是文革时期），权力对传统文化的态度立足在一个"毁"字上，那么，自80、90年代以后，在中国特色商品经济唱主角的今天，作为现代社会中新兴的精神图腾——拜金主义对传统文化的态度则转变到一个"卖"字上。不仅是文革以后劫后余生的"实物"文化遗产可以用来变卖（如宝润爷爷的红木雕花大床），更为让人心悸的是，作为隐性遗产的传统文化精神也被人们随意兜售：为了钱，香椿树街的居民可以不顾体面、不分昼夜地掘地三尺去挖掘保润爷爷说的那个藏有黄金的手电筒；为了钱，保润父母可以不顾不孝的骂名和街坊的指责，把爷爷长期监禁在井亭医院以换取每月的二百元租金；为了钱，受害者可以诬告好人，放纵真正的强奸犯。为了钱，女人可以和不爱的人发生性关系，母亲可以签合同预售自己孕育的孩子。传统意义上儒家文化揭倡的仁、义、礼、孝、耻、温、良、恭、俭、让等多种作为华夏文明标识的精神维度在这个人性堕落、道德失范现代社会早已沦丧。面对传统文化遗产（既包括物质文化遗产也包括精神文化遗产）遭遇的二次拆解、贱卖和抛弃。作者对此无限的叹愧之情集中表现在作者对祖父房中的雕花大床和家蛇两个意象颇具魔幻性色彩的刻意营造上。红木雕花大床被拆解后的变卖，代表祖先魂灵的家蛇（传说中人类始祖的伏羲和女娲就是两条蛇）被草草地丢弃在垃圾场。这两个场景中描写无疑暗示了传统历史文化遗产在现实社会中的际遇——经受了权力和物欲的两次洗劫以后，现代社会的人们切断了在文化上与其历史的联系，沦为一片文化的瓦砾场，古老的传统文化传承到此几乎已经戛然而止，平面的现实世界中到处充斥的只是象爷爷和仙女那样的灵魂已经被权力和物欲分别阉割的失魂人。正如本雅明在他很有名的一篇短论《经验与贫乏》中所感叹的那样："我们变得贫乏了。人类遗产被我们一件件交了出去，常常只以百分之一的价值押在当铺，只为了换取'现实'这一小铜板。"[20]

---

20 [德]本雅明：《经验与贫乏》，王炳均、杨劲译，百花文艺出版社1999年9月第1版，第258页。

　　传统文化的抽离无疑意味着历史的被屏蔽，于是，在我们栖息其间的这个现代社会，过去与现在的联系被取消了，原本是五彩缤纷的世界一变而成为打破过去、现在、未来连续性的，仅仅从中截取出现在作为孤立的存在方式的单向度空间——历史的、文化的、古典的包袱被抖落和遗弃，悲剧感、使命感、责任感被放弃和疏离。这里是所有高度都被削平的现实空间，这里是一切深度均被填埋的现实空间。这一把权力和拜金奉为唯一圭臬、感性欲望和器官本能被无穷放大、处处流淌着人性的贪婪和邪恶的现实空间，已经异化成对生存在其间的一代人鲜活主体性及其行为模式乃至内心无意识进行全面压抑与不可控制的强大巫术力量。这种全面异化、不可理喻却又无法逃避的空间只会造就出主体性沦丧的失魂一代。他们生活在权力和金钱为这个平面的现实异化空间整体设计了的生活方式之中，时刻遭受着这二者的奴役而不自知，他们纷纷穿梭于作者交替使用直笔和曲笔予以塑造的、以井亭医院的内外世界为框架进行取景的艺术幻象中，自觉或者不自觉地跳起了各式各样的恶之舞。

　　首先，井亭医院这一奉行"权力和拜金伦理的小型社会"无疑是毒化新生一代的大染缸：不难看出，本来是充满孝心的少年保润在医院中呆了不久时间以后，就学会了对暴力（权力的象征）的迷恋和迷信。他从对不听话的爷爷进行捆绑的反复实践中，练就了各种捆人的技术。他从捆绑亲人和病人的乐趣中开始迷恋暴力。进而迷信一切人不听话都应该进行捆绑，终于在井亭医院的水塔里，因为捆绑不听话的仙女而被诬告，被关在监狱里坐了整整十年牢；在这里住在贫民窟式小屋中的仙女，也是在井亭医院这个特殊的成长环境中日益长成一个艳羡有钱人的拜金者。她从来都不正眼看暗恋着自己的保润一眼，但听柳生说保润是有钱医生的儿子以后马上答应与其约会，发现真相以后又气急败坏，把文化宫溜冰的押金赖着不还买了录音机，最最让人不可饶恕的就是，为了一点蝇头小利和一个镯子，而陷害保润是强奸真凶。

　　其次，在文本中，井亭医院的内外两重世界显然具有某种同构和互文性：

　　在井亭医院内部，保润无师自通地学会了各种捆人技术且将之以诸如"安定结"、"民主结"、"法治结"……等等进行命名无疑对应于外面现实世界中的民主、法治的匮乏以及权力对任何稍加越轨的社会思想的约束捆绑；在井亭医院内部，有钱可以住进特级病房，可以买到烧香拜佛的垄断权。同样在医院外部则有钱可以蒙蔽法律的双眼，可以让清白变成罪孽，让罪孽变得清白；在医院内部有像爷爷一样的被强行命名的精神病患者，在医院外面关押保润的监狱里同样关押监禁着许许多多无钱无势的蒙冤受害者。而井亭医院内部的那个水塔，作为见证和保存发生在保润、仙女和柳生三人之间故事的标识物，无疑已经化身成了时间化了的空间，它是"共同的过去"频繁地嵌入三人"不同的现在"的象征，十年来它不断地把井亭医院外面的柳生、白小姐和保润拉回又推远，正是连接井亭医院内外世界隐形的几条命运控制木偶的提线。

可见，在作者营造的这个以井亭医院内外空间为取景范围的偌大荧幕上，尽管传统小说中的某些形象或角色依然存在，但他们无疑都是经过乔装打扮、改头换面之后才得以保存的——因权力膨胀而患精神病的行政首长，因投机钻营一夜暴发后患上妄想症的土豪新贵，财大气粗开口闭口要买下政府医院的私企老总，以青春、身体作为赌注以换取金钱和明天的荡妇舞女、垮了的一代……这些角色起着一种和他们的"传统文化前辈"不同乃至相反的示范作用。他们不再是过去人们理想生活方式的楷模和高标，而是这个"空气和水土中都携带着毒素"的现实空间所培育出来的畸形者典型。

在《空间的生产》一书中列斐伏尔认为："（社会）空间与自然场所的鲜明差异表现在它们并不是简单的并置，它们更可能是互相介入、互相结合、互相叠加"，[21]社会空间不是什么社会关系演变的容器或平台，而是一切社会矛盾与冲突纠葛一体的场所，是社会关系全为重要的组成部分，它既是在"历史的空间"发展中生产出来的，又随历史的演变而重新结构，向着蕴含着无限可能性的"将来的空间"方向在转化。在揭露和批判这个主体性沦丧、人人"失魂"、拜金主义价值观充斥风行、彻底异化了的现实社会状况的同时，作家无疑也在密切关注着这一"现实空间再生产"的走向，并从质疑和否定神性、肯定人性和文化的双重维度出发，试图探索对之进行救赎的可能性。在小说文本的"康司令怒摔菩萨像"和"庞太太高举《圣经》回应柳生对基督的质疑"这两幕场景里，救世的弥赛亚和佛教中的那些所谓地藏菩萨、千手观音一同被作者归于虚妄。面对传统神性救赎意义的消失，作者把其拯救的企图，把这抹涂在混沌无序、黑暗无边的基本故事色调上的希望之光，显然投向了构成现代人性不可或缺的爱情元素和以亲情、道德、伦理等所象征着的厚重的文化传统之维。

---

21 [法]列斐伏尔：《空间的生产》，布莱克维尔 1991 版，第 88 页。

爱情可以说是打开整个故事文本中保润身上全部矛盾之锁的钥匙：他只所以对昔日的这个把自己害的家破人亡的白蓁作出几乎出乎所有人意料的谅解与宽恕唯一的原因就是他还爱着她，在这个欲望横流、人性堕落、爱情可以用期货合同的方式进行买卖、子宫可以当做矿产一样被采掘的现实社会中，他保润身上居然还留存着作为人性集体无意识中的爱情记忆！尽管这只是种被仙女和柳生称之为"世界大傻逼"式的单恋，但它对于保润来说照样是一种刻骨铭心九死不悔的生命体验。它也是保润可以把积攒了十年之久的复仇矢量在水塔中的一场捆绑的小拉舞步中化解于无形。

通过文本细读，同样不难发现的是，当白小姐问及保润最后一次爷爷偷跑掉的原因时，他的回答是"下不了手"（去再捆爷爷）——这句话让我们无比分明地看到了这个被异化的现实中浸泡了近三十年之久的麻木心灵中，终于有了真正属于人的那一丝怜悯的温润和亲情的柔软。相信读者在这里都能无比真切地感受到了作者赋予保润这个他最喜欢的主人公身上那人性启蒙的"乍现之灵光"——这里的"乍现之灵光"显然是对文本最后一句——"乔院长他们注意到，怒婴依偎在祖父的怀里，很安静。当怒婴依偎在祖父的怀里，他很安静，与传说并不一样。"——的最好注解：力图重拾传统历史中的文化碎片，在这个无望、贫瘠的现实荒原中，以之重新构建一座打通历史的希望之桥。

第三节 叶兆言小说创作概述

一、文学世家的苗裔

叶兆言 1957 年 1 月 5 日出生在南京。祖父是现代著名文学家叶绍钧，父亲叶至诚是叶绍钧的次子。文学天赋极佳的叶至诚颇有几分像奈保尔的父亲，很小就醉心于文学，立志当一名作家。可惜因为时代的原因，他一生都没有大的成就。在父亲的影响下，叶兆言从小就对形成了他最初对文学的看法："文学并不是什么了不得的东西，它也许很平常，也许很简单，但是一定要痛，但是一定要善"。[22]叶兆言的母亲是著名的锡剧演员，童年的剧团生活记忆为叶兆言日后在创作《悬挂的绿苹果》《路边的月亮》《没有玻璃的花房》等小说时提供了素材。

---

22 叶兆言：《文学是痛，文学是善》，《上海文学》2009 年第 11 期。

　　一九六四年，七岁的叶兆言在南京白下区第一中心小学读书。这以后，因为父母受"文革"的冲击被关进了牛棚，叶兆言一度被送到江阴农村的外祖母家念书。一九六九年才得以重返南京，在第二十三中学开始读中学。这时期因为家中被抄没的外国作品藏书大部分发还，在那个"读书无用论"风行的年代里，这个文学少年开始狂热地在雨果和巴尔扎克辉煌的文学王国里畅游。为自己日后的文学生涯打下了很好的写作基础。

　　一九七四年高中毕业的叶兆言在去北京待了一年，对这个外省少年来说，北京给他在文学上的影响非同小可。在堂哥叶三午的客厅聚集了一批以诗人为主的文艺青年，对他们艳羡不已十七岁外省少年叶兆言由此产生了最初的文学梦想：做一个诗人。由此他的阅读视阈也开始由十九世纪的浪漫主义转向了以爱伦堡、海明威、阿赫玛托娃、三岛由纪夫为代表的现代派文学。

　　一九七八年，二十一岁的叶兆言考入南京大学中文系，一九八二年毕业后，叶兆言被分配到金陵职业大学当老师，同年和妻子王月华结婚。

　　一九八三年，二十六岁叶兆言再次考入南京大学中文系，除了系统地学习和阅读现代文学之外，叶兆言对近现代历史和百年知识分子的历史命运产生了强烈兴趣，"他不但选修了历史系的课程，而且在导师指导下翻阅旧杂志、旧报纸、编写年谱，在学术训练中练就了史的眼光和一套考辨、索隐史料的功夫。'历史'成为日后叶兆言最重要的话语，而这段积累使他无论在创作历史小说还是历史随笔时都具备了浓厚的历史意识，虚实相生、诗史互证，始终包含一种真实与虚构、文学与史学的动态互动"。[23]一九八六年，叶兆言获南大中文系硕士学位，后来分别担任江苏文艺出版社编辑，江苏作家协会专业创作员。2016 年 12 月，当选中国作家协会第九届全国委员会委员。

　　从文学生成论、文学地域学等文学地理的脉络来看，文学世家的出身，外国文学的浸润，江南人文传统、地域文化凝聚而成的百余年文风、士风的长期熏陶，共同造就了叶兆言文学世界的丰富性——对此，黄轶这样论析道："自 1980 年开始正式发表作品以来，叶兆言一直是批评界持续关注却莫衷一是的言说对象：或认为他与每一拨创作潮流都保持轻慢与疏离，抑或认定其在各个潮流中登堂入室；或强调他写作的多元性，抑或批评其内涵驳杂，难以论定；或指认他写作的先锋性、现代性或曰技术性，强调其小说的形式意义，抑或强调他是文化传统包括汉语小说叙事传统的传承者，强调其符码意

---

23 康烨：《叶兆言文学年谱》，《东吴学术》，2019 年第 5 期。

义；或认同他钟情于历史在场、还原历史的意图，抑或指出历史只是其幌子或借境，他逃拒历史的宏大叙事，具有超越性、普世性……事实上，叶兆言无意于'共名'。在其以几百万言所建立起来的文字王国中，有着对于艺术审美本身不懈的探索，有着基于'人的文学'而对人性本真温厚的描摹，有着一个人文知识分子关于'中国经验'的内省精神，而其非虚构文学文本更能体现出一位有着'学院风'的文人宽厚与博雅的一面，展示了当代文学书写维度的丰富性。"。[24]

二、出入于先锋和写实之间的小说创作

叶兆言自 1980 年开始发表作品，迄今创作已逾四百万字。主要作品有：《烛光舞会》《一九三七年的爱情》《花煞》《花影》《旧式的情感》《小杜向往的浪漫生活》《路边的月亮》《哭泣的小猫》《诗意的子川》《闲话南京的作家》《南京女人》《不娶我你后悔一辈子》《名与身随》等。七卷本《叶兆言文集》《叶兆言作品自选集》以及各种选本。长篇小说《一九三七年的爱情》《花影》《花煞》《别人的爱情》《没有玻璃的花房》《我们的心多么顽固》，散文集《流浪之夜》《旧影秦淮》《叶兆言绝妙小品文》《叶兆言散文》《杂花生树》等。

一九八〇-一九八二年是叶兆言的创作发轫期。早在一九七八年，读大一时的叶兆言就在作家方之的鼓励下创作出人生的第一部小说《凶手》，因为描写了阴暗面最终未能发表。这以后，叶兆言与几位同学创办了"人间"文学社团，《人间》刊用他的一部叫《傅浩之死》的短篇小说（后发表于《采石》杂志）被叶兆言自己视为是其四十年多文学生涯的开始。1982 年大学毕业前夕，叶兆言一连发表了《舅舅村上的陈士美》《傅浩之死始末》《手套》等五部小说敲开了文坛的大门。这之后，叶兆言连续几年遭遇退稿，心情一度很暗淡。1985 年，发表于《钟山》第五期的《悬挂的绿苹果》代表作家终于步出了写作瓶颈，逐渐走向创作成熟期。1986 年《钟山》发表了陈思和、杨斌华的评论文章《不动声色的探索——评〈悬挂的绿苹果〉》，这被视作评坛对叶兆言作品的第一次关注。陈思和在文中将小说写作手法上的由传统现实主义向现代人物的心理掘进称之为"不动声色的探索"。同年二月，江苏文艺出版社推出了叶兆言创作的第一部长篇小说《死水》的单行本，这以后，包括作者在一九八七年发表的中篇小说《状元境》《五月的黄昏》等都未得到多少批评界的关注。

---

24 黄轶：《丰富的可能性——叶兆言论》，《文学评论》2016 年第 6 期。

1988 年，缪斯女神开始真正垂青、眷顾已经进入而立之年的叶兆言。这一年有两件事情对他意义重大，第一，他颇具后现代主观叙事色彩的《枣树的故事》发表后，几乎立刻被评论界以其"许多年以前；许多年以后"的"马尔克斯语式"被冠以"先锋青年作家"；第二，发表于《钟山》第五期的彰显着新历史主义表征的《追月楼》因为"重新审视一种中国旧式文人的生活，那种一度被指斥为封建腐朽的士大夫文人的行为作派"而获得一九八七--一九八八年的全国优秀中篇小说奖。[25]这两个小说的大获成功奠定了叶兆言作为先锋小说代表的不可撼动的地位。特别是《追月楼》与叶兆言的《半边营》《十字铺》《状元境》一同构成当时其"最耀眼的作品"——《夜泊秦淮》系列。它突出显示了叶兆言创作深层的文化特色，尤其使人感受到南京独有的文化氛围，即一种"既得贵族文化的典雅庄重之风气，又兼江南烟雨楼台之灵秀"的南京文化品格。[26]

1989 年，以《钟山》杂志为中心，新写实主义小说崛起于先锋小说流派之后，其创作是在现实主义传统的基础上，又杂糅了一定的西方后现代主义质素。新写实主义小说在题材的选择和对"现实生活"的处理方式上，比传统的现实主义小说更具有开放性和包容性。在文学精神上，新写实主义小说以写实为主要特征，并特别注意现实生活还原形态，真诚直面现实和人生，放逐理想，解构崇高。在这一年，身处"新写实主义"浪潮中心的叶兆言写出了被"新写实小说"视为滥觞的《艳歌》《红房子酒店》等作品。"新写实主义"的首倡者南京大学的丁帆教授给予了叶兆言此类作品高度的评价，他说叶兆言是"以他的新写实小说汇入了中国传统文化向现代的转换，在中西文化的交汇点上不断寻觅着'自我'。"的勇于开拓崭新写作领域的作家。[27]

1988-1989 年可以视为叶兆言在创作上跨过摸索期基本趋于稳定的关键两年，这以后，民国、当下题材，先锋和写实的笔墨，始终在他小说的创作中得心应手地自由转换，各趋成熟。进入九十年代以后，像专注于二十年代江南的小城故事的《花影》，虚构一场晚清民国因烧教堂、杀洋人的教会案件而

25　陈晓明：《被历史命运裹胁的中国文学——1987-1988 年部分获奖及其落选小说述评》，《当代作家评论》1995 年第 3 期。

26　樊星：《人生之迷——叶兆言小说论（1985-1989）》，《当代作家评论》1990 年第 3 期。

27　徐兆淮、丁帆：《在中西文化交汇点上寻觅自我——叶兆言和他的新写实小说探微》，《小说评论》1990 年第 6 期。

发酵的中西交汇、土洋混杂、光怪陆离的梅城传奇的《花煞》，描写抗日战争迫在眉睫时期南京某国立大学外文系的教授丁问渔追求国民党军界元老女儿雨媛的《一九三七年的爱情》，聚焦了上世纪二三十年代南京各个阶层的生活，各路人物心路历程的《刻骨铭心》都可以归入新历史主义的民国题材小说；而像反映现实生活里老年人的黄昏恋社会问题的《走进夜晚》，过路与钟秋的爱恨情仇在戏里戏外交织纠缠的《别人的爱情》，书写知青这一代人的生活的《我们的心多么顽固》，以长篇小说《今夜星光灿烂》为代表的相当体量的"侦探类型"小说，以及讲述两对离异夫妇，四个中年男女为追求幸福和梦想中的好姻缘，进行的一场没有硝烟的"战争"的《马文的战争》……等都可以归入勾勒当下世情的写实小说。

三、"文革"在新的历史哲学下的呈现

二〇〇二年，四十五岁的叶兆言在《收获》第六期上发表了以"文革"为背景的成长小说《没有玻璃的花房》，作品叙述了主人公木木从少年到青年的成长历程，以儿童视角表达了作者关于人性启蒙的叙事主题。这个文本的发表，在叶兆言民国、当下的题材而外，第一次将八十年代初期"伤痕"、"反思"时期兴起的"文革"叙述在历经几十年沉淀以后纳入了自己的写作视阈。

在《中华读书报》发表的一个作家访谈中，当被舒晋瑜问及为何自《没有玻璃的花房》起才开始关注对文革的书写时，作家叶兆言这样回答："过去没写的重要原因之一，是因为俗套太多，那样的书写可以在网络上搜到很多，有的接近所谓的报告文学，游走在所谓的真实和非真实之间，放在中国传统小说里看，会觉得这些描述非常接近黑幕小说，接近暴力和色情的边缘。它在描写中增加了惨重的、血淋淋和夸张的元素，有着太多不文学部分，更像法制低俗小说，反正是有一种我不愿意去做的东西存在……现在可以写，是我发现文革正变得越来越简单化，越来越概念化、符号化，变得非黑即白。我自己很清楚地知道，文革是活生生的一段河流，弯弯曲曲，很复杂。"[28]

倘若对照 20 世纪 80 年代初、中期集中出现在"伤痕"、"反思"文学中的"文革"小说创作潮流就不难发现，叶兆言的这种指责的确是情有可原的。在当时"文革"刚刚宣告结束的转型时期，有关文革的小说创作大都摆脱不

---

28 舒晋瑜：《叶兆言：我只是把经历的一段历史写出来》，《中华读书报》，2014 年 4
月 9 日，第 011 版。

了被后来的文学史家指斥为"道德化述史"的窠臼。这可从洪子诚先生对从维熙此一题材的创作评价中略见一斑。在《中国当代文学史》的相关论述中洪指出："从维熙继续了中国传统戏曲、小说的历史观，即把历史运动，看作是善恶、忠奸的政治力量之间的冲突、较量的过程。'文革'等的曲折，和这其间正直者的蒙冤受屈，都是奸佞之徒一时得势的结果。"[29]这种历史的道德化的观念，决定了以从维熙为代表的那一代"右派"、"知青"作家们大都对文革的叙述有意无意间成为了官方主流意识形态的文学镜像。在这些小说中，官方对"文革"历史的权威论述——"'文化大革命'是一场由领导者错误发动，被反革命集团利用，给党、国家和各族人民带来严重灾难的内乱"。[30]——成为决定其小说创作的一种客观化的"背景"，而他们笔下的文革小说当然就是这段被官方权威论述、盖棺论定了的历史土壤上开出的花朵，是对这种依然孕含着进化史观的"背景"忠实的（也是机械的）反映或表现。他们的文革书写中当然也会出现劫难和悲剧，但这些不过是作为必将重获光明的短暂"月食"现象而已。

新历史主义代表格林布拉特曾在《莎士比亚的协商》中提出著名的"含纳"（contain）理论。他认为"莎士比亚戏剧中反抗性的成分被整合进了对充满魅力的王权的赞许性肯定中。……譬如，福斯塔夫对王权的抗拒被漫画化，亨利王子一开始将其当作朋友，后又将其处置，正表明了他要践覆王位，与过去告别，突出了王权的高贵和尊严"。[31]以这种含纳范畴观照新时期之初的文革小说创作潮流后不难发现——这些统摄于进化史观视阈下的文革小说创作几乎都有着这样一个共同特点：就是在这些作家笔下的文革描摹中，社会历史的发展始终是朝着一个预设的理想目标迈进，尽管会有曲折坎坷，但历史进程的总体方向是向前的。对于阻碍历史进程的破坏性因素，他们也会大义凛然地进行的谴责、揭露和批判，但类似《水浒》中的"反贪官不反皇帝"，他们往往又会自觉地"按照主流意识形态的要求，将这种破坏性因素和停滞阶段规定为历史的支流，将历史的悲剧和坎坷归结为'少数人'的破坏。"[32]而在整个"文化大革命"时期，党始终领导人民同作为"少数人"的林彪、江

---

29 洪子诚：《中国当代文学史》，北京大学出版社 1999 年版，第 266 页。
30 参见中共十一届六中全会通过的《关于建国以来党的若干历史问题的决议》。
31 马新国主编：《西方文论史》（修订版），北京：高等教育出版社，2002 年版，第 610 页。
32 沈杏培：《历史观与"文革"小说叙事形态的生成》，《文学评论》，2013 年第 6 期。

青反革命集团进行着艰难曲折、不屈不挠的斗争，最后斗争的胜利当然也应该归功于党的英明领导——可见，正是因为作家囿于这种陈旧的历史观念或视野，他们笔下书写文革的全部反抗基因也像莎士比亚戏剧中的反抗一样，从某种意义上，已经全然被小说自身内在的"含纳"结构予以整合消化了。

2014 年，纵跨"民国"、"文革"和当下三个时间板块的厚重"文革"反思长篇《驰向黑夜的女人》（原名《很久以来》）在《收获》推出。这部小说是叶兆言迄今为止最为重要的作品。对此，笔者将在下文展开专门论述。

第四节　"文革"反思的新标高：《驰向黑夜的女人》

本节笔者立足于学界对《驰向黑夜的女人》既有的研究成果，从左倾极权政治生态下普通民众命运的多舛无常、反"元历史"话语的新历史主义、以昆曲为代表的传统文化的场域重塑等方面对小说的主旨内蕴展开分析探讨，在此基础上，又根据小说的基本情节和叙事策略，重点分析该文本在话语结构上的双层张力系统以及由此呈现的现代、后现代派先锋叙事表征。

一、左倾极权政治生态下的漫漫黑夜

2014 年，以刊载中、长篇小说为主，因坚持纯文学立场而为国人瞩目的著名文学杂志《收获》在新春伊始的开局第 1 期就推出了叶兆言的一部名为《很久以来》的长篇，该小说甫一问世就被评坛名家普遍认定为叶氏迄今为止最为重要的作品。这以后，小说的影响持续发酵，一度成为该年度微信媒体公众号谈论最多的文学作品之一。同年四月，小说的单行本由江苏文艺出版社以《驰向黑夜的女人》命名出版。

关于书名《驰向黑夜的女人》的确定，虽然源于出版方"为了能够叫的响一些"之初衷，但这一取自多多诗歌意象的新书名无疑是充分地尊重了叶的本意的。叶兆言对更名一事显然很是看重，先是在单行本的"后记"中这样解释："'驰向黑夜的女人'是诗人多多一九七九年《青春》中的诗句，我当年非常喜欢的一个意象，很多朋友都觉得比原书名《很久以来》更贴切，更容易被读者接受，因此有必要在这个后记里说明一下。"，[33]后来，意犹未尽的

---

33 叶兆言：《驰向黑夜的女人》，第 283 页，南京，江苏文艺出版社，2014 年版。以下作品引文均出于该书，不再另注。

作家又专门就更名问题进一步撰文陈述道："改名为《驰向黑夜的女人》，有人问，小说写了两位女性，哪位才是走向'黑夜'的呢。我的解释是黑夜笼罩，谁也摆脱不了幽暗，迟迟钟鼓初长夜，耿耿星河欲曙天，这女人应该是个意象，是一位手里拿着火炬的女神，是高尔基笔下的丹柯，举着自己血淋淋的心脏，她引领我们前进，小说中两位女性只是行进队伍中的一员，大家都跟在后面，茫然地走着，走向漫漫的黑夜……我们以为自己正走向光明，结果却正好相反。"。[34]

　　客观而言，篇名的更改的确有助于文本深层主旨的深化和升华，虽然未必能全部达到作者夫子自道的那种境界，但也绝非像某些声称仁智互见的偏激论者所自以为高明地指摘的那样，更名一事对于小说纯属蛇足，这样做不仅无益，反倒"在叙事情感上损害了这部长篇在平静中蕴含着的沉思和忧伤"、"在叙事频率上弱化了原标题'很久以来'与文中各种类似时间状语的相映成趣"云云的多种罪名。[35]这种貌似客观实则哗宠的责备不由让人想起雨果当年为什么对某些新古典主义的迂腐教条深恶痛绝而发誓要用"六把锁"锁住他们声称的"各种清规戒律"[36]的原因了。本文笔者也正是主要依据作者在更名声明中重又强调的深刻主题并循此出发，通过对《驰》的文本细读，结合阿伦特有关极权主义的思考和论述，对共和国前三十年的左倾极权主义在大陆的生发、危害、及产生的根源等几个层面入手进行论文主部主题的考察、研究和深入解读的。

　　就《驰》在故事"本事"的主要情节内容方面而言，在这部小说中，作家叶兆言以优雅、细腻和略带伤感的笔触，借古都南京在共和国建立前后主人公竺欣慰与冷春兰这对异性姐妹那令人唏嘘的情事纠葛和悲剧人生，将贯穿民国、"文革"和当代中国 70 多年的历史所经历的风云激荡以及在无知、乖戾的时代语境下国人命运的多舛无常举重若轻地勾画了出来。

　　性格开朗的少女欣慰出身于汪伪时期的一个银行界新贵家庭，父亲竺德霖因为笃爱昆曲，把她送到昆曲大师朱绣心的门下拜师学艺。在学唱昆曲的

34 叶兆言：《从〈很久以来〉到〈驰向黑夜的女人〉》，《文艺报》，2014 年 11 月 3 日第 003 版。
35 黄发有：《"历史"的版本——评叶兆言的〈很久以来〉或〈驰向黑夜的女人〉》，《当代作家评论》，2015 年第 1 期。
36 雨果：《雨果论文学》，上海：上海译文出版社，1980 年版，第 59 页。

卞家花园，欣慰遇到自己一生最好的姐妹冷春兰。后者虽和欣慰一样年纪，却处处表现的内向腼腆、冷艳孤傲，这种性格是她的家庭环境所致，冷父虽然和卞家花园主人卞宁一样是南京城里有名世家的后代，但家产传到他手里时早已经彻底败落了，目前他全靠当私立中学校长的薪水养家，春兰和后母关系恶劣。青春年少的欣慰和春兰很快由相识到相知终于成了交契深厚无所不谈的闺蜜至友。在卞家的一次演出后，她们遇到了起先让二人都心旌动摇后来最终成为欣慰丈夫的卞家六少爷卞明德。随着日本战败，汪伪覆灭，蒋介石还都南京旋即又溃退台湾和 1949 年共和国的成立，原本沉湎在唯美多情的昆曲情境里的二人被时代的剧变一路裹挟前行，终于从梦一般的甜美一路奔驰到了铁一般冰冷的现实世界。这以后，残酷的时代、悖谬的历史已经悄然携手为二人准备好了一段段足以将她们摧残得遍体鳞伤的多舛运命——竺欣慰加入了共产党，与婚前婚后在男女关系上都一直劣迹斑斑的卞明德结婚后生下女儿小芋。"反右"风潮来临以后，卞明德先是被打成"右派"终于因为摆脱不了军人家属苏大姐的纠缠而以破坏军婚身陷囹圄死于劳改场。受丈夫问题牵连，欣慰被下放到一家农业机械厂工作，后与卞明德离婚后与肉联厂的修理工间迮结婚。不愿嫁给大龄党干部的冷春兰先是去了东北。在一九六〇年春天又调回了南京，在一家中学做外语教师。奉行独身的春兰在父亲已逝孤零零地一个人的无家可归时，在欣慰的帮助下在竺家隔壁租了一间房间。这以后，一直觊觎春兰美色的间迮强奸了春兰。暂时被春兰劝住没有离婚成功的欣慰在"文革"初期爱上了军人出身的造反派李军，后因为李军的出卖诬蔑而被判刑七年。被迫与欣慰划清关系的春兰与间迮阴差阳错地先是同居后又结婚生子，他们接回寄养在欣慰弟弟家被当作保姆使唤的小芋，将其抚养长大。一九七三年因为林彪事件的发酵影响，欣慰最终被当作现行反革命枪毙了。行刑前在政府通知已经和母亲断绝关系的小芋这个消息时，在严酷的社会环境中成长起来的小芋竟然以坚决支持政府正义判决的声明让春兰、间迮惊讶不已。一九七七年高考恢复，竺小芋考取了北京大学。这个长期呼吸着有毒空气成长起来的新一代知识分子代表，万全丧失了知识分子自身的启蒙品质乃至起码的做人底线，她为了寻觅权力庇护甘心做老领导的情人，为了顺利分房不惜找假男友诓骗单位，为了出国不惜拿身体和婚姻投机买卖。在命运的河流里时常回眸凝视昔日姐妹欣慰的只剩下春兰，而这一切，最终都会冷却成历史旧梦中被遗忘与被消失的一部分……

在《驰向黑夜的女人》这一重新命名的小说题目中，"黑夜"，首先是指那些被共和国在历次运动中指定为坚定的仇视无产阶级专政的"地富反坏右"或所谓的"各类资本主义分子（譬如《驰》中留学欧洲归国的农林局老专家，像冷致忱、明德、欣慰这样的知识分子以及出家人妙行法师）"等专政对象的黑夜。而对于那些根正苗红、被视为共产主义天然同盟军的工农兵及造反群众而言，不仅不是黑夜，而恰恰每天都是艳阳高照的。在《驰》中，叶兆言将共和国建国到文革结束的三十年时段内的故事人物有机地组织在一起，设置成相互对照、对立的被专政对象和专政的工、群、兵、党员干部两组人物群像，对比如下：

被专政对象形象群	工、群、兵、党员干部专政形象群
知识分子形象：A. 作为共和国的反叛者：鲁迅先生的学生荆有麟，特务身份被揭露出来后很快被枪毙；B. 作为共和国的批评者：冷致忱，批评当局，被定性为历史反革命，最终穷困潦倒而死；C. 作为共和国的规训者：明德被化为右派，死在劳改场地；D. 作为共和国的反思者：欣慰，因为反思领袖反思文革被枪毙。小说中出现的真实历史人物李香芝、张志新、林昭等也都是因为反思文革诬蔑领袖被杀。 尼姑形象：妙行法师因为和国民党要员一起合影，被抓捕后被逼迫吃荤，往她嘴里塞肉。 国外归来的专家形象：农林局几位从国外归来的专家，在私下里竟然会说"共产党也实在是没什么好的"，被划为右派。畜牧局专家，因为男女关系问题，在劳改场死去。	工人形象：相貌丑陋、文化程度极低且品德恶劣的闾逵，因为阶级地位高，先娶了欣慰，后因为垂涎春兰美色强奸了她，最后欣慰入狱后他又和春兰结婚。 群众形象：历次运动的围观看客，热衷武斗的群氓。 军人形象：身为有夫之妇的转业军人苏大姐，比明德大10多岁，无所顾忌地公然和明德维持苟且关系；有妇之夫李军，和欣慰搞婚外恋，最终出卖欣慰，导致后者惨死。 干部形象：罗福庠是一名来自延安抗大的干部，因为纠缠春兰，春兰远走东北；江苏省委书记、省革委会第一副主任许家屯做出批示，未经任何审判程序，将李香芝拉至江苏省京剧团礼堂参加公判大会，绑赴刑场，执行枪决。 红卫兵形象：侮辱、毒打自己的校长和老师春兰。
表-1	表-2

通过上述两个表格中出现的两组人物在人设、行为、命运各方面二元对立的对比反差，作家叶兆言孕育其中的价值判断不言自明。这种以象征性人物的设置暗示作家主旨文蕴的做法在陀思妥耶夫斯基的作品中大量存在。对

此，巴赫金曾专门指出："他塑造的主人公，并不借助于他人的语言，不是借助于不带偏颇的品评；他塑造的不是性格、不是典型、不是气质，总而言之不是客体的主人公形象，而恰恰是主人公讲述自己和自己世界的议论。"。[37]叶兆言的这种人物设置除了以不虚美、不隐恶的春秋笔法对专政形象群中那些"阿Q式的革命党"进行嘲讽鞭挞而外，显然还包孕着他对于共和国前三十年历史情境下类似欣慰这样的小人物那悲惨命运的巨大悲悯：因为就被专政对象一组中的竺欣慰来看，她充其量也就是一个南京城里的平常小女子而已，在小说中，虽然作为闺蜜春兰的命运也很悲惨，曾几度陷于绝境，但她更大意义上只被设计成一个亲眼目睹的旁观者，作家要她亲自见证她的至密好友竺欣慰及其家人是如何被翻云覆雨的时代巨手弄得身败名裂、家破人亡的：在这个原本幸福的家庭里，除了欣慰的母亲蔡秀英因为偷渡国外算是侥幸地逃过了一劫而外，接踵而来的是明德和欣慰夫妻离婚，划清阶级关系，然后是明德死在劳改场，欣慰因为反思文革反思领袖被枪毙，竺家小楼被共产党的科长处长明火执仗地指使房管部门强占，最后是女儿小芋长期不知道父亲是谁，在母亲被审判杀害时还要向公安人员表明自己对刽子手们的支持态度……，终至因为文革的罪恶洗礼在后来被抽空异化为一个不讲任何道德廉耻和做人底线的拜物奴隶了。作家不免发出这样的人道主义追问：作为那个时代芸芸众生中的一般小人物，欣慰与一般的普通劳动者相比，也就多了那么一点知识分子特有的小资产阶级梦幻和对情爱生活的憧憬罢了，"但何至于要将她置于阶级斗争的舞台？如果说，一九四九年前，人们还能容忍这样的女人存在，那么，一九四九年后的新社会，怎么就无法接受这样的小女人了呢？"。[38]

除了上述的专政对象而外，这个"黑夜"还笼罩于整个社会上的那些因为良知未泯而终日生活在被左倾极权主义人为制造的无边恐怖折磨着的善良人们。

阿伦特认为："极权主义是一种现代形式的暴政，恐惧是它的行动原则。"。[39]这一论断在文革的左倾极权主义统治中得到充分的体现。

---

37 巴赫金：《陀思妥耶夫斯基诗学问题》，白春仁、顾亚玲译，北京，三联书店，1988年版，第90页。

38 杨扬：《在黑暗中眺望——读叶兆言长篇新作〈驰向黑夜的女人〉》，《当代作家评论》，2015年01期。

39 阿伦特：极权主义的起源[M]，林骧华译，北京：生活，读书，新知三联书店，2008年，第575页。

　　心理学研究表明：恐惧是人类最基本也是最古老的心理活动之一，在人类进化的漫长过程中，来自大型动物的攻击、自然灾害等时刻威胁着人类脆弱的生命，恐惧就这样作为一种人类共有的集体无意识而被深深的印烙在人类的记忆中。随着人这种灵长类动物逐渐成为这个世界的主导者。那些远古的关于恐惧的记忆虽已渐行渐远仍可以被随时激活。在文革时期，极权主义者们正是抓住了人类最脆弱的这根神经，才能游刃有余地用它来掌控那些可怜的人们。原因很简单"人具有自我保存的需要，因其急迫性，使得此需要及其所引发的'对生存安全感意义上的匮乏的恐惧'成为了一种内在的胁迫性的力量"。[40]对于个体自身而言，不能超越恐惧就会导致其盲目地追逐和盲目地屈从。于是在文本中我们看到：在文革时期，人们的恐惧被残酷的极权主义者以各种形式重新激活。这其中，他们最为拿手的好戏就要算频繁地举行各种公审大会了："按照那时候的惯例，十一国庆节和五一劳动节前，总是要召开一次大规模的公开审判大会，枪毙一批犯罪分子，其中绝大部分都是现行反革命。这种风气究竟从什么时候开始，春兰已经记不清了，好像是1970年……这样的公开审判，一年好几次，每次少则十几人，多则几十人。宣判结束后便是游街示众，大家守候在大街上等死刑犯的车队过来。最先听到的一定是从远处传过来的警报，一阵紧似一阵，越来越刺耳，远远地可以看见车队正在过来，走在前面的是开道三轮摩托，后面是一辆接着一辆押着死囚的军用敞篷卡车，每辆车上都押着两名死囚，五花大绑，胸前挂着一块牌子，背上还插着块一米多高的白色亡命牌"。对于这种司空见惯的恐怖刺激，这些人可能因为习惯而变得麻木不仁，但倘若有个和自己关系很近的人成为了被杀的死囚，那么这以后，只要再有类似的公审大会，人们都会有种异样的惊慌。对此，义本这样描述道："那年月枪毙现行反革命分子，既然习以为常，也是大家都熟悉的事，已没什么新鲜感。通常都是觉得这事离自己很遥远，与自己没关系……然而自从欣慰死后，一切都改变了，原本完全陌生和遥远的东西，突然变得很近，就在自己身边，一伸手就可以摸到，一睁开眼睛就能看到。春兰常常会觉得自己身在公审大会现场，不仅她在，小芊和间逵也在，所有熟悉欣慰的人都在。大家甚至一起聚集在刑场上，眼睁睁地看着欣慰被绳之以法，平时人们议论过的那些行刑情景，那些听上去都吓人的场面，一遍遍地出现在春兰的脑海里"。

---

40 蔡昱：《跨主体性的能力——从"畏死的恐惧"看跨主体性何以可能》，《学术界》，2021年第2期。

由于恐怖多年来维持的持续高压，不断担惊受怕的人们终于向它屈服。这样被激活的恐怖就会时时向全体民众伸出它冰冷的触须，它潜入到邻居之间，朋友之间，同学之间，同事之间，父子之间，母女之间，夫妻之间，使得人人自危、朝不保夕。人们像是可怜的软体动物那样需要使用一套现成的句子、标签和公式当作保护自身不受攻击的甲壳。因为任何一个人，只要动一下舌头都可能被人听去，都可能因为某句话不谨慎而落进无底深渊，导致万劫不复。对于亲人故旧，人们再也不敢敞露心扉，而在为了自保有必要时还必须以自己谴责性的发言表明立场，表明与我们的亲人朋友 xxx 的罪行水火不相容我们与他们之间要划清阶级界限。

在这部篇幅上远远不能和所谓"大河小说"相提并论的文本当中，直接描述共和国建国到"文革"结束的内容也就一半多一点——约有十几万字而已，但是，这十几万字完全可以视为是一整部共和国前三十年历次"运动"中无数当事人"受迫害档案"全部卷宗的高度概括、一整部国家安全机关和劳改营系统的全部编年史的集中浓缩！书中虽然主要写到的贯穿前后的主人公只有欣慰、春兰、明德、小芊等少数几人，但在他们背后，有着数不清的在文革和历次"运动"中被摧毁的类似欣慰的家庭，有着一长串像李香芝、张志新、林昭、李九莲等在文革和历次"运动"中被戕害的真实历史人物的面影！因此从某种意义上而言，这部长篇小说的主人公还是左倾极权体制下几百万的受难者！在这些受难者当中，最为令人揪心、最为令人叹息的故事是发生在那些毫无抵制意识形态欺骗谎言的共和国孩子们身上。这些孩子有的是被叫做有名有姓的竺小芊、卞小芊（或者称之为 x 小芊）们，小小年龄就令人惊讶地无师自通地学会了如何为了自保而和生身母亲划清阶级界限、带头喊出打到反革命母亲的口号；有些是没有具体名姓但都有着"红卫兵"、"红小兵"这一共名的把学校校长和授业老师（春兰们）打倒在地肆意辱骂的狼孩子群体——父子、母子、师生这些最为核心的道德人伦被从孩子身上开始摧毁、撕裂，正是左倾极权主义统治留给当代中国最为严重的恶果之一。沿着小说的指掌图，我们不无悲哀地看到呼吸着文革全部毒素长大成人以后的竺小芊——一位毕业于北京大学最高学府的当代知识分子：在她身上既看不到外祖父竺德霖实业救国的基因，又没有春兰父亲针砭时局的勇气，似乎连母亲竺欣慰反思时事的精神也报以阙如。传统知识分子的担当、秉性已经在其身上完全沦丧……在多年的恐惧和叛卖的环境里活过来的"小芊"们只是在外表上、肉体上活下来了。而内里的属于灵魂的东西全都已发烂。更具悲剧意味的是：时至今日，迫害、施虐这成千上万受难者的那些无耻的凶手、毫无人性的暴徒们，依然得以逍遥法外，没有受到应有的追责和惩罚。这不禁让我们想到索尔仁尼琴在《格拉格群岛》中愤怒感慨的那句话："如果我们永无清除在我们体内腐烂的秽物之日，那末我们将面临一条怎样的绝路？"[41]

二、新历史主义因子与传统文化的场域重塑

在谈到文本《驰》的文革书写时，叶兆言说："有人说我在控诉文革——我只是把经历的一段历史写出来……我始终觉得，一个作家不应该靠写什么成名，怎么写才决定他是否是一个好作家。写什么和怎么写像鸟的两个翅膀，解决好这两个问题，才能拍打翅膀飞起来。"[42]诚如笔者在上节探讨的那样，同是写文革题材，但是不同的作家基于自身对"文革"持有的历史观念的不同却会直接影响着他们笔下"文革"小说的叙事风貌和审美特征。区别于上述伤痕、反思文学时期的那一代旧历史视野观照下的文革小说，《驰向黑夜的女人》这部长篇中处处迷散着挥之不去的新历史主义气息。

这种新历史主义质素首先表现在叶兆言通过在历史之"纬"中采集大量边缘性的小历史事件对宏大历史叙述进行了旨在解构其元话语合法逻辑的"淡化稀释"。新历史主义者海登·怀特认为，历史事件只是故事的因素，历史学家可以对其进行迎合主流意识形态的随意情节编织，像小说和戏剧中的情节编织技巧所做的那样，历史学家可以在多数可供选择的历史片断中"通过压制和贬低一些因素，以及抬高和重视别的因素，通过个性塑造、主题的重复、声音和观点的变化、可供选择的描写策略等等"使之成为暗合官方元历史话语逻辑的"故事"。[43]按照这种后结构观点，文本"再现永远不可能是完整的，所以一切再现活动都会产生一个边缘化的或者遭到排斥的'他者'"，[44]所以，新历史主义就力图把被元历史话语排挤到边缘的"他者"重新纳入到

41 索尔仁尼琴：《古拉格群岛》，（上）田大畏，北京：群众出版社，2006年，第161页。

42 舒晋瑜：《叶兆言：我只是把经历的一段历史写出来》，《中华读书报》，2014年4月9日，第011版。

43 海登·怀特：《作为文学虚构的历史文本》，张京媛主编：《新历史主义与文学批评》，北京大学出版社1993年版，第163页。

44 布鲁克·托马斯，新历史主义与其他过时话题[A] 张京媛，新历史主义与文学批评[C] 北京：北京大学出版社，1997，第70页。

文本的讨论中。在《驰》中，叶兆言对以往"伤痕"、"反思"时期小说中符合官方话语规训的文革宏大叙事和显在主题选择了类似胡塞尔在其现象哲学中采用的将之暂行悬置的做法，转而关注那些为既往共和国正史或有意遮蔽、隐而不彰，或识而不察、不屑一顾的一些边缘题材和历史真实镜像的碎片，努力寻找、发现其中蕴藏的被元历史叙述有意无意忽略的异质因素，以达到尽量修复、疏浚、重建系统性、完整性的历史文化本来面目之目的。基于此，我们看到，叶兆言在《驰》中为读者展现了在人人唾骂的汪伪政权中的财政部长周佛海竟然是个出色的能吏，他在与日本侵略者极力周旋的过程中不仅不是外人想象中的一味卖国求荣，而是为了维护中国的经济利益绞尽脑汁。在 1940 年伪中央储备银行刚成立的时候，只不过是向日本人借了 1 亿"自由日元"作为资本，到 1945 年日本人宣布无条件投降，汪伪政权垮台的时候，在周的惨淡经营下，"中央储备银行被国民政府接收，清算出来的家底，计黄金 553492 两，白银 7639323 两，银元 371783 枚，美元 530 万元，日元 2796 万元，日本公债 20 亿元，贴现票据 5200 亿元以及大量的房地产"。除此而外，周还为国惜才，很难想象，假如没有周佛海的暗中操作，单凭一个手无缚鸡之力的竺德霖是无论如何也不可能从天罗地网的南京潜回重庆；除了周佛海，作家还浓墨重彩地描绘了一个为正统历史视为汉奸、污点的知识分子竺德霖，目睹乱世中满目疮痍、积贫积弱的中国，他一心想做个与政治无关的纯粹经济学家和技术干部而不得，虽然他笃信"经济比政治更重要，经济才是一个国家的基础，能决定一个国家的命运，眼下的中国存在着两个政权，它们互相对立，都觉得自己是合法政府，对国家的前途有着不同观点，但是无论重庆政府还是南京政府，它们都面临一个战时经济问题……国难当头，他始终奉行两个基本原则，第一，不批评在重庆的国民党政府，兄弟阋于墙的事情他不应该做。第二，不恭维日本人，坚决维护一个中国人的基本国格。"，但这种企图远离肮脏政治乞求实业救国的竺德霖直到"莫名其妙"的被杀手在屁股上打了一枪才知道这样自行与政治撇清关系的做法是何等的幼稚可笑；到了共和国，作为"保密局潜京一分站"站长被抓捕枪毙的潜伏狗特务竟然是鲁迅先生的学生，曾经写过《鲁迅回忆断片》的荆有麟，而一向被认为是最先进的阶级代表的屠宰场工人间逵却被证明是个厚颜无耻撒泼无赖趁人之危强奸弱者的流氓；年轻的造反派一个比一个更歹毒，大冬天让"犯人"光着脚踩在冰凉的水泥地上，在"犯人"头顶上浇开水，不止一次暗示落难的地富反坏右自杀，想方设法逼人死，一个省委副书记回忆说，虐待他的造反派青年告诉他："说人要结束生命太容易，要死谁都别想拦住，譬如说吃饭，两只筷子分别插在耳洞里，用劲一拍，也就一命呜呼了。"；面对这样的逼迫，我父母的同事李香芝竟在一种精神失常状态下，产生了毛主席化装成特工人员，千里迢迢跑来南京跟她睡觉的臆想和幻觉……所有上述对汉奸、特务形象的"拔高"，对伟大工人阶级形象的"丑化"，对共和国前三十年历次运动中人性的凶残乖戾的呈现……等等在以往的大陆作家的同类小说作品中因为可能会被视为"反叛、质疑主流历史观（正史）和宏大叙事（经典历史叙述）"的异质性而被传统道德历史和政治历史所遮蔽、压抑的内容在《驰》中无疑得到了感性、鲜活和丰富多彩地呈现。

其次，新历史主义在《驰》中还体现为作者有意识地为其虚构的小说主人公复原一个个尽可能客观真实的历史文化语境。

为了力避小说中的人物与所谓历史背景活动舞台之间的割裂、对立，新历史主义认为并不存在固定、客观和统一的一成不变的作为"背景"的历史，历史不是固定的，而是生成的，因而也就反对任何将文本中的小说人物降格为纯粹客观化历史"背景"传声筒的做法（这正和上述笔者探讨的伤痕、反思时期文革文学的书写相反）。故事中的任何主人公并没有一种超越历史和文化的本质，他们都是特定历史、文化合力的产物，被特定的历史、文化语境所构造，当然这些人物也会反过来成为生成这种历史、文化的能动因素。故事人物与历史语境、个体生命与现实存在之间，总是保持着高灵敏的同频共振关系。因此，能否以绵密入微的工笔勾勒，成功地为欣慰、春兰、小芋等虚构的故事人物还原历史现场的真实语境成为衡量《驰》新历史主义小说创作成败的重要标志之一。

在作品中我们看到，作家叶兆言有意识地将携带民国、文革不同历史时期文化信息的大量真实历史符码植入了文本，以这些重拾的吉光片羽来重构历史的年轮和横切面。这些符码中最为常见的便是叶兆言沿袭了自己既往中长篇小说的创作惯性，将《驰》中故事人物的活动舞台基本上仍旧设定在了南京的夫子庙、秦淮河、新街口等真实的城市地理空间，譬如单就南京的新街口广场，在《驰》一文中就提到多次：从故事开局之初主人公竺欣慰的出场，到竺欣慰和冷春兰二次遇到卞家少爷明德，随着行文的纵向推进，南京的新街口广场又屡屡作为故事聚焦的生发场所，成了见证时代变迁、人世沧桑的象征性地标。除此而外，民国、文革时期发生的许多真实历史事件和许多真实历史人物同样也被叶兆言纳入文本：譬如 1941 年 3 月 30 日这个"还都"周年纪念日当天汪精卫发表的广播讲话；譬如并非作为符号而是作为角色进入了小说情节的周佛海。譬如在重庆的军统、中统与汪方 76 号特工血腥暗斗中被无辜残害、绑架的江苏农民银行与中国银行职员案件；譬如对太平洋战争爆发时当日上海租界的战争气氛的渲染，譬如对"文革"时南京肉联厂亚洲最大屠宰流水线的描写；再譬如文本中先后和虚构人物一起登台亮相的李香芝、张志新和林昭等……可以毫不夸张地讲，"这部长篇小说在宏大叙事背景的设置与具体场景描写的'真实'上甚至达到了文献学与文物学逼真的程度"。[45]海登·怀特认为，新历史主义基于"文化诗学"和"历史诗学"的观点，他们尤其表现出对历史记载中的这种逸闻轶事、偶然细节……等许多方面的特别的兴趣。他们视逸闻为真实生活遗留下来的"踪迹"，逸闻触及的真实是氛围的真实。正是《驰》中上述举隅的这些零碎的真实历史符码和诸多逸闻轶事经过叶兆言的生花妙笔被几乎一点不走样、几近原生态地复制了下来，才烘托出了当时民国、文革时期普通平民生活的真实历史本相。从而使重返历史现场日常生活细节中的欣慰、春兰、小芋等的身心生长、性格发展、行止际遇、命运变化有了令人信服的合理现实注脚。当然，在《驰》中，除了上述两种最常见的新历史主义表征而外，在小说大写历史小写化、客观历史主体化的主题酝酿、价值判断，在小说单线历史复线化的情节安排等各方面的新历史主义特色还有许多可圈可点的地方，这些只要读者留心，也都是可以清晰辨认的。

在对《驰向黑夜的女人》中的新历史主义质素进行整体宏阔的观照基础上，以下笔者拟对小说中中华民族传统文化的本能才具及其场域重塑问题进行分析。

与文本中对话性的复调主题喧哗共鸣的，是中国传统文化的多元内蕴质素。沿袭叶氏数十年来关于民国、文革时期历史小说的创作惯性，《驰》在此一方面的摹写更为醇熟。小说中有关传统文化因子的描写很多，这其中，最富于微言大义的，无疑就是作家对作为中华传统文化精髓的昆曲之命运的刻画勾勒了。小说写道："昆曲的发源地是苏州昆山，500 多年前，朱元璋在南

45 汪政：《叶兆言长篇小说〈驰向黑夜的女人〉：从遗忘处开始书写》，《文艺报》，2014 年 11 月 3 日第 3 版。

京当了皇帝，问身边来自当地的大臣，听说你们老家的昆山腔很好听，能不能给朕来几句。大臣当然不会，连忙下令传会唱的人来献艺，从此昆曲就开始在南京风行，因为皇上喜欢。在此后几百年里，南京成了昆曲的中心。天下太平了，朱皇帝思欲与民同乐，下诏建造'金陵十六楼'，也就是当时的国家大剧院，夜夜歌舞日日升平，王邸侯馆居生处乐。此后数百年，除了'渔阳鞞鼓动地来'，遇上刀光剑影，昆曲一直是南京的主旋律，是娱乐界的龙头老大。赫赫有名的'秦淮八艳'个个都是昆曲名角，什么汤显祖、孔尚任，还有李渔，这些对昆曲传统剧目有突出贡献的人物，都与南京有着密切关系……"。

　　纵观《驰向黑夜的女人》这部长篇，作为中华传统文化精髓的昆曲由盛转衰的命运实际上构成了贯穿整个作品情节发展的副线。从小说显在的结构"构成功能性"方面来看：昆曲是欣慰与春兰得以自幼相识并进而结为终身要好姐妹的契机（而且也正是在卞家花园进行汇报演出的时候，二人又通过昆曲这一媒介开始了各自和卞家六少明德的情感纠葛人生纠缠）。从更深层的象征内蕴的层面来看，小说虽从汪伪时期欣慰春兰跟朱琇心师父学习昆曲讲起，却在故事叙事脉络发展的链条上通过闪回的倒叙手法，对民国 25 年（1936年）卞宁七十初度时在卞家花园共襄的昆曲盛会进行了满怀追悼似的凝眸一瞥。那次雅聚竟连像余叔岩、梅兰芳、俞振飞那样名震上海北平的京昆名角都纷纷赶来助兴捧场，这次技惊四座、以梅兰芳与卞宁同台演出《太白醉酒》为最高潮标志的昆曲盛会因为次年的卢沟桥事变导致中日全面开战南京的沦陷而成为永不再现的绝唱。到了欣慰春兰学习昆曲时的汪伪时期，昆曲则一度沦为少数达官贵人、大学教授、言情作家和班主名角这样附会风雅的遗老遗少闲时把玩的玩意儿，或是歌女为了哄一些高雅客人高兴而聊备一观的色艺表演。譬如对于像欣慰和春兰那样的名媛学习昆曲，朱琇心师父是压根儿不乐意的，他寻思："好端端的良家闺秀，有什么必要学习这玩意儿。她们的父亲也不动脑筋想想，光惦记着自己喜欢，竟然让自家的千金小姐跟歌女妓女混在一起度曲，这又叫个什么事，又成何体统。"；抗战结束以后，明德为春兰和欣慰写的那出针砭时事的昆曲独幕剧，起先因为反应很好，独幕剧的组织者就信心满满地打算在即将召开的国民代表大会期间，让来自全国各地的代表好好观摩一番，结果却因为审查部门觉得"不够昂扬，政府的形象不够正面，调子太灰暗"而被拿下。这以后，到了共和国初期，典雅的昆曲更是被通俗的越剧以及后来作为帮派文艺工具的革命样板戏所取代了。在整个文本中，缓歌曼舞凝丝竹的优雅昆曲，隐含着数不清的家仇国恨，随着南京古城连同赤县神州太平盛世的戛然而止，随着欣慰、春兰驰向天聋地哑的漫漫黑夜，必然难逃其香消玉损的命定劫数。

正如悲剧之于古希腊，歌剧之于意大利，芭蕾之于俄罗斯，能乐、狂言之于日本，自古至今，世界上有许多伟大的民族都有一种藉以表达自身精神与心声的高雅表演艺术。这一表演艺术对于中华民族而言，无疑就可以说是盛载其民族自信、骄傲和绵绵文脉的昆剧。于明朝万历年间到达中国的欧洲传教士利玛窦正好躬逢昆剧之盛，他在其《利玛窦中国札记》中这样记载到："我相信这个民族是太爱好戏曲表演了（这里的戏剧表演正是昆剧，笔者注），这个国家有很多年轻人从事这种活动，戏班的旅程遍布全国各地。他们忙于公众或私家的演出。凡盛大宴会都要雇佣这些戏班，客人们一边吃喝一边看戏，十分惬意。以至宴会有时要长达十个小时，戏也一出接一出演下去，直到宴会结束"，透过这个来自欧洲的他者视角，我们可以强烈感受到当时的中国举国上下对于昆剧艺术的热爱。昆曲作家通常喜欢在剧中表现园林，譬如《牡丹亭》里面有《游园》，《长生殿》里面有《惊变》。文人墨客们普遍认为：园林就是静止的昆曲，昆曲就是移动的园林。园林中的池塘通过地下活水连接着江河大海，所以孕育出鱼戏荷叶间的满池盎然生机，昆曲兴起距今虽仅仅只有六百多年，但其依托的昆山腔音乐却可以追溯到在源远流长直到宋朝才发展成熟的宋词所用音乐。音乐而外，主要来自当时一流文人创作的丰赡多元、富于变化、曲牌多达 2000 多种的昆曲唱词，同样也延续了自《诗经》《楚辞》到唐诗宋词的创作传统，往往能用诗一样的语言去抒发情感。正是因为有了这种源远流长、丰沛充盈的文化底蕴的支撑，昆曲才能当之无愧地作为中国传统文化从古代发展到近代的典型代表。

在《艺术哲学》一书中，丹纳认为：一些大的民族，从他们出现到现在，如果对之进行逐一考察的话，就会发现他们必有某些本能某些才具融和在血液里，和血统一同传下来。"要这些本能和才具变质，除非使血变质……每个民族的情形都是如此，只要把他历史上的某个时代和他现代的情形比较一下，就可发现尽管有些次要的变化，民族的本质依然如故。"，[46]正基于此，丹纳提出了他的"精神地层"说，这里所谓的"精神地层"就是特指处于某一民族历

---

46 丹纳：《艺术哲学》，傅雷译，广西师范大学出版社，2000 年 04 月第 1 版，第 373-375 页。

史"地质最下面构成民族特征的那部分原始地层"——具体而言，这些民族特征可以视同为该民族的若干本能和才具。丹纳进一步声称：作家唯有将笔触聚焦于"一个民族的原始的本能与才具"，他才会写出伟大的文学作品。因为"别的方面都相等的话，一部书的精彩的程度取决于它所表现的特征的重要程度，就是说取决于那个特征的稳固的程度与接近本质的程度……文学作品的力量与寿命就是精神地层的力量与寿命。"[47]以丹纳的理论重新打量《驰》中作家对昆曲这一中华民族精神地层场域重塑式的摹写，随着作家那不无幽怨怅然的笔触我们就会穿越几十年乃至数百年的时光，看到那作为昔日我们祖先生活一部分的昆曲，就会重新感受到一种美丽的辉煌，一种让人带着充实的骄傲追想怀念的过去。仿佛那么多时间和社会转折的洗礼都像尘封的蛛丝那样可以轻轻拭去，那早已远去的岁月又变得近在眼前，触手可及。从某种意义上，叶兆言在《驰向黑夜的女人》中通过叙事副线对昆曲的前世今生的回溯、呈现，使得沉淀着我们民族审美文化精髓的昆曲，迷散着悠远、漫漶而斑驳的历史气息，在经历了百转千回之后重又获取了穿越时间的力量。

二、双层话语结构及现代、后现代叙事策略

和叶兆言其他的长篇历史题材小说一样，《驰向黑夜的女人》在很大程度上也沾染了诸多现代、后现代派的色彩——这在上文笔者探讨小说的新历史主义质素时就已经涉及，这里，笔者将重点分析该文本在话语结构上的双层张力系统以及由此呈现的现代、后现代派先锋叙事表征。

在现代西方经典叙事学家那里，一般采用"故事"（story）与"话语"（discourse）来区分以小说为主要代表的叙事文本所表达的对象和表达的方式这两个层次。这里的"故事"涉及"叙述了什么"，包括事件、人物、背景等。这里的"话语"则涉及到"故事是怎么叙述的"，包括各种叙述形式和技巧。[48]譬如俄国形式主义理论家什克洛夫斯基就认为："故事"仅仅是作品的素材而已，它构成了作品的"潜在结构"（underlying structure），而"话语"

47　丹纳：《艺术哲学》，傅雷译，广西师范大学出版社，2000 年 04 月第 1 版，第 377 页。

48　See Dan Shen（申丹），"Story-Discourse Distinction", Routledge Encyclopedia of Narrative Theory, ed. David Herman et. al.（London & New York, Routledge, 2005）, pp.566-567; Dan Shen. "Defense and Challenge: Reflections on the Relation Between Story and Discourse." Narrative 10（2002）. pp.422-443. 转引自申丹，王丽亚：《西方叙事学：经典与后经典》，北京：北京大学出版社，2010 年版，第 13 页。

（原文中表述为情节，笔者注）则是作家从审美角度对素材进行的重新安排，体现了作品的"文学性"（literariness）。[49]对于《驰向黑夜的女人》在"故事"层面的主要内容梗概，笔者在上文第一节已经进行充分地讨论了，这里重点从"话语"层面探讨《驰》的叙事美学成就。

从叙事文本"话语层面"的情节叙述维度来看，小说《驰向黑夜的女人》的叙述并非满足于仅仅将上述故事中的"事件"按照自然时序和因果关系排列进行简单地敷陈罗列而已，而是按照塑造形象和表现主题的需要，对小说故事层面中的一系列人物、事件、场景等进行了别出心裁的重新安排与组合。使得小说在整体"话语叙述层次"上呈现出一种"外内套层话语"的双层张力结构。所谓"话语叙述层次"，是指在一些复杂的叙事作品中，由于其故事中还有故事，其所叙故事与故事里面的叙事之间就会产生界限。对此，瑞蒙·科南曾这样描述过："一个人物的行动是叙述的对象，可是这个人物也可以反过来叙述另一个故事。在他讲的故事里，当然还可以有另一个人物叙述另外一个故事。如此类推，以致无限。这些故事中的故事就形成了层次。按照这些层次，每个内部的叙述故事都从属于使它得以存在的那个外围的叙述故事。"[50]这种大故事中套小故事，小故事中又套更小的故事的形式在叙事学上就被称为"话语叙述层次"。为了便于分析计，这里笔者采用的是热奈特的"话语叙述层次"的划分方法。依照热奈特的说法，无论多么复杂的叙事作品，都只需划分为内外两大层次，而对于更细的层次则可以忽略不计。这里的"外部层次又称第一层次，指包容整个作品的故事；内部层次又称第二层次，指故事中的故事，它包括由故事中的人物讲述的故事、回忆、梦等。"[51]依照这种划分，具体到《驰向黑夜的女人》而言，小说的九个叙事单元可以循此分为内在的对故事进行正面叙述的一、三、四、五、六、七、八章的"内叙事话语层"和位于文本开头不久的第二章"2008 年的大雪"和小说结尾处的第九章"2011 年，南京，上海"两章的"外叙事话语层"。

单就"内叙事话语层"与"外叙事话语层"相辅相成、不可分割的相互

49 Victor Shklovsky, "Sterne's Tristram Shandy: Stylistic Commentary, M Russian Formalist Criticism: Four Essays, trans. Lee T. Lemon & Marion J. Reis (Lincoln: U of Nebraska P, 1965), p.56. 转引自申丹，王丽亚：《西方叙事学：经典与后经典》，北京：北京大学出版社，2010 年版，第 43 页。

50 瑞蒙·科南：《叙事虚构作品》，伦敦，梅休因，1983 年版，第 91 页。

51 胡亚敏：《叙事学》，华中师范大学出版社，2004 年版，第 43 页。

联系来看，倘若借镜布封的"审美距离说"就不难发现，由类似悲剧序幕、尾声功能的第二、第九章完全可以视为作家在读者与其余七章"内叙事话语层"的主体部分之间布下的一层厚厚的帷幔，它的设置使读者既能入乎其内，亲身感受到内层故事里欣慰等鲜活生命被扼杀的灵魂震撼；又能出乎其外，在半个世纪后远离文革时代的今天让读者受众的精神得以陶冶和净化。当然，从现代、后现代，经典、后经典叙事学的维度而言，这种"外内套层话语"双层结构的设置，还见证、彰显了作家叶兆言在现代、后现代叙事策略方面的高超水平。以下笔者就分而论之——

就小说"外叙事话语层"的第二章和第九章而言，作家叶兆言主要采用了"外叙事者"的叙事视角。[52]所谓"外叙事者"，就是指对小说外部层次的叙述者。在文本的第二章，现实中的作家"我"因为两年前的一次与德国作家的文化交流中留下了被忽悠的不悦经历，所以在2008年年初接到发小吕武的类似邀请时想尽一切办法予以推脱，后来还是飞来北京参加了他操持的次与东欧诗人们的对话。令"我"意想不到的是，这次不同寻常的对话，让"我"辍笔中断很多次的这部被叫做《驰向黑夜的女人》的小说竟然又有了非常强烈的写作欲望。作为小说外部层次的叙述者，倘若叶兆言仅仅止步于此，那么小说的外层次叙述部分在结构上的"功能"意义充其量也不过是和《十日谈》、《一千零一夜》那样，仅仅起到交待小说创作的背景作用而已，这种技法即使是在中国的章回小说中也屡见不鲜，譬如章回小说中被汉学家们称为"Chinese-box（中国套盒）"的楔子和尾声就是如此。独具结构匠心的作家叶兆言显然并不满足于上述中外传统小说叙述中仅仅把"外叙事话语层"作为藏珠之椟的做法——在小说的第九章，当《驰》的主要故事已经基本定局快要接近尾声时，"我"因为一个特殊的机缘得以自然而然地插入进小说的进程，和小说中春兰和小芋有了交集，由此得以和小芋在这以后有了种种碰撞与纠葛——这里作为外叙述者的"我"在已经具有的传统结构作用而外，

52　注：这里笔者使用的是热奈特对叙述者类型的划分标准，作为对学界长期使用第一人称、第三人称划分叙述者类型弊端的反驳，热奈特根据叙述者在叙述层次上的内外和他与故事的同异关系，衍生出四种叙述着类型。它们分别是"外部——异叙述型：叙述者处于第一层次不参与故事；外部——同叙述型；叙述者处于第一层次作为故事的参与者；内部——异叙述型：叙述者处于第二层次不参与故事；内部——同叙述型：叙述者处于第二层次作为故事的参与者"。下同。具体参见热奈特《叙事话语》，牛津，巴西尔·布莱克韦尔，1980年版，第248页。

又可以像西方经典现代小说《茶花女》《呼啸山庄》那样，参与故事中主人公的活动，因而具有了现代小说中崭新的行动性质。

如果进一步观察我们不难发现，《驰向黑夜的女人》中"外叙事者"叙事视角的使用还让文本鲜明地凸显了某种后现代"元小说"的特征。"元小说"又被目为"超小说"，往往指那些作家故意泄露小说创作过程的小说，有时还兼具小说评论的性质。"在这类小说中，叙述者常常会打破现实与虚构的界限，将小说中的故事编造、情节构置等详细过程有意透露给读者，以此来打破文本现实主义真实性的幻觉，唤解读者对于文本叙事过程本身的意识……"。[53]。如上所述，"元小说"可以公然地在作品中呈现"虚构"本身，通过作者出面的形式让读者感受到文本内在的虚构性。在《驰》的第二章和第九章，叶兆言就给读者清楚地交代了他在文本中将要写的这部小说是我和吕武共同熟悉的小芊她母亲竺欣慰的故事，是："一位有钱人家的千金，一生追求进步，紧跟着时代的步伐，跟党走，听毛主席的话，最后在'文革'中莫名其妙地被枪毙"的故事。随着叙述的进展，叶氏又屡屡庄小说中现身说法，大谈小说"我"在创作进程中遭遇的种种阻碍、困扰，乃至"我"还在《驰》的故事讲述进程中与《驰》中的一个主要主人公小芊商量选择何种视角来讲这个还正在进行中的故事："我打算用第一人称来写，小说中的我就是小芊。在故事开始的时候，女主人公收到一封来自狱中的长信，这是母亲欣慰写给女儿的，信写得很感人，说自己已走到了生命的尽头，此时此刻，作为一个母亲，最放心不下的，就是自己最心爱的女儿。那时候刚开始学写小说，我坚信文学作品必须要打动人才好看。这封以欣慰口气写的长信，我是流着热泪写完的，当时觉得很感动人，又有情，又有文采，忍不住就先让小芊看了，迫不及待地想知道她的感受。"——这些无疑都体现了《驰》文本的"元小说"性。热奈特认为，这种刻意地混淆文本外的物理时空和文本内的虚拟时空以制造"真实"的幻觉的做法，属于叙述层面的越界现象。它将故事和叙述同时呈现给了读者。

就小说"内叙事话语层"的第一、三、四、五、六、七、八章来看，作家显然主要采用了异叙述者的客观叙述视角。根据叙述者与所叙述的对象之间的关系划分，作为异叙述者的作家叶兆言因为不是故事中的人物，所以他叙述的都是别人的故事。在叙事进程中，按说叶兆言由于不参与故事，凌驾于

---

53 姬志海：《在狂欢与戏谑的背后——〈一亿六〉"天人合一"的精神旨归》，《朔方》2010 年 04 期。

故事之上的他掌握着故事的全部线索和各类人物的各种隐秘，他大可充分利用这种叙事的优越性、灵活性，对故事作出详尽全面、毫无遮蔽的一一解说。但在实际的文本叙事行为上，作家却甘愿抛去这种天赋的优越感，转而选择了紧跟人物之后，尽量充当他们的忠实记录者，有节制地发出信息。客观而言，作家之所以在这七章的"内叙事话语层"中选择了这样一个异叙述者角度，是由《驰》的主题决定的，如果换一种写法，真的像作家自己在文本的第九章里说的那样，采用故事里的重要人物之一"小芋"这一同叙述者的第一人称叙述这七章，那效果就会差许多。一般说来，小说中的叙述者形象一经确定，便不宜再作改变，但在实际的叙述中，叶兆言往往又根据行文自身的需要，以间或出现的或显在或隐蔽的"违规"、"跨界"的叙述方式打破这种单一平实的异叙述者之叙述视角。这主要体现有二：第一，作家叶兆言为了获得更为自由的叙述逻辑往往会把内层故事参与者的重要同叙述者降格为自己的延伸陈述主体的"次要同叙述者"；第二，作为异叙述者的作家在总体上采用"自然而然"的客观叙事姿态时，又间或在暗中以隐蔽的方式填塞进许多干预叙事客观性的不少主观评论性内容。下面我们就对此逐一分析。

　　如上所述，在《驰》中，作家"违规"、"跨界"的第一个主要做法就是通过设置"次要同叙述者"以寻求获得更为丰富的叙述方式。这在文本中出现的例证颇多，限于篇幅，笔者这里仅举一处作为切片对之进行斑豹。我们来看文本第八章的这一段描写：

　　　　情况可以说是急转直下，性质在突然间完全改变，如果说一开始还是人民内部矛盾，很快就已经成了你死我活的敌我矛盾。李军大约也没有想到情况会如此严重，在场的很多人都没有想到，批斗会结束前，有人上台很庄严地大声宣布，将现行反革命分子李军立即逮捕，押往区公安分局的看守所。春兰注意到欣慰的脸色变得苍白，她死死地捏着春兰的手，使劲地抓着，一阵阵地哆嗦。李军被当众戴上了手铐，他面如死灰，给他戴手铐的时候，他的眼睛东张西望，突然间，他好像看到了欣慰。在被押走的时候，他甚至还回过头来，朝春兰她们所在的位置看了一眼。

　　　　批斗大会结束了，议论纷纷的人群正在逐渐散开，欣慰仿佛木桩似的竖在那里，春兰怎么拉她都拉不动。直到人都已经快散光了，她才突然醒悟过来，对春兰说我们快走吧，赶快离开这里。回去的路上，欣慰一直没有说话，看得出，她有些紧张，也有些愤愤不平，很后悔来参加这次批斗会：

"我们不该到这个地方来，根本就不该来的。"

春兰一路上忍不住要埋怨欣慰，她怪她没有提高警惕，怪她不应该与李军这种人来往。春兰说你怎么会没想过这个后果多么严重，又有多么危险，他这样的坏男人，弄不好就会把你也拉下水的。面对春兰的指责，欣慰无言以对。这一路上，欣慰都显得有些失魂落魄，快到家了，仍然没缓过气来。进了院子大门，穿过大杂院，到她们住的那栋房子前面，两人站在小园子里，也都不急着回自己房间，想说话，又一时不知道说什么才好，欣慰看了看四周，见空荡荡的没有人影，便对春兰做了交待：

"李军的事肯定不会就这么结束，如果我受到牵连，如果有人问起你，你不要紧张，有什么你就说什么，用不着为我隐瞒什么。"

欣慰的这番话显然是经过深思熟虑，然而春兰反倒是有些听糊涂了，她不明白欣慰是什么意思，好像在暗示什么，又好像什么都不是。欣慰让春兰不用为她隐瞒什么，她又有什么可以隐瞒呢。

"叫你揭发我，你就把自己知道的事都说出来。"

"我知道什么，我什么都不知道。"

"我的意思是说万一，万一我也被隔离审查了，万一有人会问起我的事，万一……"

欣慰的吞吞吐吐，似乎正在暗示她确实对春兰隐瞒了什么，被她这么一说，春兰原本不踏实的内心世界，变得更加不安。如果真有什么事，真要是参加了什么反动组织，春兰觉得李军肯定会是甫志高那样的叛徒，只要看他被批斗时的可怜相便可以想象出来，他肯定会把什么都交代出来。过了一会儿，春兰的心里依然十分忐忑，欣慰反倒变得镇定起来，她说春兰你不用担心的，你什么事都不会有，我不会牵连到你的，我绝对不会让你受到任何牵连。欣慰好像已经知道接下来会发生什么事，她一遍又一遍地安慰春兰，她越是这样安慰，春兰越觉得事情不太妙。欣慰说李军他应该不会乱说的，而且有些事情是可以说清楚的。很显然，如果李军是甫志高，欣慰便有一点像江姐，她可是性格刚强，宁死不屈的女子。

这段引文很长，按说在引入论文之前，笔者应该作一些概括处理的，譬如把相当多的直接引语变为间接引语，但顾及到这段引文是整部小说的最为重要的核心和文眼，因此笔者考虑再三，终于还是一字不落地全部引述于此。在上述引文中，作家叶兆言显然把故事内和欣慰关系最为亲密的春兰这一同叙述者的视阈阈限范围大大压缩甚至完全剥夺，从而把她降低到了一个完全无由知情的旁观者——次要同叙述者的地位。这种把同叙述者降格为次要同叙述者形象的处理，使得《驰》这一叙事文本中春兰这一同叙述者的叙事角度得以从主人公向单纯的旁观者、记录员的异叙述者作家本人的叙述眼光完全交叉重叠了起来，经过这种异叙述者附身在同叙述者身上借助作为重要主人公的同叙述者的角色进行现场叙述的巧妙过渡，从而使《驰》在文本中虚拟的艺术真实向文革现场的历史真实性迈进了大大的一步！进一步而言，正如《福尔摩斯探案集》中的华生医生，麦克维尔《白鲸》中的水手伊希·梅尔一样，这里的春兰既有机会与故事最为核心的中心视点人物——主人公欣慰接近，但又因为被异叙述者作家进行提线操纵而对这一核心主人公的许多行为无从理解。从而使核心主人公欣慰的行为、心理因为只能意会，不可言传而尤其显得神秘、费解、扑朔迷离，《驰》也因此具有了琵琶半掩的撩人诱惑。一言以蔽之，在上述引文中，作为异叙述者的作家因为选择了春兰这个次要同叙述者作为他的延伸陈述主体（也即是说这里春兰在叙述功能上已经完全等同作为异叙述者的作家本人），春兰就完成了一个从同叙述者一降而为一个"次要同叙述者"的身份转化，这种转化带来的视角感知，不仅拉开了读者与主人公的距离，而且还大大地增加了作品的客观性和层次感，为作品平添了许多耐人寻味的艺术空白和叙事魅力。

作家在"内叙事话语层"中出现"违规"、"跨界"的第二个主要方面体现在作为异叙述者的作家在总体上采用"自然而然"的客观叙事姿态时，又间或在暗中填塞进许多干预叙事客观性的不少主观评论性内容。

上文笔者已经交代，作为一个有节制的异叙述者，叶兆言在"内叙事话语层"的叙述行为上一直在努力追求一种"自然而然"的客观叙述风格。路伯克曾在对莫泊桑作品的评价时提出了这一"自然而然"叙述的美学理想境界："好像他根本不在那儿，因为他没有做什么分明需要评判的事儿，他一点也不会使我们想起他是在场的。他在我们背后，我们看不见他，也想不到他：

故事使我们全神贯注，但见活动着的场景，别的什么也没有看见。"。[54]概而言之，这种"自然而然"的叙述姿态以不露出叙述痕迹，让人物、事件自行呈现从而能给读者造成一种真实的"幻觉"为旨归。这和小说在"外叙事话语层"的第二、九章作家刻意营造一种暴露叙事过程隐秘性的元小说风格恰恰相反，在"内叙事话语层"的主体故事中，叙述者对其在小说创作过程中的诸如框架构思、叙述方式等等是三缄其口。除此而外，叶兆言的这种力图追求"自然而然"的努力还体现在他会在《驰》中使用诸多真实史料（详见笔者在第二节的论述）力图表明作品中的情节、事件是发生在某年某月的真实事件，以此尽量淡化、稀释"写作"的痕迹，使读者忘记叙述者的存在。

一言以蔽之，"自然而然"的客观叙事姿态使得在阅读这七章内层主体故事的读者相信了作家叶兆言只是在客观地陈述故事，相信了他只愿意充当故事的传达者，相信了他即使讲到故事最伤心、最动情之处时，也决计不会在叙述中泄露自己的主观态度……。但正如罗兰巴特所说过的，任何声称不流露个人感情的作家事实上是不存在的，因为作为叙事作品故事材料的提供者、组织者和剪裁者。其在提供、组织、剪裁材料的过程中就充满了各种各样的选择，而这些选择本身就是由作家的价值判断决定的。所以，任何声称追求零度叙事的作家充其量只是以更含蓄的手法表达他们的情感而已。这也正如布斯所说，作家"可以在一定程度上选择他的伪装，但是他永远不能选择消失不见"。[55]在《驰》的"内叙事话语层"中，与作家叶兆言整体"自然而然"的叙述姿态相抵牾的是，事实上上述不介入的叙述态度又间或性地在暗中被他填塞进许多稀释叙事客观色彩的隐蔽性极强的评论内容。叶兆言在"填塞"这些评论时往往隐身于故事之中以间接的方式曲道说禅，自己并不在作品中直接表明现点。这些隐蔽性极强的评论内容，大致可以划分为戏剧性评论和修辞性评论两个主要方面。

戏剧性评论一般是指叙述者借助笔下的人物和场面表达其见解。戏剧性评论的主要方式是人物的对话或思考，譬如在《复活》中作家托尔斯泰就借聂赫留朵夫之口道出了陪审法庭的本质，在《红楼梦》中诸如贾母、宝钗对戏曲诗词的见解，宝玉对仕途经济的看法等等也都是通过这种方式予以传递的。在《驰》中，作品写到："春兰记得正好是在中共九大召开的那几天，是

---

54 路伯克：《小说技巧》，伦敦，考克斯与怀门有限公司，1966 年版，第 113 页。
55 布斯：《小说修辞学》，华明等译，北京大学出版社，1987 年版，第 23 页。

1969 年的春天，到处都在热烈庆祝，不断地有集会有人喊口号。欣慰看着外面正在干活的间逢，突然向春兰提出了一个问题，她说春兰你有没有想过，我们整天喊的'毛主席万岁'，实际上是不可能的，还有'林副主席永远健康'，这个也不太对，我们都是彻底的唯物主义者，人怎么可能活到一万岁，人又怎么可能永远健康，共产党应该实事求是，这些说法不是明显地不符合马列主义吗。春兰非常惊恐地看着窗外，看间逢为花盆翻土，她觉得欣慰绝对不应该去思考这些问题。在那个特殊的年代，这都属于非常敏感的禁区，即使亲密无间的夫妻也不应该进行讨论。"。通过这副场景，作家对文革期间公共话语空间已经被人为压缩到道路以目境地的揭露、愤慨经由主人公欣慰的述说和春兰的惊恐反应可谓是真切可感地传达了出来。

　　一般来讲，作家往往会在自己故事设置的理想人物或者是主要人物身上寄托自己见地或追求，但叶兆言在《驰》中，大大地拓展了这种戏剧性评论的使用范围，这表现在他有时还会借文本中挥之即来、呼之即去，信手拈来、纯粹应景的次要人物之口透露自己极不寻常的思想，譬如文中写到一位留学欧洲老专家，一个没结过婚的老处女，她有两条著名的反动言论："其一是说共产党像茅坑里的石头，又臭又硬；其二是说毛主席年龄太大了，老糊涂了。"。作家之所以选择使用这种曲笔，最直接的原因是这样做可以不必为这些观点承担责任。

　　按照字面的解释，修辞的本意为借助语言的妙用由此达到的对信息受众的艺术控制。修辞性评论指叙述者通过象征、互文、比拟、戏仿……等各种修辞性的叙述手段暗示其意义的方式。叶兆言在《驰》中使用的修辞性评论主要是留白。

　　所谓留白，就是作家在文本中故意不说得太满，以留下一定的空白让读者受众依赖自身的想象虚构去填充，从而也使得他们自身间接地参与艺术作品的再创作进程，获取内心审美期待的平衡。留白是文学、音乐、绘画、影视等多种艺术普遍使用的一种美学技巧和极为重要的艺术表现形式。《驰》中使用的留白有很多，譬如竺德霖通过金蝉脱壳的假死以后是如何到达大后方并且成功地洗白上岸摇身一变而成了一个潜伏在汪伪政权内部的民族英雄的？再譬如欣慰的母亲蔡秀英到底是如何偷渡成功的？吕奎是怎样娶得欣慰的？李军为了自救是如何污蔑欣慰的？小芋为什么在"文革"以后还是恨母亲欣慰？……等等。在这些留白中极具隐蔽性修辞评论意义的有两处，第一，欣

慰的死因自始至终都是一个谜，一个永远的留白——在公安人员通知小芋她
的母亲欣慰将被处以极刑以后，文本中这样写到：

> 春兰回屋以后，开始收拾餐桌，去水龙头那里洗碗，一边洗，
> 一边暗自流泪。泪水不住地往下流，间遽见此情景，便轻轻地将小
> 晚放在床上，过来帮着她一起收拾碗筷，又去取了洗脸毛巾过来给
> 她擦脸。这以后，除了叹气和哭泣，春兰再也没有说过一句话。上
> 床睡觉，关了灯，她听见身边的间遽翻来覆去睡不着，最后，听见
> 他在黑暗中嘀咕了一句：
>
> "我们也他妈的真是的，干吗不问一句，干吗不问问清楚，问
> 问他们欣慰究竟是犯了什么死罪？"
>
> 间遽的这句话后来一直在春兰的脑海里回响，是呀，她当时为
> 什么不追问一句？为什么不追问？为什么？问问清楚，这件事怎么
> 可能问个清楚？

坊间的一种广泛说法是竺欣慰事实上是以李香芝为真实原型的传记性历
史小说。倘若真的依照这种说法——那么竺欣慰背后无疑还有长长一串由李
香芝、林昭、张志新们构建的冤屈者名单！何期泪洒江南雨，又为斯民哭健
儿！——作品在此于无声处的修辞性留白意义已经不单单关乎到虚构的某个
叫做竺欣慰的具体人物和事件，而是将之整体上升到了一种因为不能长歌当
哭只能无声抗议的悲剧气氛、情绪的象征层面。竺欣慰、李香芝、林昭、张志
新们的人生遭际和悲惨命运暗示了在那个天聋地哑、人鬼颠倒的特殊历史期
间，生活本身已经被严重异化到了它只是一个由于人们自己无法验证的过错
而受审判的过程，在这一荒谬无比的审判进程中，关于审判程序，被罗织罪
名的人们既不明白也无任何知情权，她们最终只能以被判处死刑而结束。卡
夫卡曾在小说《审判》中天才般预言过的荒诞判决，没成想竟然真的在共和
国的文革时期一语成谶地以无数健儿之血被反复兑现成为现实了。

《驰》中的第二处留白是第八章的标题留白，它昭示着太多历史真实、
真相至今还人为地被刻意遮蔽和掩盖，至今还示人以冷漠的留白二字！也许
作家认为惟其以这种无声留白的隐蔽性评论，才能起到"还我历史真相"的
大声棒喝的效果。抑或，从某种意义上，这种留白的神来之笔不是作家叶兆
言而是由悖谬荒诞的那段特殊历史自己谱写的。

当然，以上关于作家留白的潜在内容只能是笔者的一己揣测，作家叶兆

言本人并未有给出《驰》中一系列未解悬念的任何答案，他转而将思考和想象的空间留给了读者。以潜移默化、润物无声的形式引导读者在阅读的接受过程中进入到"可写的"故事文本（罗兰·巴特语）的再创造中来。

最后，笔者有必要指出，《驰》在"内叙事话语层"出现的以上种种叙述违规现象（当然，在《驰》的"外叙事话语层"的第二章和第九章出现的外叙述者的"我"与内叙述者的"小芋"之间换层叙述、互相侵入也是一种违规现象），事实上可以视为作家对叙述者固定类型的反抗，因而具有叙事革新的现实借鉴意义。

第八章　中国白话小说现代化与民族化的结晶：莫言

代前言："后诺奖"时期莫言小说研究的瓶颈和路径

自 2012 年年底迄今，国内外学界对莫言研究的批评文章骤然增多，这无疑意味着针对莫言及其小说创作的研究，更大一股蓄势待发的学术发展性与突破力正在启动。这其中，刘广远、于敬茹在其发表的《莫言研究综述》一文中提出了针对莫言研究 30 年的"三分期法"：1985-1990 年，探索期、高潮期；1990-2000 年，质疑期、批判期；2000-2010 年，成熟期。此种观点实可商榷，1995 年（莫言《丰乳肥臀》的发表），2006 年（莫言被授予"福冈亚洲文化奖"）和 2012 年（莫言获得诺奖）这三个节点理应在莫言研究的分期中得以必要之体现。又及，针对"后诺奖事件"以来学界关于莫言研究的新焦点、新瓶颈以及可能性的解决方案诸问题，也没有在其文中得到应有之体现——这正是本章拟探讨的几个问题。

一、"后诺奖"时期莫言研究的意义、概况和瓶颈

在 80 年代以来的中国当代小说的发展流变中，莫言是不可绕开的重量级作家之一，1985 年《透明的红萝卜》的发表，"重感觉叙事"的莫言开始为文坛所侧目，其后《金发婴儿》、《爆炸》、《球状闪电》等一大批同类型中短篇小说接连发力，特别是 86 年以《红高粱》为代表的红高粱家族系列的新历史主义小说的问世更使莫言成为拥有众多读者的先锋派小说家。从 90 年代的《酒国》《丰乳肥臀》开始，莫言尝试狂欢化的多声部叙事技巧，并且取得了极大的成功，进入新世纪以来，他更是以《檀香刑》《四十一炮》《生死疲劳》《蛙》

等多部均可堪称经典的长篇小说文本，超越了同时代的其他中国小说作家，跻身于世界一流小说大师的行列。2006 年 7 月，继巴金之后，莫言被授予了"福冈亚洲文化奖"，时隔六年，他又一举斩获了诺贝尔文学奖，成为获得该奖项的第一个中国籍作家。

倘以"莫言"为关键词检索"中国知网"即可发现，自 2012 年十月中下旬迄今，国内批评界对莫言及其小说创作的批评文章骤然增多。与此同时，一大批国内知名学者还先后在北京、济南各地举行了若干场针对莫言创作进行专题分析的大型学术研讨会，以《当代作家评论》《小说评论》为代表的重磅级学术期刊也先后开辟针对莫言小说的研究专栏……影响所及，越来越多的台湾学者与海外汉学家也先后接踵加入到这一讨论和互动中来。可以预见，在不久的将来，关于莫言及其小说的研究势必成为一个吸引国内学人和国外汉学界乃至国外文学界众多研究目光的新的"磁极"和"黑洞"。也即是说：针对莫言及其小说创作的研究，更大一股蓄势待发的学术发展性与突破力正在启动，更多具有巨大创新潜力的、新的学术知识生长点也正在形成。

笔者以为，在莫言获得诺奖以后的新的形势下进一步对之进行研究不仅仅是学界盲目趋时的"大势"所趋，从更深层面的意义上来讲，它还是建构更科学、更合学术逻辑的中国现当代白话小说史体系的学术要求：自 2012 年 10 月 11 号莫言获得诺贝尔文学奖的消息传出迄今，学界关于"莫言是否已经超越了鲁迅、中国当代小说是否已经全面超越了现代小说"的争论就一直众说纷纭、聚讼不已。大体看来，对此问题持质疑态度的学人不仅是大有人在似乎还略占上风，先是有清华大学肖鹰教授在京专题学术研讨会上传檄在先，声称"我认为他（莫言）是不会获奖的。所以他获奖后我受到了莫大的打击。诺贝尔奖让我失望，诺贝尔文学奖失去了起码的文学性的水准，除非全球已经没有真正的文学了。"；[1]继而又有复旦大学郜元宝教授发难于其后，其在 2013 年 2 月下旬的《文学报》上断言：包括莫言在内的中国当代作家在整体上与现代作家之间的差距委实不可"以道里计"云云。[2]——以莫言及其小说创作为代表的中国当代小说作家和当代小说到底该进行怎样的文学史定位？

---

1 高旭东等：《诺贝尔文学奖与中国：从鲁迅到莫言》，《山东社会科学》，2013 年 02 期。

2 郜元宝：《因莫言获奖而想起鲁迅的一些话》，《文学报》，2013 年 2 月 21 日第 20 版。

当代作家的小说究竟是否应该进行经典化的学界认证？莫言（包括另一位汉语小说作家高行健）等在国际上接连斩获文学奖项的事实本身能否视为就是中国当代小说取得世界认可的佐证？时至今日能否认定中国当代小说作家和作品已经初步形成自己特有的时代特色，并足以与中国现代小说作家及其经典创作可以颉颃并举，从而已经成长为了新的一代之雄？上述这些疑问，相信大都可以在很大程度上通过对莫言及其小说广泛而深入的研究和探讨中得到启示和解答。

总体看来，历经众多研究者的广泛探讨和深入对话，学界针对莫言及其小说的研究，经历了一个从表及里、渐次深入的过程，也初步积累了一些可喜的研究实绩和优秀的学术成果：就国内来看，除了发表在各级刊物上的专题文章，以及众多资深学者的研究著作（如张志忠教授 1990 年出版，2012 年修订后再版的《莫言论》；贺立华和杨守森等于 1992 年发表的《怪才莫言》和 1997 年作家钟怡雯的《莫言小说：历史的重构》等）而外，尚有 1992 年、2005 年和 2006 年分别出版的三套《莫言研究资料》和 200 部左右被中国知网收录的硕士和博士毕业论文。当然，有关莫言的研究不仅限于国内学界，而且远及海外多个国家和地区，大陆之外的莫言研究，主要集中于美国、日本、法国、越南和港台地区。

以下，笔者拟对学界关于莫言及其小说研究的基本观点、主要思路和研究范式等问题做一次简单的扫描和梳理，在此基础之上，分别就当下学界在莫言研究中面临的研究范式上的瓶颈问题、30 多年来的莫言研究阶段的划分界限问题、2012 年"后诺奖事件"以来学界围绕着莫言研究所出现的新的聚焦点问题进行阐述和评析。

早在 1997 年，陈启德先生就初步罗列了截止到彼时学界关于莫言研究的四种向度[3]：即一是"怪味"寻踪，"对莫言作品大胆的艺术探索，色彩语言运用的奇特，莫言作品中的生命意识、酒神精神和莫言"高粱地"的传统文化精神进行研究"[4]：这以张卫中在《论福克纳与马尔克斯对莫言的影响》、张志忠的《莫言文体论》、张清华的《祖宗遗产的启示》和胡可清的《论阿城、莫

3　陈吉德：《穿越高粱地——莫言研究综述》，转引自《莫言研究资料》，天津：天津人民出版社，2005 年版，第 247-253 页。

4　刘广远、王敬茹：《莫言研究综述》，《沈阳师范大学学报》（社会科学版）2013 年02 期。

言对人格美的追求与东方文化传统》等为主要代表。二是审丑扫描。针对莫言《红蝗》《丰乳肥臀》等文本创作，一批学者"集中而又犀利凶猛地批判了莫言的反文化、非理性的书写丑恶事物"[5]：这以杨联芬的《莫言小说的价值与缺陷》、贺绍俊、潘凯雄的《毫无节制的红蝗》、王干的《反文化的失败——莫言近期批判》、张学军的《莫言小说与西方现代主义文学》、夏志厚的《红色的变异——从〈透明的红萝卜〉、〈红高粱〉到〈红蝗〉》和颜纯钧的《幽闲而骚乱的心灵——论作为一种文学现象的莫言小说》为代表；三是感觉探微，主要探讨了莫言作品独特的语言风格：以钟本康的《感觉的超越、意象的编织 s 莫言〈罪过〉的语言分析》、朱向前的《深情于他那方小小的"邮票"——莫言小说漫评》、大卫的《莫言及其感觉的宿命》和杨联芬的《莫言小说的价值与缺陷》等为代表；四是文体透视，对莫言小说中自觉践行的文体意识进行了归纳。以朱向前的《莫言小说"写意"散论》和季红真的《现代人的民族民间神话——莫言散论之二》为代表。

1995-1997 年可以视为莫言研究的第一次小的高潮，因此陈启德先生对此所作的综述和总结大有必要，这之后，越来越多的批评文献将视域重点集中和聚焦在了莫言小说既定的文本自身的探讨和分析上：诸如对莫言艺术创新的研究；对其作品中所展现的民间立场、生命意识、女性主义、欲望化书写、审丑、结构主义叙事学、狂欢化叙述层面的研究；对隐藏在其文本间的东西方文化的共鸣与碰撞的研究，或者是从政治的角度来分析忖度其小说的主题研究（这种意识形态色彩浓厚的主题研究多是国外学界的研究用力所在）……等等。

应该承认，学界针对莫言及其小说的研究的确斩获和积累了不少不乏真知灼见的学术成果，但是，一个值得注意的问题是——迄今很少有学者能够从 M.H.艾布拉姆斯的"世界""作家""作品""读者接受"这一整体的、系统的角度对莫言及其作品创作进行"博观""圆照"式的综合评价（当然，张志忠教授的《莫言论》有过这种努力的朝向，但其对莫言 90 年代尤其是新世纪以来的长篇小说文本的研究分析尚有待深入，且类似的综合性研究专著毕竟屈指可数）。按照 M.H.艾布拉姆斯的解释，文学活动有四大要素，即世界—作品—作家—读者。作为文学活动组成部分的文学批评，也要兼顾这四个要素。

---

5 刘广远，王敬茹：《莫言研究综述》，《沈阳师范大学学报》（社会科学版）2013 年02 期。

倘若"只明显地倾向于一个要素，就是说，批评家往往只是根据其中的一个要素就生发出他用来界定、划分和剖析艺术作品的主要范畴，生发出借以评判作品价值的主要标准"的话，[6]就会造成文学批评中的偏执，偏执的结果就自然分别形成了以作者创作为依据的"作者中心"范式、以文本的语言结构为依据的"文本中心"范式和以读者接受为依据的"读者中心"范式——应该看到，虽然也有不少笔者在"作品"之外的其他三个领域偶尔提及，却缺乏全面综合的眼光和专门深入的论述。这种有失片面的研究，似乎与莫言小说所取得的不菲实绩及其在中国当代小说史上的地位颇不相称。也难以（倘若仅从作家在文本中说了些什么来考察的话）令人信服地解释莫言及其小说创作的复杂性及丰富性——这也即是目前学界关于莫言及其小说创作研究的亟待改进之处。

所幸这种失之偏颇的研究界窘况正在发生令人欣慰的转变，笔者（通过计算机检索中国知网）在一些著名高校的硕博论文中发现，一种从"反映论，创作论，文本论，接受论"这一互相通约的、整体的、系统的观照角度切入到莫言小说的研究努力已经初露端倪，比如 2011 年山东大学宁明的博士论文《论莫言创作的自由精神》、2012 年复旦大学斋藤晴彦的博士论文《心理的结构与小说——用分析心理学解读莫言的作品世界》和 2013 年西南大学的左秀的硕士论文《制度困境下的生命追思——以莫言〈蛙〉为中心》，都分别从作家的创作主体性、作家创作的心理挖掘、作家与其所置身于其中的社会写作体制之间的关系变化等层面来着眼，昭示了这种综合性研究方法在学术创新方面的潜力。

二、莫言研究的分期和"后诺奖"以来学界的研究焦点

针对莫言研究界更新速度快、更新频率高的客观事实，为了将来研究者的研究便利计，笔者以为对 30 多年来的莫言研究历程进行阶段上的划分是非常有意义的，因此，也就对渤海大学的刘广远，王敬茹在其《莫言研究综述》[7]中提出的"三分期法"格外关注，但笔者在阅读之后发现，刘、王在参照和

6　艾布拉姆斯：《镜与灯——浪漫主义文论及批评传统》，北京：北京大学出版社，1989 年版，第 6 页。

7　刘广远，王敬茹：《莫言研究综述》，《沈阳师范大学学报》（社会科学版）2013 年02 期。

借鉴黄萍在《莫言小说研究述评》[8]中提出的按照历时顺序分期的三分法（即是发端期 1985 年、高潮期 1986 年-1990 年、拓展期 1990 年-）的基础之上的建构的所谓新的"三分期法"（即是 1985-1990 年，探索期、高潮期；1990-2000年，质疑期、批判期；2000-2010 年，成熟期）是大可商榷的，首先，这种新"三分法"说完全忽视了 1995 年（莫言《丰乳肥臀》的发表），2006 年（莫言被授予"福冈亚洲文化奖"）和 2012 年（莫言获得诺奖）这三个节点在莫言研究的分期中不可或缺的极端重要性。其次，这种所谓"三分期法"，也主要针对的是莫言 2010 年之前的创作，而事实情况是 2010 特别是 2012 年以后迄今的莫言研究又有了最新的变化和趋势没有引起二人的注意，正基于此，笔者通过对上述两种三分法进行适当的整合之后，将学界针对莫言及其小说创作的研究分为了四个阶段：

第一阶段为 1985-1995 年，可以视为是初步探索期；

第二阶段为 1995-2006 年，可以视为是深入探讨期；

第三阶段为 2006-2012 年，可以视为是发展成熟期；

第四阶段为 2012 年诺奖事件以后，可以视为是高潮和新变期。

在上述的四个阶段，针对莫言及其小说的研究和对话中，各批评者和诸位学人之间既有着共识和默契，更有着矛盾和分歧。这其中的矛盾和分歧自1995 年莫言的《丰乳肥臀》付梓以后开始急剧凸显，并随着莫言研究的深入而日趋激化并在不同阶段呈现出不同的特点。

探索期的研究文献大多限于对其成名文本《透明的红萝卜》和改编电影获奖后名声大噪的"《红高粱》家族系列"，的追踪式评论，这时对莫言的创作批评还属于比较肤浅的阶段，九十年代以来，莫言的小说创作进入了一个跳跃式的发展、转型期，多声部共鸣式的狂欢化诗学的小说美学创作元素逐渐进入到莫言的小说试验中来，1995 年，彰显着强烈的"伦理狂欢"色彩的《丰乳肥臀》的发表让文坛对莫言的创作重新进行瞩目和深入地探讨，由于莫言超前的小说意识、先锋的小说风格超越了当时学界的接受视域，是时大量的批评文章充满了道义讨伐色彩颇浓的质疑和批判，但也有相当数量的批评者（以陈晓明、张清华教授等为代表）高度地肯定了莫言小说创作的"划时代的"文学史意义。2006 年之后，伴随着莫言被授予"福冈亚洲文化奖"

8　黄萍：《莫言小说研究述评》，《新世纪论丛》，2006 年第 4 期。

的轰动效应和越来越多的重量级的长篇小说的先后问世，批评界对莫言小说的研究有了更加理性和深入的探讨与争鸣，莫言研究开始进入成熟期（从硕士博士的论文情况来看，2002-2006 年四年的硕博论文统共只有不到 30 篇，而在 2006 年之后的几年时间里，高校研究莫言及其小说创作的毕业论文就激增到了前四年的五倍之多）。而到了 2012 年十月以后，如前所述，由于"诺奖事件"的直接推动，学界对于莫言的研究进入了高潮和发展新变期，这一期间除了许多知名高校的硕博论文继续关注莫言及其创作之外，出现的一个最为引人注目的变化就是——围绕着"莫言是否已经超过了鲁迅、中国当代小说是否已经超过了现代小说"的话题学界一度展开了激烈地争锋，且至今这个学术公案都没有得到令人信服的解决。

如前所述，这次争锋首先由清华大学的肖鹰教授在北京文艺座谈会上对莫言获奖小说的含金量进行质疑和口诛笔伐在先，继而又有复旦大学的郜元宝教授在《文学报》上发表的"火药味儿"更足的檄文《因莫言获奖而想起鲁迅的一些话》殿后，如果说肖鹰教授的批判还只限于莫言自身小说创作的话，那么郜元宝教授则是把讨伐对象无限地扩大到了所有当代小说作家身上。二人的观点旋即引起了学界的轩然大波，许多学者都先后著文对此予以回应，许多大型的学术研讨会也围绕着该论争先后举行。针对莫言之于鲁迅、中国当代小说之于现代小说二者关系上所持的这一论断，北京师范大学张清华教授的观点似乎更为中肯，他认为："90 年代以来，中国汉语新文学出现了一个'准黄金时代'，这一时期出现了一批长篇小说，可以被称为是五四以来最成熟的、最复杂的、技术含量最高的长篇作品，中国文学从五四时期到上世纪90 年代，到了一个总结性阶段、一个收获期……莫言获奖不仅是'新时期'文学的总结，也是整个汉语新文学一百年历史成熟的标志。并不是莫言的作品说明汉语'新文学'成熟了，而是整个汉语'新文学'在上世纪 90 年代后，出现了成熟和收获的局面。这也是莫言能够成为一个世界级作家的背景和基础。事实上应当把鲁迅、巴金、沈从文、老舍、莫言、余华、贾平凹、王安忆、张炜、铁凝、苏童、格非、毕飞宇等作家看成一个整体，汉语新文学就是这样一个整体"。[9]

客观地讲，莫言们较之于鲁迅们、中国当代小说较之于现代小说，或许

9　张清华：《从鲁迅到莫言，这是一个谱系》，《新华每日电讯》，2012 年 11 月 2 日，
第 13 版。

从整体而言还不能说是业已形成了双峰并峙、秋色平分的格局，但两者之间似乎也并不存在着什么清晰绝对的高下优劣之分。所谓"梅须逊雪三分白，雪却输梅一段香"。前者之于后者，既有其不容讳饰的诸多"不及"之处，同时亦有超越先贤们的不菲创作实绩——以鲁迅们为代表的中国现代小说作家所取得的创作实绩委实让人高山仰止，足以彪炳于文学史册，对于这一点谁也不能、也不想去否认，但是，中国汉语新文学的长河，却不能因他们的消逝隐耀而干涸断流。所谓日月虽终古常见而光景常新，譬之文坛则才人代出而风骚各擅。薪传至今的中国汉语新小说在新的时代语境中理所当然地也会取得属于他们自己的辉煌、建造属于他们时代的自己的丰碑，这是再正常不过的顺理成章之事。对此，评论界不应该总是热衷于缅怀逝者，醉心于贵"昔"贱今、厚远薄近。事实上，以莫言们为代表的中国当代作家在沿着由鲁迅们为代表的无数开路先锋开辟出来的道路上继续前进时，在继续鲁迅们未竟的事业、替他们修残补缺时，也在替他们发扬光大。在新的历史条件下，在新的文学平台上，在总结和处理这后三十年的当代文学与中国古典文学、现代文学、世界文学这三者之间的继承和对接关系的同时，在随同时代的移形换位，60 多年以前对鲁迅们产生过极大影响的现实主义、自然主义、浪漫主义和新浪漫主义（实质上就是现代主义）诸理论已经被今天汹涌澎湃的现代主义、后现代主义文学思潮挤出文学中心的今天——必须阐明的是，虽然西方的同步现代主义文学思潮早在"五四"时期就已传入中国，但其始终都处在强大的现实主义文艺思潮的压迫下并没有得到应有的充分发展而尽显其孱弱一面，这种情况一直到八十年代中期以后才大大改观——以莫言们为代表的当代作家在新的空间和高度上的所作出的开拓与创新成就，已经远非当年的现代作家们所敢梦想！

三、"后诺奖"时期莫言研究的新路径

所谓"圆照之象、务在博观"，针对既往研究中研究者人为割裂文学活动四大要素（即是"世界—作品—作家—读者"）所造成的研究偏颇，笔者以为，对于莫言及其小说文本的研究应该采取的是相对"折衷"的态度与更加综合多元的方法。

这里所谓的"折衷"是指刘勰在《文心雕龙》中提倡的一种总体批评观，《文心雕龙·序志》云："及其品列成文，有同乎旧谈者，非雷同也，势自不

可异也。有异乎前论者，非苟异也，理自不可同也。同之与异，不屑古今，擘肌分理，惟务折衷。"[10]"折衷"意即"折中"，意思是说对作家的批评应该是持论公正、恰如其分。即是所谓"扣其两端而权衡之"——针对莫言及其小说创作来说，就是须采用文学的外部研究和内部研究相结合、整体把握与个案解读相结合、历史原则和逻辑原则相结合的系统多元的研究路径，通过共时与历时的纵横对比，把莫言的创作放进整个中国百年白话现代小说的谱系和发展流脉中去衡量，做到长处与短处、优点与缺点的同时兼顾，以此全面、多元、流动发展的宏阔视野来全面观照莫言的独特贡献和创作得失。而不是一味地进行廉价地吹捧或者是充满学究气的简单棒杀。

　　这里所谓更加多元的方法是指在结合"反映论，创作论，文本论，接受论"这一互相通约的、整体的、系统的观照角度切入到莫言小说研究的具体操作环节之时，需要根据研究对象的不同而采取与之相应的不同的研究方法。

　　以下笔者就这种综合研究范式自身具有的潜在创新可能性及其应用价值略作展望。

　　如前所述，依据Ｍ.Ｈ.艾布拉姆斯的"文学批评必须要兼顾世界—作品—作家—读者这四个要素"的观点和刘勰"折中"的文学批评准则，目前国内外学界关于莫言及其小说创作的研究尽管非常丰富并且极有呈几何倍数上升的趋势，但是这种研究往往只能流于"片面的深刻"而缺乏整体的观照。尽管张志忠教授的《莫言论》以及笔者上文所列举的若干篇硕博论文中的研究路径对于目前的莫言研究界现状有着某种纠偏救弊的良好导向作用，但是，作为践行这一综合研究方法的开拓者，他们的研究积累还不是非常的深厚，其中仍然有许多没有说透的或是没有说到的或是虽然说到但是依然尚有可以商榷余地的地方。比如，在他们的论著中几乎都程度不同地存在着有失"折衷"的倾向，均有对莫言创作的不足和缺陷方面谈的不够深入之现象。其次，在一些针对莫言及其小说研究的硕博论文中还存在着一些不容忽视的学术硬伤，试以宁明的博士论文为例，就可以对这种研究中存在的武断、随意性进行斑豹，其若干观点的确让笔者不敢苟同：宁明在其博士论文《论莫言创作的自由精神》[11]的前言中断言"而到了90年代和21世纪，……自由空间可谓史无前例，一切内容都可以呈现，一切观点都可以表达，原先的禁忌全部成

10 王利器：《文心雕龙校证》上海：上海古籍出版社，1980年版，第295页。
11 宁明：《论莫言创作的自由精神》，博士论文，山东大学文学院，2011年。

为创新的靶子，包括性，包括道德，包括习惯，包括习以为常，价值观彻底实现了多元化……在这场创新型的'文学革命'中，真正实现了'创作自由'，可谓百花齐放，百家争鸣"。[12]……笔者以为这种表述大为可疑，90 年代以后，文学创作的外部环境的松绑的确是推进文学繁荣的不容否认的重要因素之一，但这种境况似乎还没有达到所谓的"彻底实现了的多元化"的地步，至少当代体制内外的中国作家在其任何付梓的文本里必须坚持中国共产党的领导和坚持四项基本原则这个方向还是有的吧，对这种创作环境的陈述可以以"一元多向"（这里的一元就是上述的两个坚持，多向是不同的审美和价值取向）来概括似乎更为合理。彻底多元化和一元多向貌似差不多的表述，但后者从某种程度上而言直接限制或者决定了莫言小说的取材领域和方向却毋庸置疑。笔者以为宁明先生的这种论述无形中就放大了作家的创作主体性。有为情造文的致命缺陷。不能作为支撑其论点的材料和论据。其次，宁明以为作为小说作家的莫言对于自身主体性的体认所赖的自由精神主要是从西方过来的舶来品——这里宁明先生应该是断章取义地采用了湖北大学刘川鄂教授关于中国现代文学中的自由主义文学思潮的说法，对此种结论，笔者仍然认为过于轻率，笔者以为，这种"独立之精神，自由之思想"是客观地浸透在中国传统优秀文人的血脉里的，从先秦到清末正是因为有了这样一批坚守自身主体性的作家群的存在，他们才敢于以其哀情著书、以其哭泣著书、以其不平著书、以其发愤著书、以其性灵著书、以其怨毒著书、以其怒吼著书……，他们的这哀情这哭泣这不平这愤慨这性灵这怨毒这怒吼汇聚起来的巨浪洪波，不断地冲决封建正统思想中的由"发乎情止乎礼义"、"美刺讽谏"、"诗教"与"载道"……等共同搭筑的堤坝，终于成就了中国古典文学渊停谷储，钟灵毓秀，洋洋乎大观、郁郁乎文哉的辉煌。这种"三军可以夺帅、匹夫不可以夺志"的对于主体创作自由的追求和捍卫精神作为基因密码传递给了莫言，而这一遗传基因无疑从很大程度上成就了莫言的小说创作。

通过以上讨论，不难发现，在处理学界既有的莫言研究分期的问题上，1995 年、2006 年和 2012 年这三个特别重要的年份不仅要考虑进来，而且应该将其作为划分莫言研究阶段的重要节点矗立起来。在"后诺奖时期"莫言研究的方法上，针对涌现出来的各种问题，学界应该采取更加广阔的多元视角——即是从"世界""作家""作品""读者接受"这四个可以互相通约的扇面——作为进

---

12 宁明：《论莫言创作的自由精神》，博士论文，山东大学文学院，2011 年。

入的研究路径，惟其如此，才不致在研究中失之偏颇，从而在这种内外结合的综合研究视阈中开掘出更多的学术创新点和"知识增量"来。

第一节　莫言及其创作概述

以马克思主义文学反映论的观点来看：文学是社会的反映，文学家是社会的喉舌。时代的移形换位先是影响到社会思想，而后才在文学上得以彰显和表现。正基于此，作家具体生存于其间的时代历史现场是其作品得以形成的第一推动力，这一时代现场为作家提供了作为文学原料取之不竭、用之不尽的丰富矿藏，是作家进行文学创作的主要源泉，不能书写鲜活时代内容的文学作家或是不能反映鲜活时代主题的文学作品必然为文学长河所淘洗而终至湮没无闻。这种理论的共识性无疑在古今中外的不同时代都能轻易地找到回声和共鸣。譬如狄德罗就说过："一部作品，无论是什么样的作品，都应该表现时代精神"[13]巴尔扎克也说过："文学是社会表现，这种真理，今天无人不知……一个国家的作品，星罗棋布，形成一面照出这个国家全貌的镜子"。[14]毛泽东更是在延座讲话中指出："作为观念形态的文艺作品，都是一定的社会生活在人类头脑中的反映的产物"。[15]

从这个向度出发，诞生于 1955 年和共和国儿近同龄的小说作家莫言，他的小说作品必然是他所处时代的直接反映或者间接折射。就当代中国整体的社会发展状况而言，建国前三十年的惨痛历史自不待言，80、90 年代以来，改革开放的实施、市场经济的发展带来的财富和红利在分配环节上出现了越来越不利于底层民众的倾向，加之不无激进的城市化进程、政治体制改革的滞后等各种历史条件的制约，中国社会结构开始出现种种"断裂"，弱势群体的规模有增无减。作为时代的儿子，和许多当代有艺术良知的作家一样，感同身受的莫言不可避免地需要用一个追根溯源的深入视角来凝视这一现实中国，并以无比沉郁的笔调来为自己所处其间的时代画像。无疑，上述的文学

---

13 [法]狄德罗：《狄德罗美学论文选》徐继曾译，人民文学出版社 1984 年版，第 84 页。
14 [法]巴尔扎克：《论历史小说兼及"费拉戈莱塔"》，《巴尔扎克论文选》，李健吾译，新文艺出版社 1958 年版，第 104-105 页。
15 毛泽东：《在延安文艺座谈会上的讲话》（1942 年），《毛泽东论文艺》，人民文学出版社 1992 年版，第 48 页。

反映论能就莫言在迄今约四十年来的创作生涯中所呈现出来的整体创作风貌和创作特色为我们在很大程度上作出合理的说明。

当然，要想全面揭示像莫言这样的一个超一流的小说作家自身全部复杂性的一面——譬如其在题材摄取、主题提炼、艺术形式的选择以及创作风格形成诸方面何以显示的"这一个"的独特性——进行全面考量的话，除了时代这一根本的、首要的、基础的"第一动因"而外，我们还需要考虑下面三个要素，即是：莫言所处时代的文学自律性话语空间的大小问题、莫言对古今中西文学艺术资源的自觉继承、借鉴和汲取、整合的取舍问题、莫言自身特殊的人生遭际以及由此形成的特定价值判断和创作观的问题等。本节将就下面三个问题进行分别探讨。

获得 2012 年度"诺贝尔文学奖"的中国籍小说作家莫言，是百年白话现代小说史上出现的一个不多的超一流小说作家。自 1980 年代登上文坛不久，即以一系列饱含"土气息、泥滋味"的乡土小说创作脱颖而出，开始为文坛和评坛所瞩目。在以后的创作生涯中，他始终在坚持民间写作立场和价值取向的同时，广泛汲取中国古典小说、现代小说和世界优秀小说丰富多元的思想和艺术营养，以其丰沛充盈、狂放不羁的艺术想象力，将中外读者强势裹挟进他那奇异瑰丽、天马行空、神秘超验而又构造独特的小说艺术世界。莫言的出现，标志着肇始于"五四"的整个中国新文学尤其是现代白话小说已经以一棵枝叶婆娑、硕果累累的参天巨树卓然挺立于世界文学之林。

为中国现代小说和中国现代文学走向世界作出了巨大贡献的莫言，他的一生是幸运的，他不像一些作家那样一生湮没无闻死后才名垂不朽，他在而立之年就名动文坛，并且始终保持着旺盛的创作力，长篇经典接二连三地频繁问世；莫言同时又是不幸的，贫苦农村的家庭出身注定了其想要成功很早就得学会自我奋斗，在他成名之前，经历了常人难以想象的痛苦、绝望和磨难，他充满传奇色彩的人生之路是从这里起步的——

一、莫言的生平与小说创作

莫言，原名管谟业，1955 年 2 月 17 日（农历是乙未年正月二十五）诞生在山东省高密县河崖镇大栏乡平安庄。这个在民国时期旧称"高密东北乡"，地处平度县、胶县和高密县三不管交界处的河崖镇，后来却注定和莫言的小说一起走出中国，闻名世界。

　　莫言出身于普通的农户，家庭父亲管贻范，母亲高淑娟，莫言而外，父母还育有三个儿女，莫言排行最小。和山东当时的农村大家庭生活模式一样，童年时期的莫言也生活在一个三世同堂、由十一口人组成的大家庭里，除了祖父祖母而外，未分家的叔叔婶婶和堂姐也和他们生活在一起。

　　在从幼年走向少年的这段原本是人生最无忧无虑的、最值得回忆玩味的美好时光，却成为莫言终生挥之不去梦魇——里面装满的是关于饥饿和孤独的永恒性的创伤记忆。

　　一九六〇年，因为当时家里的所有大人们都需要集体出工响应全国上下推行的人民公社运动，年仅六岁的莫言因为没人看管而被送进大栏小学读一年级，在莫言的小学就学前后，肆虐全国的三年困难时期就降临在这方无辜的土地上，巨大无边的饥饿在连续夺走许多人生命的同时也将这种刻骨铭心的可怕记忆永远地镌刻在幸存者的心头。幼小的莫言很小就显示了对文学的爱好，在小学三年级时他就表现出了很好的语言天赋，他写的一篇学校运动会的作文还被老师点评并被推荐到农业中学作为范文朗读，但尽管如此，在一九六六年，即将小学毕业顺利准备升入中学的莫言因为调皮得罪了一个代课老师而被剥夺了继续求学的权力，从此被迫辍学在家，在不满十二周岁时就开始了他在高尔基式的"社会学校"中体验和领悟人生课堂的生涯。辍学后就参加务农的他由于年龄偏小只能给生产队放牛放羊，被挡在学龄儿童世界之外的莫言很快体会到自己被"在而不属于"的成人社会所同样摒弃，是啊，在那样的一个大饥荒刚刚过去的、忙完死又开始忙着生的时代愿意倾听一个孩子的心灵的孤独呢？

　　这种来自童年时期挥之不去的创伤性在莫言的创作观和创作个性的形成中意义非凡。在后来的一篇《饥饿和孤独是我创作的财富》文章中，莫言这样感叹道："……那时候我们这些孩子的思想非常单纯，每天想的就是食物和如何才能搞到食物。我们就像一群饥饿的小狗，在村子中的大街小巷里嗅来嗅去，寻找可以果腹的食物。许多在今天看来根本不能入口的东西，在当时却成了我们的美味。我们吃树上的叶子，树上的叶子吃光后，我们就吃树的皮，树皮吃光后，我们就啃树干。那时候我们村的树是地球上最倒霉的树，它们被我们啃得遍体鳞伤……因为我很小的时候已经辍学，所以当别人家的孩子在学校里读书时，我就在田野里与牛为伴。我对牛的了解甚至胜过了我对人的了解。我知道牛的喜怒哀乐，懂得牛的表情，知道它们心里想什么。

在那样一片在一个孩子眼里几乎是无边无际的原野里，只有我和几头牛在一起。牛安详地吃草，眼睛蓝得好像大海里的海水。我想跟牛谈谈，但是牛只顾吃草，根本不理我。我仰面朝天躺在草地上，看着天上的白云缓慢地移动，好像它们是一些懒洋洋的大汉。我想跟白云说话，白云也不理我。天上有许多鸟儿，有云雀，有百灵，还有一些我认识它们但叫不出它们的名字。它们叫得实在是太动人了。我经常被鸟儿的叫声感动得热泪盈眶。我想与鸟儿们交流，但是它们也很忙，它们也不理睬我。我躺在草地上，心中充满了悲伤的感情。在这样的环境里，我首先学会了想入非非。这是一种半梦半醒的状态。许多美妙的念头纷至沓来。我躺在草地上理解了什么叫爱情，也理解什么叫善良。然后我学会了自言自语。那时候我真是才华横溢，出口成章，滔滔不绝，而且合辙押韵"。[16]

创伤记忆是现代心理学上的一个重要研究课题，这种理论认为"创伤意味着意识保护屏障的撕裂及对象征系统的破坏。在心理机制上，创伤会以噩梦、闪回等方式重复地、逼真的出现，使创伤人物再次经历痛苦、失去甚至死亡。创伤的延宕性、潜伏期、无时性和重复等特质，决定了创伤是一种孤独的情感体验。创伤记忆有别于日常生活记忆，创伤人物通过行为重演等方式再现创伤情景……通过口头讲述、倾听、文字等方式，创伤记忆参与对过去的重建，是文化记忆的特殊形式"。[17]

这种来自童年时期的创伤性，在莫言后来的许多小说创作中被反复提及，例如在小说《蛙》中出现的那饿得半死，乳房紧贴在肋骨上的农妇和她们踟蹰于煤车前不肯走开，像从废墟里寻找食物的狗那样砸开煤块舔吃煤屑的那群七八岁的孩子们；在《丰乳肥臀》那个在三面红旗大跃进时期因为饥饿难耐为了一块馒头而甘愿失身于伙夫、从苏联归国的女高材生乔其莎等等——事实上，作为一种创作无意识，这种"记忆创伤"已经深深融进了莫言的血液和生命，它不仅仅牵涉到莫言小说创作的题材选择和主题提炼，甚至进而在极大程度上影响和左右了其独特的艺术审美观和价值观。1987 年以后，随着《欢乐》、《红蝗》以及《猫事荟萃》等几篇小说的发表，在批评界掀起了第

---

16 莫言：《饥饿和孤独是我创作的财富》，《小说的气味》，北京：当代世界出版社，2003 年版，第 168-169 页。以下引文也出于此书，不再另注。

17 王欣：《文学中的创伤心理和创伤记忆研究》云南师范大学学报（哲学社会科学版）2012 年 06 期。

一次批判莫言作品的浪潮，这其后，批判和质疑的声音就伴随着莫言的创作而从未止息。面对诸如"毫无节制""心理变态""丑陋恶心"乃至"大便情结"指责和攻讦，莫言辩解道："我是一个出身底层的人，所以我的作品中充满了世俗的观点，谁如果想从我的作品中读出高雅和优美，他多半会失望。这是没有办法的事，什么人说什么话，什么藤结什么瓜，什么鸟叫什么调，什么作家写什么作品。我是一个在饥饿和孤独中成长的人，我见多了人间的苦难和不公平，所以我只能写出这样的小说。"（《饥饿和孤独是我创作的财富》）。后来，在 2001 年发表的《猫腔大戏——与〈南方周末〉记者夏榆对谈》中一文中，莫言更是把这种对批评界的不满和积怨进行了集中和清算式的回击，他坚称："我写《欢乐》写《红蝗》的时候有一些非常表面化的东西·一种对抗式的写作。《红蝗》里写到排泄物的感觉，《欢乐》里有的地方几十段文字不分段不分行，还涉及到对母亲身体的描写，现在回头看都是一种表面化的对抗……我觉得现在真正可怕的是一些已经取得了写作话语权力的作家，他们用一种伪装得很悠闲很典雅的中产阶级的情调写作，这些人允斥出版和传媒界……如果有什么挑战性的话，我觉得就是和这种所谓的中产阶级的对抗。"。[18]

很难想象一个仅仅受过几年小学教育的辍学孩童与一个超一流的小说大师之间有着怎样难以测算的遥远差距，而且，要消弭这段差距得具有多么雄壮的决心、需要付出何等艰辛的奋斗。这种太过传奇色彩的人生轨道我们指指可数的也就是英国的狄更斯、美国的德莱赛、苏联的高尔基和中国的沈从文等不算太多的几个先例可以援引，事实上，失学之后的莫言之所以实现其人生的华丽转身，原因有二，在文学资源的渊源上是受到了民间文学的丰富滋养，而在创作动机上则源于其单恋失败的刺激和其要逃离农村开拓人生空间实现出人头地伟大梦想的强大内心力量。

被拒绝在校门之外的小莫言在无比孤独的感染中养成了对书籍阅读的痴迷，那时候在莫言那个偏僻落后的地方，书籍是十分罕见的奢侈品。为了得到阅读这些书的权利，莫言经常给有书的人家去干活。莫言后来回忆说，在高密东北乡那十几个村子里，谁家有本什么样的书他基本上都能如数家珍。莫言这时候看过的小说，有古典作品，如《三国演义》、《水浒传》、《儒林外

---

18 转引自李桂玲：《莫言文学年谱》，复旦大学出版社，2014 年版，第 82 页。以下本章引述内容同出于该书，不再另注。

史》、《封神演义》等；也有现代作品，如《红岩》、《红旗谱》、《红日》、《林海雪原》、《三家巷》、《青春之歌》等；还有外国作品，如《钢铁是怎样炼成的》等，为其日后的创作打下了初步的基础。但是当莫言把周围几个村子的几本书读完之后，就与书本基本上脱离了联系，在后来的日子里，有很长一段时间，对莫言以后的文学天分发生潜移默化作用的是丰富的民间故事。用莫言自己的话来说就是："我的知识基本上是用耳朵听来的。就像诸多作家都有一个会讲故事的老祖母一样，就像诸多作家都从老祖母讲述的故事里汲取了最初的文学灵感一样，我也有一个很会讲故事的祖母，我也从我的祖母的故事里汲取了文学的营养……除了我的爷爷奶奶大爷爷之外，村子里凡是上了点岁数的人，都是满肚子的故事，我在与他们相处的几十年里，从他们嘴里听说过的故事实在是难以计数……我虽然没有文化，但通过聆听，这种用耳朵的阅读，为日后的写作做好了准备。我想，我在用耳朵阅读的二十多年里，培养起了我与大自然的亲密联系，培养起了我的历史观念、道德观念，更重要的是培养起了我的想象能力和保持不懈的童心。我相信，想象力是贫困生活和闭塞环境的产物，在北京和上海这样的大城市里，人们可以获得知识，但很难获得想象力，尤其是难以获得与文学、艺术相关的想象力。我之所以能成为一个这样的作家，用这样的方式进行写作，写出这样的作品，是与我的二十年用耳朵的阅读密切相关的；我之所以能持续不断地写作，并且始终充满着不知道天高地厚的自信，也是依赖着用耳朵阅读得来的丰富资源。"（《用耳朵阅读》）可见，莫言在用"耳朵阅读"的过程中，中国远离庙堂话语权统治、奇异瑰丽的民间文学的资源，像以前影响过蒲松龄那样对莫言的小说启蒙产生了重大影响，加上周围前现代农村社会的环境和生活的感染，这些就奠定了这位民间小说家日后创作的基本倾向，以农民和社会底层为主要取材对象，以反映底层苦难为基本主题，以丰富奇崛的浪漫文学意象为其独树一帜的艺术风格。

关于为什么会选择写作小说来作为自己的人生追求，莫言幽默地谈到过与此有关的两个引擎。一是要一心踏出家乡，到外面的世界去寻求"别样的生活"。他在一篇文章中这样回顾道："长期的饥饿使我知道，食物对于人是多么的重要。什么光荣、事业、理想、爱情，都是吃饱肚子之后才有的事情……因为吃我曾经丧失过自尊，因为吃我曾经被人像狗一样地凌辱，因为吃我才发奋走上了创作之路。我开始创作时，的确没有那么崇高的理想，动机也很低俗。我可不敢像许多中国作家那样把自己想象成'人类灵魂工程师'，更没有想到要用小说来改造社会。前边我已经说过，我创作的最原始的动力就是对于美食的渴望。"；(《饥饿和孤独是我创作的财富》)二是年轻的莫言经历了最初的单恋式的"失恋"刺激，这出现在他的另一篇讲演中："我十五岁时，石匠的女儿已经长成了一个很漂亮的大姑娘，她扎着一条垂到臀部的大辫子，生着两只毛茸茸的眼睛，一副睡眼朦胧的样子。我对她十分着迷，经常用自己艰苦劳动换来的小钱买来糖果送给她吃……我鼓足了勇气，在一个黄昏时刻，对她说我爱她，并且希望她能嫁给我做妻子，她吃了一惊，然后便哈哈大笑。她说：'你简直是赖蛤蟆想吃天鹅肉！'我感到自尊心受到了沉熏的打击，但痴心不改，又托了一个大嫂去她家提亲二她让大嫂带话给我，说甲我只要能写班一本像她家那套《封神演义》一样的书她就嫁给我。"。[19]

雅斯贝尔斯认为："作为实存（Dasein）的人总是处于种种痛苦的边缘处境（Grenzensituation）之中。这种边缘处境如同一堵无法穿越的墙，限制着人的行动和认识。人要想着穿越它、超越它，必然会遭受挫折。但人为了超脱实存之限界，为了作为真正的生存接触超越存在（Transzendenz）——终极存在、生存意义的给予者，就必须在边缘处境中经受这种挫折，以实现人生的超越。"。[20]

正是怀揣着一日三餐都能吃上饺子和有朝一日抱得美人归的凤愿和梦想，莫言开始了他抗争命运的独闯乾坤之路，也同时展开了他与高密东北乡这块生养自己的故土之间"离开—发现—归来"的关系变奏。

在亲戚的帮助下，莫言 1974 年进入高密县棉油厂做临时工。1976 年参军，在山东黄县担任警卫战士。1978 年因超龄，报考郑州大学的资格被取消。同年，加入中国共产党。9 月，调至河北保定进行新兵训练。1979 年对越自卫反击战开始，报名上前线但没有被批准。这一年七月，二十五岁的莫言在当了二年兵后，从部队返乡，与同样是"高密东北乡孩子"的杜勤兰结了婚。

这一时期，一直呆在农村的莫言，得以接触到广阔的社会，生活以五光十色的姿态第一次呈现在他的面前，本来就燃烧在心中对故乡的旧有"仇恨"似乎得到了进一步的坚定——坚决不能在回家乡当一名一辈子面土背天的农民可以说是这段时期莫言人生关注的最大焦点。而对于一个农民出身的新兵，

---

19 莫言：《少年时的爱恋》，摘自《故事会》文摘版 2015 年第 11 期。
20 马美宏：挫折与超越——雅斯贝尔斯悲剧哲学探究，江苏社会科学 1992 年 03 期。

唯一能够获得编制不被赶回农村的途径就是能够通过最大的努力被提干留在部队，从而获得干部资格，只有如此才能保证有一个可以终生无忧的铁饭碗——从超越物质之外的稍高层次来看，也算是离家打拼这么多年给自己和家乡人的一个可以保全体面的说法。从部队复员回家后还要继续务农的宿命感在这一时期一直象千斤巨石那样压在他的胸口，不难看出，对于这一人生晦暗阶段的莫言而言，这种想要彻底摆脱终生"泥腿子"的命运一直都是一条无比清晰的人生行进指掌图，而在这条路上貌似无法实现的理想被挤压到一定程度时必然以其"第二种形式"朝向现实突进——这就是最终给莫言带来巨大人生成功的小说创作。由此分析，不难看出，无论是当初在家务农时开始尝试创作最终夭折的《胶莱河畔》，还是他在人生理想渐行渐远时再次拾起小说写作之笔，都是这种精神上苦闷彷徨的感伤与宣泄的选择出口。莫言前期的练笔阶段积累下来的写作经验为其后来的小说创作打下了必要的基础。幸运的是，命运女神终于被这个无比执着的年轻人所打动，如果把莫言至今三十多年来的小说创作过程看作是一次长跑，那么他的起跑点就是在 1981年，这年 10 月，莫言在保定《莲池》上终于发表了其处女作小说《春夜雨霏霏》。这以后，他凭借自己的一支小说健笔，不仅在短短的几年内就征服了大批读者和评坛上知名的评论家，更是在 1982 年得以成功提干，并一直在部队呆了 21 年，直至最后以正师级的军衔待遇上被调任其他部门。

1984 年，莫言成功考取军艺文学系，成为它的第一届学生。莫言曾经无比感慨地回忆起他第一次踏进军艺文学系图书馆的情形："我第一次进了学校的图书馆时大吃一惊，我做梦也没想到泄界上已经有这么多人写了这么多书。"。这以后，莫言抓紧一切时间阅读、写作，废寝忘食地从自己面前铺展开来的古今中西文学资源中汲取思想和艺术的乳汁和养分，正是在这种对中西文学经典接近疯狂地阅读和吸纳中，由于美国作家福克纳作品的触发，使得莫言在精神上再一次发现了自己的家乡，并在这种家乡的发现中发现了自己和自己的文学王国。

2000 年 3 月在加州大学伯克莱大学演讲时莫言坦诚地道出了福克纳的小说给他带来的巨大启发："读了福克纳之后，我感到如梦初醒，原来小说可以这样地胡说八道，原来农村里发生的那些鸡毛蒜皮的小事也可以堂而皇之地写成小说。他的约克纳帕塔法县尤其让我明白了，一个作家，不但可以虚构人物，虚构故事，而且可以虚构地理。于是我就把他的书扔到了一边，拿起笔来写自己的小说了。受他的约克纳帕塔法县的启示，我大着胆子把我的'高密东北乡'写到了稿纸上。他的约克纳帕塔法县是完全地虚构，我的高密东北乡则是实有其地。我也下决心要写我的故乡那块像邮票那样大的地方。这简直就像打开了一道记忆的闸门，童年的生活全被激活了。我想起了当年我躺在草地上对着牛、对着云、对着树、对着鸟儿说过的话。然后我就把它们原封不动地写到我的小说里。从此后我再也不必为找不到要写的东西而发愁，而是要为写不过来而发愁了。"。从此，"高密东北乡"这一地理意义和文化意义相互融合的故乡根据地在莫言的笔下开始在小说文坛上分裂河山，宰割天下，终至最后发展成为一个庞大的文学王国。

　　这种对故乡的"重新发现"和"再次归来"的心境后来莫言不无动情地回忆说"十五年前，当我作为一个地地道道的农民在高密东北乡贫瘠的土地上辛勤劳作时，我对那块土地充满了仇恨。它耗干了祖先们的血汗，也正在消耗着我的生命。我们面朝黑土背朝天，付出的是那么多，得到的是那么少。我们夏天在酷热中挣扎，冬天在严寒中颤栗。一切都看厌了：那些低矮、破旧的茅屋，那些干涸的河流，那些狡黠的村干部……当时我曾幻想：假如有一天我能离开这块土地，我决不会再回来。所以，当我坐上运兵的卡车，当那些与我一起入伍的小伙子们流着眼泪与送行者告别时，我连头也没回。我有鸟飞出了笼子的感觉。我觉得那儿已没有什么东西值得我留恋了。我希望汽车开得越快、开得越远越好，最好开到海角天涯。当汽车停在一个离高密只有三百里的军营，带兵的人说到了目的地时，我感到十分失望。但是三年后，当我重新踏上故乡的土地时，我的心中却是那样激动：当我看到满身尘土、眼睛红肿的母亲挪动着小脚艰难地从打麦场上迎着我走过来时，一股滚热的液体硬住了我的喉咙，我的脸上挂满了泪珠。那时候，我就隐隐约约地感觉到了故乡对一个人的制约。对于生你养你、埋葬着你祖先灵骨的那块土地，你可以爱它，也可以恨它，但你无法摆脱它。"。[21]

　　当然，这种"重新发现"和"再次归来"的故乡绝非纯粹是地理意义上的简单回归，关于这一点，莫言在与《南方周末》记者夏榆对谈时明确表示，写作经过了一段回环往复后之所以又回到了"高密东北乡"，是想要写一种声音。因为故乡对任何一个作家都是至关重要的，在写《白狗秋千架》时，他在作品里第一次使用高密东北乡这个地理概念，从此就像打开一道闸门，关于

---

21 莫言：《我的故乡与我的小说》，《当代作家评论》1993 年 02 期

故乡的记忆、生活、体验全部被激活，这使得他感到创造力的充盈与丰沛，但实际上，高密东北乡不是一个地理概念，它是文学化的，实际上并不存在。莫言的这番话在其后期的小说创作中得以证实：他在不到十年的时间内就把高密东北乡变成了一个非常现代的城市，盖起了许多高楼大厦，增添了许多现代化的娱乐设施。还把发生在世界各地的事情，改头换面拿到高密东北乡这片小说国度中来，他以浪漫的自由想象今天挪来了一座山，明天铺展一片沙摸，后天再开辟一片沼泽，后来又安插进去森林、湖泊、狮子、老虎……以至于让一些外国学者和翻译家信以为真专程到高密东北乡去看他在小说中描写过的那些东西，结果只能是全都大失所望，真正的地理学意义上的高密东北乡除了一片荒凉的平原，和平原上的一些毫无特色的村子之外，其余什么也没有。

这种转变在创作上带来的加速度是显而易见的，由是，在莫言由青年转向中年的同时，他的思想和创作也随之趋近成熟。1985 年，在他三十一岁时发表了获得整个文坛一致好评的《透明的红萝卜》，尽管在此之前他写的《民间音乐》和《黑沙滩》也曾引起过不少著名作家和评论家的注意和赞许，但是，上述两篇的分量都不足和此篇相提并论。这篇因其以"重感觉的独特叙事打通了现代白话小说与中国古典小说传承之间的联系"（李陀语）而获得了很大的成功，它使得莫言初步树立了"乡土小说"重要作家的声誉。

从此以后，除了在 1990 年初期的不长一两年内，莫言在文学边缘化的整体社会转型背景下出现过短暂的创作低潮，在其将近四十年的创作道路上，莫言一直都以自己一部接连一部的经典杰作铸就了其不可撼动的超一流小说作家的夯实地位：1985 年创作《红高粱》，1986 年 3 月在《人民文学》发表，引起巨大轰动，获 1985-1986 年全国优秀中篇小说奖。1988 年出版《天堂蒜薹之歌》和《十三步》，1993 年出版《酒国》和《食草家族》，1995 年出版《丰乳肥臀》，获"大家文学奖"。1999 年出版《红树林》，2001 年长篇小说《檀香刑》出版，该作品入围第六届茅盾文学奖评选。2003 年出版《四十一炮》，2006 年出版《生死疲劳》，2009 年出版了《蛙》——随着莫言小说创作影响的日益扩大，他开始成为国内外各类文学奖项所接踵追捧的对象，2006 年 7 月，继巴金之后，莫言被授予了"福冈亚洲文化奖"，2012 年他终于实至名归地一举斩获诺贝尔文学奖，成为第一个获得该奖的中国籍作家。2014 年 12 月，莫言先后获颁香港中文大学、澳门大学荣誉文学博士学位。据不完全统计，莫言的小说作品目前至少已经被翻译成 40 种语言。

莫言成名以后，自然受到了越来越多的所谓社会上层的关注，甚至有一个陈姓巨贾在网上公开发布愿意为其在北京买上一个四合院的滑稽声明，但这位农民出身的小说大家并没有因此而忘乎所以、受宠若惊，其在独特的人生阅历和创作进程中所塑造的创作态度却并没有因为其名望和地位的上升而片刻脱离"民间"和"真实"。正如他指责那些动辄给自己在不同时期乱造各种阵营的帽子所讲的那样："我想我是独立的。有人说我属于'寻根派'，也有人把我归入'先锋派'。事实上，我自己也不知道属于哪一派，我对这个不感兴趣，也没什么意义。我想一个没人能够说出属于哪一派的作家，才是一位有存在价值的作家。我以我内心的感受为基础，用心去写作。"[22]"八十年代至今，围绕我创作的批评发生了一些变化，这也是必然的。我现在回忆起八十年代的一些批评文章，对我的定位和阐释也多半就是魔幻现实主义、感觉、印象等批评术语。到了二十一世纪的时候，关于"民间"说法甚嚣尘上，一提到"民间"，就必然要提到我的创作。实际上莫言还是那个莫言，小说还是那些小说，由于批评本身发生了变化，对同样的一个作家及他的作品的解读也随之发生了变化。"[23]他引用日本专家的说法，谦虚地称呼自己为一个缺乏思想和理论的"素人作家"。当有媒体问及他对自己被划入先锋文学作家的看法时，他这样说道："我认为先锋其实是一种内心需要·是一种重压之下、急于宣泄的内心需要，其实是一种最诚实的人生态度。先锋不能用年龄画线，也不能以出身画线，当别人还不敢说真话你说了真话时，你就是当之无愧的先锋。当别人都戴着假面生活而你撕破了假面时，你就是先锋。我认为先锋并不完全是少数几个人的特立独行，恰恰相反，真正的先锋，必然地具有广泛的群众基础。衡量先锋的最重要的标准是看他是否具有诚实的品格。"（《我对媒体有一种恐惧感》），谈到他心目中的"民间写作"时，莫言说："我认为，所谓的'为老百姓的写作'其实不能算作'民间写作'，还是一种准庙堂的写作。当作家站起来要用自己的作品为老百姓说话时，其实已经把自己放在了比老百姓高明的位置上。我认为真正的民间写作就是'作为老百姓的写作'……'作为老百姓的写作'者，在写作的时候，不会也不必去考虑这些问

---

22 莫言：《莫言谈中国当代文学边缘化》山东大学学报（哲学社会科学版）2003 年 02 期。
23 莫言：《先锋·民间·底层》，《南方文坛》2007 年 02 期。

题。他在写作的时候，没有想到要用小说来揭露什么，来鞭挞什么，来提倡什么，来教化什么，因此他在写作的时候，就可以用一种平等的心态来对待小说中的人物。他不但不认为自己比读者高明，他也不认为自己比自己作品中的人物高明。"。[24]代表莫言这种创作态度的表述还有很多，笔者以为，莫言在哥伦比亚大学的这篇演讲中所说过的这段话，应该可以视为一个高屋建瓴式的总结："我想，时至 21 世纪，一个有良心有抱负的作家，他应该站得更高一些，看得更远一些。他应该站在人类的立场上进行他的写作，他应该为人类的前途焦虑或是担忧，他苦苦思索的应该是人类的命运，他应该把自己的创作提升到哲学的高度，只有这样的写作才是有价值的。一个作家，如果把自己的注意力放在研究政治的和经济的历史上，那势必会使自己的小说误入歧途，作家应该关注的，始终都是人的命运和遭际，以及在动荡的社会中人类感情的变异和人类理性的迷失。"。[25]

二、话语空间的伸缩和莫言创作主体性的关系考释

在回顾自己最初的小说创作时，莫言谈到了两次发生在 1970 年代的"练笔"尝试。

一次是 1973 年写作《胶莱河畔》，故事的开篇第一行就引用毛泽东语录，然后就编排了第一章的回目："元宵节支部开大会，老地主阴谋断马腿。故事是这样的：元宵节那天早晨，民兵连长赵红卫吃了两个地瓜，喝了两碗红黏粥，匆匆忙忙去大队部开会，研究挖胶莱河的问题。他站在毛主席像前，默默地念叨着：毛主席呀毛主席，您是我们贫下中农心中最红最红的红太阳……开会的人到了。老支书宣布开会，先学毛主席语录，然后传达公社革委关于挖河的决定。妇女队长铁姑娘高红英请战，老支书不答应，高红英要去找公社革委马主任。高红英与赵红卫是恋爱对象，两家老人想让他们结婚，他们说：为了挖好胶莱河，再把婚期推三年。这一边在开会，那一边阴暗的角落里，一个老地主磨刀霍霍，想把生产队里那匹枣红马的后腿砍断，破坏挖胶莱河，破坏备战备荒为人民……另一次是 1978 年，写了一篇《妈妈的故事》，写一个地主的女儿（妈妈）爱上了八路军的武工队长，离家出走，最后带着

---

24 《文学创作的民间资源——在苏州大学"小说家讲坛"上的讲演》《当代作家评论》2002 年 01 期。

25 摘自《莫言讲演新篇》，文化艺术出版社 2010 年 1 月版。

队伍杀回来，打死了自己当汉奸的爹，但'文革'中'妈妈'却因为家庭出身地主被斗争而死。这篇小说寄给《解放军文艺》，当我天天盼着稿费来了买手表时，稿子却被退了回来。后来又写了一个话剧《离婚》，写与"四人帮"斗争的事。又寄给《解放军文艺》。当我盼望着稿费来了买块手表时，稿子又被退了回来。"。[26]

　　莫言在谈及这两篇小说未有成功的原因时曾经这样感叹到：现在我们觉得那个时候写作那样的阶级斗争的题材必然觉得很是好笑，但当时整个时代的写作气氛就是这样，要是不写这种小说根本就没有发表的可能，当然，我写的这篇小说最后也没有发表，但深究原因的话应该跟我写的阶级斗争跟当时别的作家比起来还不够激烈、我的阶级立场还不够鲜明……在莫言以他惯常的幽默对这些往事进行轻描淡写的侃侃而谈中，我们却听出了一个不太轻松的话题，那就是作家的创作主体性和时代给予的话语空间二者的关系问题，也可以说成是文学的自律性和他律性的二律悖反问题。

　　从野心勃勃的莫言踌躇满志的练笔之初到他的第一篇处女作《春夜雨霏霏》在1981年的《莲池》杂志上付梓发表的这段不长的时期，正是中国文坛在经历了天聋地哑的"文革"以后，开始转入政治对文学创作空间给予松绑的文学"新时期"阶段。文革以后，以粉碎"四人帮"、"关于真理标准问题的讨论"及"思想解放运动"为标志，小说从政治的禁锢中解脱出来，逐步走向"人的觉醒"和"回归文学自身"，祈求重回五四启蒙文学起跑线的80年代小说也由此取得了相对丰硕的巨大成就。

　　正基于此，不少当代小说评论家总喜欢不胜唏嘘地回望新时期以来的80年代，并总是习惯于将其和"王纲解纽"的"五四"时期相提并论，断定这两方历史时空，理应视为中国现代白话小说在其发展流变中所经历过的两个"黄金时代"，这两个时期所释放出来的自由话语空间，为百年现代白话小说各种流脉的自由创作最大限度地提供了可资"众声喧哗、多元共鸣"的理想历史语境。基于此点，不少研究者认为，在中国百年白话现代小说自主发展的身边一直都站着两个不怀好意的巨人，一个是政治，另一个是经济。前者让其在建国的前三十年里几乎完全沦为政治规训的思想附庸，而后者则在九十年代以后的社会转型中又让其变成沾染了商品化色彩的拜物奴婢。事实上，当

26 莫言：《漫长的文学梦》，《档案天地》2007年03期。

我们把眼光投向中国古典文学和外国文学，就会发现文学创作（当然也包括小说创作）自身主体性和自律性的问题与外在的政治、经济之间的矛盾和冲突事实上在古今中外都一直存在从未消失。

中国古典文学与政治的关系见于文献中的较早记载可以追溯到春秋时期孔子提出的"兴观群怨"说，到了西汉时，《毛诗序》就正式提出的所谓的"诗教"和"美刺讽谏"说，对于"风"、"雅"的界定，《毛诗序》也显示出其根深蒂固的政治考量之眼光，其认为："是以一国之事，系一人之本，谓之风；言天下之事，形四方之风，谓之雅。雅者，正也，言王政之所由废兴也。政有大小，故有小雅焉，有大雅焉。"——对此，日本学者铃木修次指出："换言之，把政治问题放在个人生活的范畴里来加以领会的是'风'。把人类社会问题同政治联系起来加以理解的是'雅'。《毛诗序》中说明的'风雅'见解，在以后中国文学思想中一直继承下来。中国人认为真正的文学不能与政治无缘，不回避政治问题并且以它为对象的那才是'风雅'的文学，更好的文学，在'风雅'的作品中才有中国的正统文学精神。"[27]由此不难看出，以文学作为政教工具的传统观念在中国古典文学的创作中长期居于主流的地位。这种文学与政治互为表里的紧密关系、视文学为经世载道工具的这一思想从晚清提倡"小说界革命"的盟主梁启超到作为"五四"新文化运动旗手之一的鲁迅，还是后来以"延座讲话"为解放区文学、共和国前三十年文学定下基调的毛泽东那里一脉相承的。

就欧美小说的发展轨迹来看，在西方小说重镇的法国，早在 19 世纪末、20 世纪初时，在报纸和一般读者的阅读趣味的刺激下，一些将缪斯的灵魂卖给市场的平庸小说"作家"们就大量地"生产"缺乏才华的小说"成品"，各种为小说家颁发的文学奖的出现（譬如其中影响很大的龚古尔文学奖设立于1903 年）更是为这种媚俗化创作趋势推波助澜。据统计，在当时法国每年出版的这类小说要超过 1000 种。其中虽然偶有佳作，但更为多见的则是思想和艺术上均属低劣的平庸小说乃至废品小说，可见，小说创作在彼时已经为一种商业化的触手所俘获；到了二战前后的美国，更是出现了被阿多诺们所极力抵制和批判的"文化工业"的后现代意义上的商业文学大规模的复制性批量生产。

由此可见，中国百年白话现代小说在其滥觞和汇聚、奔流过程中所遭遇

---

27 铃木修次《中国文学与日本文学》，海峡文艺出版社 1989 年版，第 14 页。

的政治、经济问题实在是古今中外的一个极为广泛的普遍现象。

　　大致看来，在"新时期"以来文学创作空间的伸缩变化过程中，莫言创作主体性的觉醒过程经历了 80 年代后期的寻找期、80 年代末 90 年代初的迷茫期和 92 年以后的发展成熟期这三个不乏茫然情绪和痛苦体验的蜕变进程。

　　就莫言这批"新时期"登上小说文坛的作家而言，其所栖居其中的这个所谓的"黄金时代"也同样充满了政治和文学的角力。著名的当代小说评论家丁帆先生认为"上一世纪八十年代文学似乎已经成为二十世纪文学中与五四文学比肩的文学盛典，它的辉煌也已然成为至今人们怀念它的种种理由。但是，我们也不得不去思考另一个更深刻的问题——它在二十世纪历史长河中，尤其是在启蒙与反启蒙的人文思潮中所扮演的是什么样的角色，所经历的是怎样一个历史的过程？!带着这样的问题去回眸这一辉煌的文学史瞬间，我们似乎更能够看清楚那个时代文学思潮、现象、流派和作家作品的本质特征。我以为只要论及上一世纪八十年代文学，首先就得描述社会政治文化背景与文学思潮的关联，这两者是一对很难分离的连体婴儿，舍此背景就难以把握文学发展的脉络。八十年代文化思潮实际上有三个转折节点：一个是它的'序幕'，那就是七十年代末的真理标准大讨论；另一个就是八十年代中期的'清除精神污染'和'反资产阶级自由化'运动；再一个就是八十年代末的那场政治风波。显然，历史的环链是环环相扣的，没有七十年代后期的政治动荡就产生不了八十年代文学；没有八十年代中期的'清污'与'反自由化'，就没有八十年代后期文学的'向内转'、'寻根运动'和'视点下沉'；没有八十年代后期的政治风波，也就没有九十年代文学进入消费时代的大潮。从中我们可以看出，社会政治文化思潮的演进是与文学发展同步的，它们是人文历史前行与后退的两翼，是在同一根车轴上平行转动的车轮。"[28]

　　在这篇宏文中丁帆教授以其切中肯綮的穿透视界为我们廓清了整个八十年代及其前后文坛的政治、经济生态的背景（早在商品经济获得合法身份之初其在 80 年代中后期已经以大众小说的暧昧面目在文坛登台亮相，并开始与政治话语一起联手挤压和蚕食着精英文学的创作空间）。

　　这一时期可谓是莫言创作主体性的需找和探索期。他在 2007 年中国人民大学举行的"莫言与新时期文学"的专题座谈会上这样回顾到："八十年代的文

28 丁帆：《八十年代：文学思潮中启蒙与反启蒙的再思考》《当代作家评论》2010 年 01 期。

学创作还有很多禁区，一部小说写得很好，但因为触及了某些'禁区'而被刊物的编辑或者出版社判了'死刑'的事经常发生。我们都在试探着打'擦边球'，希望能够写出一部小说，既触及了敏感的问题，又能勉强地通过，因为这样的作品一般都能够引起反响。其实，对一个作家的真正限制并不是来自外部，而是来自作家的内心。虽然当时我们还很年青，但我们每一个人的内心深处已经有了很多的关于文学的条条框框，这些对我们自己限制很大。"。[29]莫言在80年代后期创作的他认为最有才气之一的中长篇小说《欢乐》被禁，《红蝗》被批判，而他真正意义上的第一个长篇小说《天堂蒜薹之歌》也因为替农民代言，大胆地揭露地方政府欺凌百姓的事实真相而让评论界噤若寒蝉一片哑然。在很长一段时间，关于这部长篇小说的评论竟然一篇都没有刊发。

随着80年代中后期文学与政治关系的波浪式紧张和这种紧张关系的日益加剧，特别是1989年的那场政治风波以后，使得精英文学的启蒙受挫，文学界出现了普遍幻灭情绪。正是在这种背景下，文学进入了九十年代的发展和新变期。原先有官方文化和精英文化两相博弈的80年代文坛一变而为大众文化、官方文化和精英文化三者并存而且又在市场的关联下存在着微妙的互渗与互动的局面。这三种文化中，以大众文化的崛起最为醒目，90年代的市场化进程借助城市化、信息化与电子化的强力助推，掀起汹涌澎湃的世俗化潮流。由于社会现实的变动以及文学话语空间的重新分割，80年代的精英小说作家的社会角色和文化功能在逐渐"边缘化"。这种非同寻常的冲击使90年代小说陷入了进退两难的危机状态，面对精英小说的危机情状，不同作家表现出了"加冕"、"下海"和"坚守"三种截然不同的写作态势。这里所谓的"加冕"是指那些积极响应官方"五个一"工程和各类文学评奖奖项的自觉朝官方文学靠拢的小说作家，如90年代之初在小说界"突然间"变得炙手可热的"现实主义冲击波"创作作家群。这里所谓的"下海"是指"王朔现象"激起的商品化写作热潮的涌起：何顿的小说《生活无罪》和池莉的小说《来来往往》，近乎赤裸地表现了市民阶层在失去道德屏障后的欲海沉浮。表现出对世俗社会物欲的高度认同。这两类小说作家印证了笔者上述失去创作主体性和小说创作自律性的两类作家群。当然，一些难能可贵的小说作家经受的这种时代转型的洗礼，经过了痛苦的自我涅槃后，仍旧选择对小说创作自律立场的坚守。莫言无疑就是其中的一个重要的代表。

---

29 莫言：《先锋·民间·底层》，《南方文坛》2007年02期。

　　如果说八十年代束缚莫言小说创作的触手还只是政治一极的话，那么进入九十年代初期，商品经济伸出来的另一只触手则让莫言的小说创作陷入到了一个可怕的瓶颈和深谷。莫言在回顾那一时段的创作心态时说："一九八九年以前，大家对文学热情很高，一九八九年以后，整个社会调整过来，进入商品社会·很多文人下海，文学突然从社会的热点、关注点变得非常边缘了，没人再理睬了。我预感到我不能像别人一样去下海、经商做生度，我知道我还要写作，但很难坐下来。"，这年暑假，他呆在高密家乡，面对一院子葵花，始终徘徊在困惑中不得释然。他试图用戏谑的手法将革命样板戏《沙家浜》改写成一部武侠小说也遭到《花城》的退稿。

　　这段艰难痛苦的创作式微阶段以后，莫言最终从"茧"中化"蝶"，开始逐渐学会得心应手地与政治、经济周旋。1992年《酒国》的发表，是莫言走出过渡期的一个重点标志，在《酒国》中，莫言一改在《天堂蒜薹之歌》中揭示官民对立时使用的"一览无余"的现实主义直笔手法，而隐晦地采取了曲笔的寓言式写作，将当时社会的吃人现象和干部的严重腐败孕育于一个貌似荒诞不经的叙述故事——这一条将残酷之现实融入浪漫传奇的瑰丽想象中的创作方法一直延续到其后来的几乎所有的长篇著述中，成为莫言小说走出低谷以后的一个鲜明的创作标识。此后莫言在中国文坛政治和经济联手控制的话语空间内虽然也发生过短暂抵牾，比如其在1996年在评坛对《丰乳肥臀》集中炮轰批判的压力下，违心的写信声明：主张停止出版《丰乳肥臀》，并"以个人名义""请求"出版社停止印刷这本书，已经印出来的要封行销毁。他还不时地和众多其他作家一样颇为真诚地位"延座讲话"签名背书。他其至还在《生死疲劳》中假蓝脸之口说出过这样的话："我并没有反对共产党……我根本没有反对毛主席，我也不反对人民公社和集体化，我只想自己为自己而活。"当面对媒体和一些自由主义批评家的质疑时，莫言回应说"延座讲话"里面也有合理的成分。事实上，对于一个体制内的作家，笔者以为，媒体和批评家的指责显然过于苛刻了些。面对那些不理解的声音，莫言的这段话或可看作其对自己始终坚持小说艺术自律性的最好辩解："起初，我还以为大家争议的对象是我，渐渐地，我感到这个被争议的对象，是一个与我毫不相关的人。我如同一个看戏人，看着众人的表演。我看到那个得奖人身上落满了花朵，也被掷上了石块、拨上了污水。我生怕他被打到，但他微笑着从花朵和石块中钻出来，擦干净身上的脏水，坦然地站在一边，对着众人说：对一个作家来说，最好的说话方式是写作。我该说的话都写进了我的作品里"。[30]

作为一个当代的小说作家，面对自己的小说创作与政治、经济二因素必然长期共存的客观事实，莫言主动地祛除了惟政治、经济马首是瞻的奴才式仰望姿态和脱离政治、经济甚至对二者抱以避谈耻谈的自命清高，他深谙小说作家理想中的那个完全绝缘的没有政治、经济因素干扰的理想真空绝不存在的道理，转而将对于政治、经济考验下人性美的发掘与赞颂作为自己小说所抒写的最大资源和最大母题！在对二者进行客观平视的基础上，将政治、经济与伦理、道德统一起来，把政治意识与公民意识、经济意识与人性意识有机地错综，在坚持清醒的民间小说创作的现实主义伟大传统的文本创作中，使其小说与政治、经济的关系完成了从他律化为自律的成功转换。这种转换使得他的小说始终落实在对现实、社会、人生和人性终极关注的普世价值上不曾偏离。当然，如上文所述，这种文学自律性的获得对于莫言而言并不是象探囊取物那样轻而易举。

就小说创作与经济的关系而言，九十年代以后，莫言一方面被各种不乏"经济炒作"色彩的评奖奖项所追捧，但是他并没有因此而迷失自我的创作主体性，更没有和大多数八十年代被评坛标榜为"实验"、"先锋""现代后现代"标签的大多数作家那样对大众文化奴颜媚骨乃至彻底地缴械投降，他坚决拒绝被经济触手控制被物欲铜臭化从而放弃自己小说创作中宝贵的文学自律性，他在谈及各种炒作式的评奖现象（当然暗含许多官方评奖体制）和小说创作的繁荣是否互动的关系时辛辣地讽刺道："文学奖跟文学的繁荣，我认为基本上没有关系。唐朝的时候没有文学奖，但文学不是很繁荣吗？现在有这么多的文学奖*几乎每个作家都得过这样那样的奖·有的人还得过数百个奖，这也很难说是文学的繁荣·更个能说那些得厂数百个奖的作家就有多么了个起。"。[31]

就小说创作与政治的关系而言，莫言在 2009 年"中国文学海外传播工程"出席仪式上的这篇讲演也许最能代表其心声。在这篇题为《当众人都哭时，应该允许有的人不哭》的演讲辞中莫言认为："我多次说过，文学不能脱离政治，但好的文学应该大于政治，好的文学能够大于政治的最重要的原因，

---

30 莫言：《讲故事的人》，《人民日报》（海外版）2012 年 12 月 10 日。
31 语见 2003 年一月，与媒体记者的对谈《写小说就是过大年》。

就是因为好的文学是写人的，人的情感，人的命运，人的灵魂中的善与美，丑与恶，只有这样的东西才能引发读者的共鸣。政治问题能够激发作者的创作灵感，但作者最终关注的是在这个特殊的环境中的人。我知道有一些国外的读者希望从中国作家的小说里读出中国社会的政治！经济等种种现实；这是他们的自由，我们无权干涉。但我也相信，肯定会有很多的读者，是用文学的眼光来读我们的作品，如果我们的作品写得足够好，这些海外的读者会忘记我们小说中的环境，他们会从我们小说的人物身上，读到他自己的情感和思想"。[32]

事实上，对于作家在时代话语空间的伸缩变化中应该始终坚持创作主体性的可贵品质对于一个国家、一个时代文学／小说创作总体实绩的影响问题鲁迅先生早就在其早年发表在《河南》杂志上的这篇《摩罗诗力说》一文中说过："……盖诗人者，撄人心者也。凡人之心，无不有诗，如诗人作诗，诗不为诗人独有，凡一读其诗，心即会解者，即无不白有诗人之诗。无之何以能够？惟有而未能言，诗人为之语，则握拨一弹，心弦立应，其声激于灵府，令有情皆举其首，如睹晓日，益为之美伟强力高尚发扬，而污浊之平和，以之将破。平和之破，人道蒸也。虽然，上极天帝，下至舆台，则不能不因此变其前时之生活；协力而夭阏之，思永保其故态，殆亦人情已。故态永存，是曰古国。惟诗究不可灭尽，则又设范以囚之。如中国之诗，舜云言志；而后贤立说，乃云持人性情，三百之旨，无邪所蔽。夫既言志矣，何持之云？强以无邪，即非人志。许自繇于鞭策羁縻之下，殆此事乎？然厥后文章，乃果辗转不逾此界。其颂祝主人，悦媚豪右之作，可无俟言。即或心应虫鸟，情感林泉，发为韵语，亦多拘于无形之囹圄，不能舒两间之真美；否则悲慨世事，感怀前贤，可有可无之作，聊行于世。倘其嗫嚅之中，偶涉眷爱，而儒服之士，即交口非之。况言之至反常俗者乎？惟灵均将逝，脑海波起，通于汨罗，返顾高丘，哀其无女，则抽写哀怨，郁为奇文。茫洋在前，顾忌皆去，怼世俗之浑浊，颂己身之修能，怀疑自遂古之初，直至百物之琐末，放言无惮，为前人所不敢言……刘彦和所谓才高者菀其鸿裁，中巧者猎其艳辞，吟讽者衔其山川，童蒙者拾其香草。皆著意外形，不涉内质，孤伟自死，社会依然，四语之中，函深哀焉……"。[33]

---

32 莫言：《当众人都哭时，应该允许有的人不哭》《散文选刊》，2010 年 01 期。
33 语见《鲁迅全集》（第一卷）。人民文学出版社，2005 年版，第 70-71 页。

通过对这段文字的分析不难看出，在鲁迅先生的心目中，中国自古以来就始终存在着由"上极天帝，下至舆台"诸多角色们组成的、"不愿变其前时之生活"的顽固一群。出于对诗人手中魔琴的极度惧怕——因为那魔琴产生的魔音足以引起人们心弦的共振共鸣从而打破那种他们得以寄生的"污浊之平和"——他们就对诗人进行同心协力地摧残，并不断地造出种种清规戒律来约束钳制诗人们的自由歌唱，大凡屈从于这种压力、甘愿放弃自己创作自由的作家，他们便注定要么只会创作出"颂祝主人，悦媚豪右"的所谓"帮忙的"或是"帮闲的"文学，要么只能创作出"心应虫鸟，情感林泉"的，或者"悲慨世事，感怀前贤、聊行于世、可有可无"的平庸之作——而屈原之所以伟大的原因，就在于他敢于冲破这种加之于诗人主体性之上的网罗、缧绁、桎梏和枷锁，从而真正沉着痛快、酣畅淋漓地唱出了超越时代的文学最强音！无疑鲁迅先生在这里提出了一个这样的命题：当作家面对着诸如政治、经济等异己力量的压迫时，该不该、敢不敢去坚持和争取自身的创作主体性。这个"作家创作的主体性"就是作家在创作过程中所坚持的一种不崇洋、不媚俗、不唯钱、不唯上、不唯权而只唯实、只唯真、只听从他／她自己内心最深处心灵召唤的创作态度。用陈寅恪先生的话来说就是"历千万祀，与天壤而同久，共三光而永光"的"独立之精神，自由之思想"；用康德的观点来看即是"唤作建筑于理性基础之上的、浸润着个人人格及情感体验的自由性创作，而不是唤作被雇佣或被规训的、只是由于被它的结果（例如金钱、权力等）吸引和逼迫着，因而只是被动的、自身缺席的应制之作"；用朱光潜先生的话来说这种"主体性"就是："（惟有）在艺术的活动方面，人超脱了自然的限制。而他的这种作为并不象饮食男女的事有一个实用的需要在驱遣，他完全服从他自己的心灵上的要求。……在服从自然限制而汲汲于饮食男女的营求时，人是自然的奴隶；在超脱自然限制而自生自发地创造艺术的意象境界时，人是自然的主宰，换句话说，他就是上帝。"！[34]

综上所述，笔者以为，倘若我们愿意撇开现象看真实，就会发现莫言在坚持作家自身的创作主体性这一方面始终和鲁迅先生的精神是一脉相承的，两人的区别只是在策略上的不同而已。莫言坚信，小说家应该具有强烈的批

---

34 朱光潜：《自由主义与文艺》，《朱光潜全集》：第 9 卷。安徽教育出版社，1993 年版，第 480 页。

判精神，这种批判精神应该足以支撑小说的时代情神，选择了作家这个职业，就选择了一个反叛者的行当，扮演了一个反叛的批判的角色。

三、莫言的创作分期及其文学成就

纵观莫言三十多年来的小说创作，我们所面对的无疑是异常丰富的艺术景观。这种丰富性最为突出的表征就是在其作品中呈现出古典的、现代的、后现代的、民族的、世界的等多种艺术元素在其极具功力的艺术手腕调和下色彩斑斓的有机错综。造成莫言小说的这种多种艺术观念，技巧，手法，情调，氛围的纷繁复杂性的直接原因是莫言对中外各种艺术资源在继承、借鉴的基础上进行重新取舍、整合和创新的结果。一方面，在中国古典小说和百年中国现代白话小说的纵向维度上，以《封神演义》、《三国演义》、《水浒传》、《儒林外史》、《红楼梦》、《聊斋志异》等为代表的古典章回体小说和鲁迅、沈从文等现代启蒙主义小说作家的优秀作品在莫言那里得到了自觉地继承；另一方面，以加西亚·马尔克斯、卡夫卡、美国的福克纳、海明威，法国的罗布-格里耶、西蒙，德国的托马斯·曼、歌德、君特·格拉斯、西格弗里德·伦茨，日本的川端康成、三岛由纪夫、谷崎润一郎等为代表的西方和日本的外国著名小说作家作品对其艺术视界的开拓、小说美学的滋养又有着巨大的影响。

莫言认为，对于一个志存高远的当代作家而言，向民族义化传统和外国先进文学的学习是必由之路。漠视传统文学，不从广阔的民间生活中攫取创作资源，也不可能实现文学的个性化和民族化，而耻于学习外国先进作家作品则不可能创作出高质量原创性小说，他举例说："马尔克斯是人，福克纳也是人。马尔克斯和福克纳之所以成为名家，自然是因为他们写出了具有鲜明个性的、具有原创性的作品，但他们之所以能写出这样的作品，与他们广泛地、大胆地向同行学习、借鉴是分不开的。马尔克斯多次讲过卡夫卡和福克纳对他的影响，他奉福克纳为自己的导师，他在巴黎的阁楼上读到卡夫卡的《变形记》拍案而起的故事，早已被各国的作家们所熟知。可见，受不受外国作家影响，似乎不应该成为判定一个作家水平高低的标准，甚至可以说，在当今的情况下，如果要写出有个性、有原创性的作品，必须尽可能多地阅读外国作家的作品，必须尽可能详尽地掌握和了解世界文学的动态。"[35]

---

35 莫言：《影响的焦虑》，《当代作家评论》2009 年 01 期。

当然，他同时又无比清醒地认识到，无论是对中国古典小说经验的继承还是对外国作家的学习，都不应该是跪拜、仰望和乞讨式的继承和学习，而应该代之以批判地态度，在学习中，处处不能少了一个"我"字，他坚信，高明的作家之所以能受到外国文学或者本国传统的影响而不留痕迹，"就在于他们有一个强大的'本我'而时刻注意用这个'本我'去覆盖学习的对象。这个'本我'除了作家的个性和禀赋之外，还包含着作家自己的人生体验和感悟，就在于他们是被别人的作品，唤醒了自己的生活。这样，他们的创作灵感尽管是被同行的作品所启发，但这道灵光照亮了的是他自己的生活。这归根结底还是从生活出发的创作，是被生活感动了自己然后写出来的，而不是克隆别人的作品然后试图去感动别人……我们要学习和借鉴的是属于艺术的共同性的东西，那就是盯着人写，贴着人写，深入到人心里去写；我们要赋予的，是属于艺术个性的东西，那就是我们自己的风格。什么是我们的风格？我想那就是由我们的民族习惯、民族心理、民族语言、民族历史、民族情感所构成的我们自己的丰富生活，以及用自己的独特感受表现和反映这生活的作品。"。[36]

可见，正是在这种对传统文学和外国文学批判性地汲取态度的指导下，莫言在才创作出属于他自己的那"外之既不后于世界之思潮，内之仍弗失固有之血脉，取今复古，别立新宗"的一部部小说经典作品。

综览莫言近四十年的文学创作，大致经历了四个阶段，即是 1980 年代前半期的创作模仿期；1980 年代后半期的自我创作个性发现期；80 年代末 90 年代初的创作低潮期和 1993 年以后的创作成熟期。

在其创作的第一个阶段，莫言从来都不隐讳自己在 80 年代前期创作中的青涩和不成熟状态，他不止一次地谈及早期的《售棉大道》和《民间音乐》中有"模仿"和"借鉴"阿根廷作家科塔萨尔的《南方高速公路》和美国作家卡森·麦卡勒斯的《伤心咖啡馆之歌》的成分。但他同时又自信的坦言，几乎没有人是一下子就会写出很成熟的作品的，包括伟大的鲁迅，大多数作家刚开始时都是模仿，但尽管模仿、借鉴是大多数作家的必经之路，但一个作家不应该停留在模仿的阶段。他必须千方百计地发现共性中的那个充满张力的独特的"自己"，这"个性的自己"不仅是指语言的风格，故事的类型，构思的方法，也包括小说中经常出现的人物类型。

---

36 莫言：《影响的焦虑》，《当代作家评论》2009 年 01 期。

莫言追求的这种"个性自我"的自觉发现是他进入解放军艺术学院文学系上学时才逐渐明确起来，他说："我们班不是正规的本科班，请了北大、北师大、人大的老师给我们上课，也请了当时一些很活跃的作家、哲学家、音乐家……这种教学方式信息量很大，开阔了我们的眼界。随着我们对西方文学的阅读，随着我们听到很多的当时非常先锋的一些批评家和作家的讲座，我们心里关于文学的很多条条框框被摧毁了，这种自我的解放才能使一个作者真正发挥他的创作才华，才能真正使他放开喉咙歌唱，伸展开手脚舞蹈。在这样的背景下，我就写出了《透明的红萝卜》这部小说，我可以非常地负责地说，这部小说确实没有借鉴、模仿别的作家的作品"。[37]在 1980 年代的后半期，莫言的写作基本上凭着的是一种直觉，是完全在无意识当中达到了这种效果。当然，这一时期的作品还是无意识地受到了西方文学中马尔克斯、福克纳以及欧洲印象派画家凡高、高更等的很多作品的影响。在"军艺"两年的学习，其实就是莫言不断寻找自我和确定自身风格的一个不可或缺的沉淀阶段。

八十年代末九十年代初这一时期是莫言的创作低潮期，随着 1989 年以后文学话语空间的缩小和九十年代商品经济的转型，文学创作建国四十年来首次被边缘化，很多作家面临着"下海"弄潮经商的拜金诱惑的煎熬，商品写作由 80 年代王朔等人的示范而大行其道。莫言后来回忆道，有一年暑假，他呆在高密家乡，而对　院了葵花，始终徘徊在困惑中不得释然。他试图用戏谑的手法将革命样板戏《沙家浜》改写成一部武侠小说也遭到《花城》的退稿。

这段不算太长的调整期带给莫言以很深的思考，这种思考的结果使得他在自己既有的创作基础上又开始把创作的眼光投向中国现代小说和古典小说，1992 年《酒国》和《食草家族》的发表，就可以看出这一努力的迹象。而随着《丰乳肥臀》和《檀香刑》的发表这种将世界视野和中国经验融为一体的创作倾向就更加明显。这种过渡的迹象在《酒国》中最为明显，一方面，莫言继续向西方先进叙述经验学习和开拓先锋的叙事方法，带有《尤利西斯》经典意识流多文体实验叙事色彩的《酒国》因自身空前绝后的实验文体和情节的奇特、人物的鬼魅、结构的新颖而一举获得法国"Laure Bataillon"外国文学奖。但《酒国》中同样在继承鲁迅先生封建礼教"吃人"的启蒙主题上又开拓出"欲望吃人"的崭新境界。在 2006 年与鲁迅博物馆馆长孙郁对谈时，莫言谈到了《酒

37 莫言：《先锋·民间·底层》，《南方文坛》2007 年 02 期。

国》对鲁迅先生启蒙精神的"敬仿"和"戏仿",他说:"《药》与《狂人日记》对《酒国》有影响……比如对《药》的敬仿,小说里那对夫妻平静得像出卖小猪崽儿一样出卖了自己的孩子……其实,我的本意并不是说中国有食人现象,而是一种象征,用这个极端的意象,来揭露人性中的丑恶和社会的残酷……作品中对肉孩和婴儿筵席的描写是继承了先贤鲁迅先生的批评精神,继承的好还是坏那是另外的事情,但主观上是在沿着鲁迅开辟的道路前进。"。

对于莫言的《丰乳丰臀》,邓晓芒颇有见地地指出,它无疑是继续了鲁迅先生改造国民性的主题,从民族心理的深层角度深刻地刻画出了中国人灵魂的照影。上官金童的意象说明:"国民内在的灵魂,特别是男人内在的灵魂中。往往都有一个上官金童,一个永远长不大的婴儿,在渴望着母亲的拥抱和安抚,在向往着不负责任的'自由'和解脱……他向当代思想者提出了建立自己精神的反思机制、真正长大成人、拥有独立的自由意志的任务"。[38]而到了《檀香刑》,莫言更是现身说法发出了以该书向民间说唱艺术和中国古典小说致敬的夫子自道。至此,莫言已经完全达到把西方小说的先进经验和"五四"鲁迅开启的启蒙现代小说和中国古典章回体小说艺术的有机杂糅而终至自身小说创作的成熟时期,发表于 2006 年的《生死疲劳》则可以视为是莫言在此境界的随心所欲而不逾矩的炉火纯青之作。

莫言的创作十分广泛,在现代文学体裁的五种划分中,除了诗歌而外,几乎其他各类文学样式,小说、影视文学、话剧、散文(包括各类演讲稿和创作谈)等等,他全都尝试过,这其中,最能代表他卓越文学成就的,当然首推小说。

截止到 2019 年,莫言一共创作了十一部长篇小说和二十七篇中篇小说和两部短篇小说集,这其中的十一部长篇小说是:《红高粱家族》(1987 年);《天堂蒜薹之歌》(1988 年);《十三步》(1988 年);《酒国》(1992 年);《食草家族》(1992 年);《丰乳肥臀》(1995 年);《红树林》(1999 年);《檀香刑》(2001年);《四十一炮》(2003 年);《生死疲劳》(2006 年);《蛙》(2009 年)。

二十七篇中篇小说是:《透明的红萝卜》(1985 年);《球状闪电》(1985年);《金发婴儿》(1985 年);《爆炸》(1985 年);《秋水》又名《流水》(1985

---

38 邓晓芒:《莫言:恋乳的痴狂》,见《灵魂之旅——九十年代文学的生存境界》,武汉:湖北人民出版社,1998 年版。转引自《莫言文学年谱》,李桂玲著,复旦大学出版社,2014 年版,第 64 页。

年）；《筑路》（1986 年）；《欢乐》（1987 年）；《红蝗》（1987 年）；《你的行为
使我恐惧》（1989 年）；《父亲在民夫连里》又名《野种》（1990 年）；《怀抱鲜
花的女人》（1991 年）；《白棉花》（1991 年）；《红耳朵》（1991 年）；《战友重
逢》（1991 年）；《幽默与趣味》（1992 年）；《模式与原形》（1992 年）；《梦境
与杂种》（1992 年）；《牛》（1998 年）；《三十年前的一场长跑比赛》（1998 年）；
《长安大道上的骑驴美人》（1998 年）；《师傅越来越幽默》（1999 年）；《我们
的七叔》（1999 年）；《藏宝图》（1999 年）；《野骡子》（1999 年）；《司令的女
人》（1999 年）；《扫帚星》（2001 年）；《变》（2009 年）。

　　两部短篇小说集是：《白狗秋千架》（2004 年）、《与大师约会》（2005 年）
和《故乡人事》（2017 年）。

　　莫言创作的散文非常宏富，目前有许多版本的散文集行世，收集最广的
有 2010 年出版的《莫言讲演新篇》、《莫言对话新录》和《莫言散文新编》三
部和 2013 年由内蒙古人民出版社出版发行的《莫言散文选》。

　　由莫言作为文学指导或者直接参与编剧的影、视剧和话剧分别有：电影
《红高粱》获得 1988 年第 38 届柏林国际电影节金熊奖，成为首部获得此奖
的亚洲电影；电影剧本《太阳有耳》（长春电影制片厂摄制，1995 年）；电视
剧本《梦断情楼》（与人合作，1995 年）；话剧《我们的荆轲》获得中国话剧
"金狮奖"的最佳剧目奖和优秀编剧奖等。

第二节　莫言小说官民对立模式的"病症"研读

　　在莫言多数的小说文本中，底层民众的苦难无疑是其书写的最大母题，借
助阿尔都塞"症状阅读"的策略对之进行文本细读，不难发现，在这重苦难母
题书写的背后，隐匿着一个基本的情节冲突模式，即是"以贪腐官员为代表的
权势阶层"和"以农民为主的底层民众"之间势如冰炭的"官民对立"模式。
这种基本的情节冲突模式，无疑是其诸多小说中潜在的"总体病症"。

一、被虚构的地主阶级"替罪羊"

　　通过对莫言《天堂蒜薹之歌》、《食草家族》、《十三步》、《酒国》、《丰乳
肥臀》、《红树林》、《檀香刑》、《四十一炮》、《生死疲劳》、《蛙》等十部长篇和
以《白棉花》、《白狗秋千架》等多部中短篇小说的反复对读，笔者发现，在莫
言多数的小说文本呈现出来的诸多"症状"背后都隐匿着一个生发故事文本

的"总问题"——即是以"以贪腐官员为代表的权势阶层"和以"以农民为代表的底层民众"之间势如冰炭的"官民对立"模式。

在我们即将展开的论述之初，有必要先行对长期以来活跃在现当代文艺作品里的"地主与农民二元对立"模式中地主身份的合法性进行考辨——即是到底作为文学叙事中与农民相对立的地主阶级在清末民初到共和国建国之际的这段历史上存不存在，如果存在的话，其又能否构成与农民对等的独立一极。

我们不妨先从莫言笔下的地主形象谈起。

在莫言的小说作品中，司马库和西门闹无疑是其饱蘸情感之墨着力塑造的两个光彩照人的大写地主形象，如果说前者还只是类似"我爷爷余占鳌"那样有勇有谋、敢作敢当、桀骜不驯又重义轻死的本色英雄的话，后者则是一个生前乐善好施、忠厚仁义，屈死后为了复仇伸冤、索求公道而不肯向阎王妥协，屡次大闹阴曹地府、不怕油锅煎熬，即使经六道轮回转世为驴、为牛、为猪、为狗等畜生仍然充满反抗的蛮力和犟劲的具有"新质"的另类英雄。

类似司马库、西门闹这样充满"正能量"的地主形象，在九十年代以来的其他小说作家笔下亦不断成为被青睐、被描绘的塑造对象，描写比较成功的还有像《白鹿原》中的白嘉轩、《第九个寡妇》中的孙姓地主和《笨花》中的向姓地主……等，这些正面的地主群像无疑从某种程度上具有着"经典修正"的重要意义——正是他们让读者在其心目中对长期以来文艺作品里"贪婪、吝啬、凶残、狠毒、淫恶、反动"的地主形象的权威性历史定论产生了丛生的疑窦，引发他们对地主这一特殊阶层的重新审视和评价：昔日的"恶霸地主"、"阶级地主"和今日的"英雄地主"、"文化地主"到底哪个才是真正的行者大圣，哪个又是被用作政治道具的、混淆视听的六耳猕猴。

李瑜先生在谈及地主这一概念的能指和所指之间的中西错位以及这种错位被国人长期误读的现象时强调："直至 19 世纪末西风东渐之前，中国人自己从来没有过作为地租剥削者意义上的'地主'概念。'地主'一词，在古代汉语中只有两义：一是相对于过客而言的当地主人，即日常所谓'尽地主之谊'者是也。二是一种神祇，即老百姓们所说的'土地爷'。而今天各种教科书上作为地租剥削者频繁出现的'地主'，纯粹是将西文 landlord 强行塞进中国历史的产物。"[39]

---

39 李瑜：《官民对立：他看透了秦汉之制——读王亚南〈中国官僚政治研究〉》，《博览全书》1998 年 01 期。

　　倘若把李瑜先生使用的西方舶来的地主概念与漫长的中国历史中的实际情况相互对照，就会发现，中国封建社会中也的确存在过两种意义上的地主，一类是享有政治特权占地极多的"缙绅地主"，随着清政府垮台，整个封建社会的坍塌，这一类旧式的官僚地主事实上亦不复存在。至于另一类是社会地位较低、没有政治特权的"庶民地主"，若是忽略其"庶民"命名的意义所指，他们倒是在革故鼎新的民清易代以后又得以继续存在了一段时期，但是他们经营的土地在量上远较历代的"缙绅地主"为低，之所以被称为"地主"，不过只是相对于自耕农而言占地较多而已，而且其自身既受豪强欺凌，又得勤于劳作。这一类"土地的所有者"再次正式被官方命名为地主，是 1950 年 6 月 30 日中共根据当时中国的土改现状和需要，将农村阶级划分成"地主、富农、中农、贫农、工人"五大种类以后的事情，他们继而在土改、文革期间又被纷纷打倒。

　　在研究中国农民和中共土改历史的专著《田园诗与狂想曲：关中模式与前近代社会的再认识》中，清华大学的秦晖教授针对此一时期这后一类所谓的"庶民地主"土地占有率的专门问题提出了华北地区的"关中模式"和华中、华南地区的"太湖模式"之说。就"太湖模式"而言，在地主占地率相比全国平均水平偏高的太湖流域的上海地区，资料调查显示：地主占有的土地大都在 13%-18% 之间。[40] 而在整个华北地区，以典型的关中模式为代表，用秦晖教授的话来讲："土改前的关中几乎是个自耕农的世界，地权极为分散，地主不是没有，但的确很少，以渭南 13 县而论，土改中划定的地主户在总户数中所占比例最大的华县 1.43%，渭南 1.39%，最小的华阴 0.01%，蓝田 0.02%。然而就是这些地主大多也不是传统概念中出租土地收取地租的'地主'。他们主要是因雇工经营或放债而得到地主这一成份的"。[41] 秦晖教授的这个观点得到了学者王敏铨的支持，王氏以为："就地区讲……大江以北黄河流域多自耕农，而且基本上是自耕农"。[42]

　　秦晖教授的研究表明，就清末民初到共和国建立之际这一时期而言，作为地租剥削者面目出现在现当代文学、文艺作品中的"地主阶级"的实际存在从量化分析上仅仅占零散分布的少数，根本不具有构成和以广大自耕农为

40　樊树志，关于地权分配与地租率统计失实问题。转引自秦晖：《田园诗与狂想曲：关中模式与前近代社会的再认识》，语文出版社 2010 年版，第 101 页。

41　秦晖：《田园诗与狂想曲：关中模式与前近代社会的再认识》，语文出版社 2010 年版，第 53 页。

42　王敏铨；《莱芜集》，中华书局 1983 版，第 363 页。

主的农民阶层相对立的独立一极的分量或力量。把基于政治需要而虚构出来的地主阶级作为现当代文艺作品乃至实际政治斗争中的一个居于"以农民为主的整个底层民众"的敌对面、被天经地义地当做后者的主要剥削者或其主要对立阶级的观点实在有失偏颇，亦是根本站不住脚的。

这样的宣传和践行，带来的最大恶果就是混淆了底层民众的真正压迫者和剥削者是不同时代的特权官僚。因为事实上，在整个中国秦汉以降的两千多年的历史长河中，统治以农民为主的底层社会最久的政治阶级是各个朝代的特权官僚阶层，而非什么地主阶级。

这些随着王朝的再生产而不断得以再生产的特权官僚阶层，并非象西方历史背景下的地主那样是先是有了大量的土地，然后才有了靠地租搜刮民脂民膏的权力（这种按资分配的制度也是资本主义政治经济体制下的地租分配制度），而恰恰相反，他们完全是先在政治上取得了种种特权，然后依照此种种特权再攫取大量的土地，土地对他们来说是权力的副产品和地位高低的物化体现而已。在各姓王朝赤裸裸的官民对立的社会中："'按资产（包括地产）分配'的两极分化很不发达，而'按权分配'、'按身份分配'的两极分化异常尖锐"！[43]中国两千多年来农民起义不绝于书，无一不是官僚特权阶层对民间社会"疯狂攫取""竭泽而渔"的结果所致，中国民间所谓的"苦于君官""官逼民反"亦能对"以官员为代表的权势阶层"和"以农民为代表的底层民众"之间势如冰炭的"官民对立"的侧面证明。

"症状阅读"是结构主义马克思主义批评家阿尔都塞提出的一个命题，这种症状性阅读强调："一个文本不仅仅只说它看似要说的东西，它的显在话语背后必然有无声话语存在，就像无意识的症候深藏其后一样。"[44]也即是说，症状阅读不仅仅是关注在作品中作家说了什么，而且还要努力揭示出他在原文的空白处没有说出来的东西。阿尔都塞深信："与其说是因为它说了什么，还不如说是因为它没有说什么，在文本意味深长的'沉默'中，在它的空隙和省略中，最能清楚地看到意识形态的存在。"[45]如上所述，呈现不同历史语

---

43 秦晖：《田园诗与狂想曲：关中模式与前近代社会的再认识》，语文出版社 2010 年版，第 61 页。

44 [法]阿尔都塞：《读〈资本论〉》，巴利巴尔，李其庆，等译，中央编译出版社 2001 年版，第 28 页。

45 徐贲：《意识形态和"症状阅读"——阿尔图塞和马库雷的文学意识形态批评》，《文学评论》1995 年第 1 期。

境下底层社会的循环式苦难是莫言小说中的主要母题，正如福楼拜坚称的那样，艺术家不该在他作品里面露面，就像上帝不该在自然里面露面一样——无论是出于修辞的目的还是基于意识形态的拘囿，莫言从来都没有在其小说文本中现身说法。对于流行红色经典小说对地主阶层的普遍挞伐，莫言保持了高贵的沉默，正是这种好像是一直在场的反面地主阶级在莫言作品中的阙如，我们才从其小说文本和小说文本的沉默、空白处的诸多症候中读出：作为底层民众真正的对立者，在那地主阶级"替罪羊"的背后，横亘了二千多年的特权官僚阶层的幽灵始终不曾离开我们，不管历史的时空经由怎样的轮回，即使是到了当代，在中国早已由封闭的内陆河汇入到现代化世界的开阔海洋以后的今天。这种传统宗法式的政治统治一天不从政治改革的版图中被彻底地消除荡涤，这个官民之间势如冰炭的对立就一天不可能被调和。

二、"官民对立"的"病症"叙事

这种"官民对立"的情结，往往以二元对照的"病症"形式，反复出现在莫言绝大多数小说文本中。俯瞰其笔下的官员群像，绝少以正面、中性的角色示人，而几乎清一色地全是被讽刺反观和揭露谴责的对象。从某种意义上，可以毫不夸张地这样说——"逢官必反"的创作心态，已经成为左右莫言写作潜意识领域的心理内涵和艺术旨趣。

在莫言小说里出现的形形色色的"反面官僚形象"中，既有以血说话的"酷吏"：比如针对刺杀未遂的钱雄飞，在各级军官和三千名士兵的观刑现场，吩咐行刑者以"第五十一刀切生殖器、第五十四刀切舌头、第四百九十七刀切眼珠和最后一刀切心脏"的凌迟刀法将之极刑处死的袁世凯（《檀香刑》）；把生前行善积德、收养弃婴的地主西门闹榨干油水以后指使人像死狗一样将之五花大绑着推到桥头上用一杆装填了半葫芦火药、半碗铁豌豆的土枪把半个脑袋打成了一滩血泥的西门屯最高领导人洪泰岳（《生死疲劳》）；命令民兵将七老头吊高跌地而死，再放到大锅里煮烂当肥料的阮书记（《食草家族》）；甚至连不谙世事的无辜儿童司马凤、司马凰也要进行诛杀的土改干部（《丰乳肥臀》）；指使暴力警察拘捕殴打张扣最后干脆将其嘴巴里塞满烂泥杀害在斜街的天堂县县委书记（《天堂蒜薹之歌》）……也有鲜廉寡耻的"淫吏"：譬之横行乡里、依仗村长兼华昌肉联公司董事长的身份明目张胆地欺男霸女包养女人的村霸老兰（《四十一炮》）；依靠出卖身体换取银行行长、市长官位，不惧乱伦要和其表兄司马粮玩个痛快的市长鲁胜利；寡居期间和部下常行苟且丑行竟至找男妓满足空虚的副市长林岚（《红树林》）；被西门金龙性贿赂后将之作为自己长期情夫并为其育有一女的县委书记庞抗美；为满足淫欲竟然把魔爪伸向儿媳的地委书记（《红树林》）……这些无耻之尤的官员败类，更兼侮辱底层妇女，为害一方：譬如把卫生院院里年轻姑娘弄了一个遍的打针连静脉都找不到的官二代院长黄瓜（《蛙》）；求婚无果就深夜潜入民家强奸民女珍珠、后又参与强行轮奸幼女小云的官二代大虎（《红树林》）；依托牛蛙公司物色贫苦女性为之进行代孕的大官要员（《蛙》）……

除却上述两种反面官僚丑类而外，莫言笔下塑造最多也是最为深刻、最为成功的反面官僚则是那些以权谋私、欲壑难填的"贪吏"。

在莫言的笔下，这种类型的贪腐官僚，从村支书、村长，镇长，到市长、市委书记，再到地委书记和省级主要领导，形成一个环环相连的贪腐梯队。

在这些贪官看来，当官不过就是一种最为方便挣钱的职业而已，当官就意味着发财，当大官发大财，当小官发小财。发财的途径亦是花样翻新、层出不迭。一般的发财方式可以是"俸禄"之外索取一些见不得光的灰色收入、黑色收入、不规范收入——比如村长老兰，将二百亩肥沃良田以投资"开发科技园，种植美国红杉树"为借口，将之倒手转卖给大屯窑厂，为的无非就是从中拿到大笔的好处费而已；乡政府经营的华昌肉联公司所以买通镇检疫站的监督人员，也不过是可以像从前那样照样大量外销注水肉牟取暴利罢了（《四十一炮》）……

但既能捞钱又光明正大的发财路径要数打着造福于民的虎皮大旗巧立各种项目、然后再利用裙带关系或者盘根错节的其他利益链申请"合法"的审批这一办法了。在莫言的小说里，这些申请审批的投资项目，其理由可谓是五花八门、千奇百怪——例如西门金龙在游说市委投资其"文革"文化旅游村的可行性报告里就这样写道："……文化大革命在毁灭文化的同时也创建了一种文化。他要把被铲掉的标语重新刷上墙，把高音喇叭重新竖起来，把杏树上那个瞭望台重新搭起来，把被大雨淋塌的杏园猪场重新建起来。还要在村东建一个占地五千亩的高尔夫球场，至于失去耕地的农民，就在村庄里，表演性地从事"文革"期间他们干过的事儿：开批斗大会，押"走资派"游街，演样板戏，跳忠字舞，等等……"（《生死疲劳》）。[46]那位"东方鸟类中心"的董事长耿莲莲更是离谱，在申请投资立项时居然提出了"企图用鸵鸟、锦鸡、孔雀混合交配培育凤凰"的大胆创新。如果说前者的投资计划还不能全算是不着边际的胡说八道的话，后者则纯粹是异想天开的痴人说梦！

　　但无论是明目张胆的非法侵吞，还是破绽百出的猫腻项目，其中一个必要的前提就是贪腐官员手中握有的那提供条件与方便的权力，权力就是资本，权力越大，资本越大。在官大一级压死人的官场潜规则下，只要是权力在手，一切黑箱、白箱、地下、地上的审批操作皆可以一路绿灯畅通无阻。地委秦书记说给林岚的那段话真可谓一语破的："你在看我的手？哈哈，伯伯的福气就在手上，你听说过没有？'大手抓草，小手抓宝'，伯伯的手也不抓草，也不抓宝，伯伯的手只抓印把子，只要把印把子抓在手里，要什么就会有什么。"（《红树林》）——不能不说，一些政治体制改革相对滞后，民主、法律监督相对疏漏的地区，中国传统社会遗传的那种依靠官僚特权攫取经济利益的"吏治腐败幽灵"重又借尸还魂。其本质、表象经过了从内到外与时俱进的磨合与化妆之后，在许多方面比过去表现的更其无微不至、更其无孔不入、更其残酷有力、更其神通广大。

　　对于这些"抗药性"与时俱进的贪腐官员，作家往往通过言语反讽和情境反讽的修辞手法，通过叙事操纵，对之进行辛辣的讽刺：

　　南江市常务副市长林岚在第一届国际珍珠节的筹备大会上，背对大海，而向青山，向部下发表演说："同志们，我受市委、市政府的委托，来召开这个现场会。不用我多说大家也清楚，举办首届珍珠节，是我市今年的头等大事。……办好了珍珠节，大家脸上都好看，办不好珍珠节，大家脸上都无光。耽误了珍珠节的会期，我辞职；耽误了我的事，你辞职！咱先把丑话放在这里，别到了刺刀见红的时候嫌我不讲情面……关于珍珠节的主展厅，我看大家就不要争了，就建在人民广场旁边。华通商场碍事就拆掉它，管他总经理是谁的小舅子！人民广场更名为珍珠广场后，广场还是人民的……"（《红树林》）。

　　大栏市新任市长鲁胜利在接待南韩巨商参观投资环境时当场罢免了为建立大型游乐场而正欲强拆民宅的文管所所长的职务，并在市报媒体各色记者的镁光闪烁中昂首挺胸，大谈其前瞻性的施政纲领："这古塔要维护，塔前房

---

46 本章中所引用的作品内容，均出自上海文艺出版社2012年12月版《莫言全集》。后面不再另注。

屋不许拆除，这里要恢复赶'雪集'的活动，建游乐场、弄几台破电子游戏机、几个破碰碰车、几张破台球桌，游乐什么？什么游乐？同志，要有大目光，要想法吸引外宾，赚外国人口袋里的钱。"（《丰乳肥臀》）。

随着故事情节的展开，莫言以与她们真情表白形成强烈反差的各自丑陋行径的素描对这两位貌似眼界开阔、魄力非凡的市长完成了漫画似的形象解构和人格祛魅：

林岚在其收受下级进贡时的不动声色，以假乱真、窃取无价珍珠时的官场智慧，在表面筹备第一届国际珍珠节的大旗下，通过动用市报刊、电台、电视台做广告，让其儿子所经营的三虎珍珠总公司亦以此为契机正好借鸡生蛋浑水摸鱼，赚个盆满钵满。

鲁胜利则依靠省里的靠山挤走前任，假公济私、滥用职权，靠着一再非法审批类乎鹦鹉韩夫妇"东方鸟类中心"那样的荒唐项目进行贪污受贿、中饱私囊。小说有意拉近镜头对这个自我张贴人民父母官标签的无耻嘴脸进行近距离地聚光一照：她在自己的别墅里，一边欣赏樟木大衣柜里每一件都值一头甚至十头牛钱的套套时装、抽屉里成堆成堆的首饰名表、壁橱里散落处处的百万钞票，一边自我调侃地自嘲腐败——是啊，徜徉在实实在在的真金白银中自会心安理得、心满意足、心花怒放，哪里还有闲心去管所批项目是否失败，公司经理是否卷款潜逃、政府造成的巨额财政亏空如何弥补这档子闲事儿。

可见，这些戴上面具时大谈造福于民的人民公仆，在撕开画皮后，立刻暴露出其食黍硕鼠的本色面目来。

作家莫言无疑有着两套笔墨：当他转而描摹底层的苦难与不幸，传递底层的痛苦与愤懑时——这无疑构筑了莫言小说创作中"官民对立"病症的另一极——其笔触顿时充满了人道主义的温馨与同情。

在莫言的笔下，我们看到的是"钻到棉花地里，背着五十斤重的喷雾器，喷洒农药，全身的每个毛孔都往体内吸收剧毒"的棉花厂里的农民工（《白棉花》）；是吃了多年粉笔灰，最终年纪轻轻就因为营养不良累死在讲台上的优秀物理教师方富贵和他那挤在不足十二平方、墙上涂满煤灰苍蝇尸体苍蝇屎的办公室的那些连四毛七一盒的香烟都抽不起的同事们（《十三步》）；是那个在三面红旗大跃进时期因为饥饿难耐为了一块馒头而甘愿失身于伙夫、从苏联归国的女高材生乔其莎；是年近花甲，依然沦落街头靠在小吃街上捡点儿新鲜的红男绿女们抛弃的食物苟延生命的上官金童，是他那含辛茹苦一辈子、老迈之年所居窝棚被文管所带人强拆、死后却被公家人告知不可以埋在生于斯长于斯死于斯的三尺土地、被逼限时挖出尸体的母亲（《丰乳肥臀》）；是饿得半死，乳房紧贴在肋骨上的农妇和她们踟蹰于煤车前不肯走开，像从废墟里寻找食物的狗那样砸开煤块舔吃煤屑的那群七八岁的孩子们，以及那个在《浏阳河》歌声中为了躲避打胎上环而被追捕时最终因为游泳逃跑体力不支而累死在河水中的孕妇耿秀莲（《蛙》）；是那因为父母被村长老兰变相害死流浪街头孤苦伶仃的罗小通兄妹（《四十一炮》）；是那在红树林边上用海草盖顶、木棍做窗，与弟弟相依为命，为了能独立生存下去被迫到城里打工被官二代逼婚不成又遭其轮奸的民女珍珠（《红树林》）；是那把初生不久的亲生儿女卖给城里人作为食材以供金副部长们招待宴请达官贵人时作为珍馐佳肴的农村父母们（《酒国》）……

　　19 世纪上半叶的俄国评论家别林斯基认为，文学作品中的人民性既代表着一个作家的社会责任和良心，又是一部真正优秀作品必须具备的必要条件。莫言为笔下的底层人物的不幸和遭际鸣不平，为他们的应得利益鼓与呼，在书写底层苦难的基础上将之提升到社会制度批判、道德批判与人性反思的高度，具有浓厚的理性色彩，真正彰显了人民性的光辉和现实主义的深刻内涵。

三、"操干戚以舞"的悲壮抗争

　　朱光潜先生说过："对悲剧说来紧要的不仅是巨大的痛苦，而且是对待痛苦的方式。没有对灾难的反抗，也就没有悲剧"。[47]冰心亦主张："悲剧同惨剧是不同的……有许多事可以说是惨剧，不能说是悲剧，悲剧必是描写心灵的冲突，必有悲剧发动力，这个发动力，是悲剧'主人公'心理冲突的一种力量"。[48]在莫言的小说作品中，处处洋溢着对各种压迫的悲壮抗争。

　　从某种意义上而言，自初民时代的童年期起，源远流长的华夏古文明，即开始向着一条为争取自由、解放而进行不懈斗争的艰难曲折之路。由是，彻底消除人们之间的各种压迫、剥削和不平等，实现人的全面解放既是古往今来不绝如缕的思想巨子、仁人志士们在其不同时代都共同回应过的一个基

47　朱光潜：《悲剧心理学——各种悲剧快感理论的批判研究》，张隆溪译，人民文学出版社 1983 年版，第 206 页。
48　冰心：《中西戏剧之比较·冰心女士讲演》，《晨报副镌》1926 年第 62 号。

本问题，又是几千年以来底层社会民众执着追求政治平等、经济平均、公平正义这一社会理想的丰厚积聚和沉淀。就前者而言，从老子的"道莅德归"、庄周的"至德之世"、墨翟的"兼爱非攻"、到陶潜的"世外桃源"，再到黄宗羲、王夫之的"公天下"乌托邦，悲天悯人、兼济天下的往圣先贤们均从不同的视点和角度次第对这个民族设计了一幅幅迭经修补的理想蓝图。就后者来看，对被侮辱、被损害、被压迫宿命的不甘和对之进行悲壮反抗的不屈精神就体现在屡次官逼民反的起义风暴重演时那充塞天地的诸如"王侯将相宁有种乎"、"杀尽不平方太平"、"等贵贱，均贫富"……的呼号与呐喊声中。这种追求平等、反抗压迫的精神表现在文艺作品之中，就化身成从《山海经》里与帝争神操干戚以舞的刑天到《西游记》中那个大闹地府天宫，横扫一切等级制度的齐天大圣；从《列异传·三王冢》中向楚王寻杀父之仇的赤鼻到元杂剧中指天立誓，痛骂昏官草菅人命的窦娥；从《三国演义》中高倡"苍天已死，黄天当立"被封建卫道士污为"流寇"的黄巾军到《水浒传》中以李逵、阮氏三雄等为代表的苦于官兵、逼上梁山后口口声声要"打到东京去夺了皇帝老儿鸟位"的好汉……等反叛精魂的艺术再现。这些在漫漫文学史夜空中熠熠生辉的英雄群像，对莫言此种人物类型的塑造势必发生不可小觑的浸润和影响，单从"官民对立"这一莫言小说中存在的"总体病症"的向度来看，莫言在塑造底层社会中的那些反抗型英雄形象时与之比照既有相同，亦有相异。既有承继，更有发展。就相同之处的继承而言，不难发现，无论是因为父母被村长老兰间接害死，在无力为之复仇的魔幻想象中用收破烂得来的一门迫击炮向其连续发射炮弹的罗小通（《四十一炮》），或是那因为历史转型而堕入社会底层后被政府冤杀，因而不惧阴间种种酷刑，也要坚决还世复仇的西门闹（《生死疲劳》），抑或是因为蒜薹严重滞销地方政府不作为因而群起冲击县委造成天堂"蒜薹事件"后被追捕判刑的愤怒农民（《天堂蒜薹之歌》），无疑都是传统社会类似"化鬼伸冤"、"官逼民反"的抗争精神在当代生活中的重演（——这一类典型人物的分析学界已有充分论述，本书不再赘述）。就两者不同的发展维度而言，就是在莫言的笔下，一群形象饱满、光彩照人的女性人物也加入到这些反抗者的行列，并且成为作家用力最专、塑造亦最为成功的经典形象。

这种不惜以死抗争的女性形象，在莫言的小说中俯拾皆是，比如那个为了能和弟弟解决基本的生存窘境去城里打工，被市长的儿子爱上后不为金钱权势所动坚决拒绝官二代求婚的渔家少女珍珠（《红树林》）；那个为搭救母亲和弟弟妹妹们甘愿卖身娼门、多年后一身重病返回家园的途中全部积蓄被公社干部抢走，在公社企图当众羞辱自己的阶级教育展览馆内大骂公社干部男盗女娼行径被色厉内荏的胡书记当场打成脑震荡的上官四姐；那个把公社监工"麻邦"要求戴上的牲口"笼嘴"仍在地上抵死不戴的上官鲁氏（《丰乳肥臀》）；那个因为拒绝和杨助理员的弱智亲戚换亲而被家人百般折磨最后在怀孕期间不惜自尽抗议的金菊（《天堂蒜薹之歌》）；那个丈夫辛苦多年累死在讲台上后自己一家却一直拿不到体恤金而投河抒愤的屠小英（《十三步》）……限于篇幅，笔者在此只就《白棉花》中的方碧玉和《蛙》中的陈眉这两个人物形象的典型内涵作出尽可能以斑窥豹的分析。

相信读过《白棉花》的大部分读者都会对方碧玉这一性格倔强、心地善良的农家弱女子最后自戕的命运久久不能释怀，作者本人在小说的尾声部分也故意通过冯结巴之口，撂下一枚这等奇女子至今未死的烟幕弹，事实上，这不过是作者蓄意编织出来的一个善意谎言罢了（前文中通过对方碧玉的父亲听到女儿死讯后亦悬梁自尽的交代中作者就故意留出了这种说法的反证）。方碧玉和李志高的浪漫史远远超越了文人无行始乱终弃的老套小说的浅薄层面，完成了一个农家出身的小家碧玉，为了追求自身最基本的爱情理想，最终被时代、社会永恒存在的双重权力"性"桎梏彻底击碎梦想的理性升华！当地下爱情被发现，方碧玉对情郎说过"李大哥……我豁出去了……"，然后她就一个人从容面对气势汹汹的"公公"和未来的"法定丈夫"国忠良带着的精壮民兵、棍子和绳子，当她自以为被老羞成怒的"公公"一棍子打到腰上摇摇晃晃跌倒之后不惜以死为爱献祭最终定能换来与李志高执手偕老的美满姻缘时，也是她被命运揶揄愚弄最为强烈的时刻！　她又何曾料到，当她拼死挣扎终于挣脱出村支部书记一家对自己青春爱情和身体买断的时候，李志高早已被另外一个权力伸出来的触手牢牢抓住了，为求仕进的他已经背叛了这段爱情、无耻地卖身给了公社团委书记的扁脸妹妹孙红花，并且彼两人现在已经到了珠胎暗结，谈婚论嫁的地步。李的暧昧仅仅只是为了继续利用她对自己的痴情继续骗取她的身体她的感情而已！在这两副用冰冷的黑铁铸成的双重权力枷锁面前，倘若不愿意乖乖就范认命屈从，非得以宁方不圆、宁折不弯的性格跟宿命较真儿，就只能被命运的血盆大口所吞噬——酿成不为瓦全、只能玉碎的收场。可见，直到整个故事的最后关头，方碧玉这个名字所蕴含的深刻寓意才被高明的作家诠释的如此淋漓尽致又让人不忍卒读。

　　陈眉出身的农村家庭，在改革开放之初的那几年，本来还算得上是温饱之外仍有闲钱的小康之家，可惜，父亲陈鼻因为超生问题被政府屡次追缴罚款而一贫如洗，为了养家糊口，她和姐姐到一家玩具厂打工，结果厂子失火，姐姐为了救她被烧死，她自己也惨遭毁容，为了医治父亲重病的她暂时没有自杀，答应为一个大官进行试管代孕，谁知道代孕成功后，对方竟然和黑心的中介商一起企图赖掉这笔代孕费，哭天抢地喊冤无门的陈眉在寻婴过程中母爱之心萌发，企图不要代孕费只要自己的孩子时却遇到了百般刁难。在现实生活中无法实现的公平正义，被莫言无奈地嫁接到了一出戏仿包龙图公堂对簿的古代戏曲场景中——

　　　　高梦九：民女陈眉，你口口声声说这个孩子是你的，那么我问你，孩子的父亲是谁？

　　　　陈眉：他是个大官，大款，大贵人。

　　　　高梦九：无论他多大的官，多大的款，多大的贵人，也应该有个名字吧？

　　　　陈眉：民女不知道他的名字。

　　　　……

　　　　陈眉：大老爷（跪下）求您开恩明断。民女本来想生出这个孩子，赚到代孕费替父还了医疗费就去跳河的，但民女自从怀上他，自从感觉到他在民女肚子里活动之后，民女就不想死了……民女怀胎十月，不容易啊。大老爷，民女忍受着说不尽的痛苦，小心翼翼，总算把孩子生出来了，可他们骗我说孩子死了……我知道孩子没死……我不要代孕费，给我一百万一千万我都不要，我只要孩子，大老爷，求您开恩把孩子断给我……（《蛙》）

　　尽管最后判案的结果出人意料，以刚直不阿著称的"包青天"化身高梦九不得不把孩子判给了大官夫人，但毕竟在道义上补偿了陈眉十万元钱的代孕费。

　　如何看待类似陈眉们这样的底层民众对清官持有的如此经久不衰的莫大热情？著名学者王亚南指出，各个时代的社会当权者为防治腐败官僚带来的政治流弊，历来会有最为主要的几种安排："按照从人治向法治过渡的程度，最低级的，就是提倡清官廉吏的贤人政治……但是，中国老百姓在社会愚民政策的长期毒害下，很少有从法的角度去考虑自身基本权利被践踏的事实，若非忍无可忍铤而走险，总是逆来顺受，祈求'真命天子'和'青天老爷'保护。因此，中国人对清官的感情分外深厚。但是，人民对清官的感情越深厚、讴歌越热烈，越说明这类人物的罕见"。[49]

纵观整个二十五史，充满吊诡的历史进程并没有因为乐观者们的希冀或是各姓王朝的倾覆而由此走上一条无限光明的康庄大道，由"乱自上作"和吏治腐败导致的官民严重对立、两极极端分化的社会痼疾一而再、再而三地被循环裹挟进一次又一次的野蛮轮回。新时期改革开放以来，尤其是九十年代至今，伴随着中国经济的发展与城市化进程，贫富差距日趋拉大，底层民众的传统"仇官"心理也随之重新抬头并日趋凸显。客观而言，官僚腐败的幽灵"具有着几乎与人类共始终的共生性格，它的原始的压迫形态早在私有制出现以前就已存在，它的未来的压迫形态未必能在私有制消灭以后消灭殆尽"。[50]那种讳疾忌医，认为社会主义中国冰清玉洁，根本不存在什么官僚腐败的一厢情愿早已被坚硬的社会现实屡屡证伪，怎样在正视官民冲突的基本前提下，利用各种方法和手段将腐化官僚的为害范围降至最小，才是解决问题的明智抉择和关键所系，也正是从这一维度而言，莫言小说创作的这一"官民对立"的总体病症无疑是把始终警醒当政者，促其关注政治运作、大力推进依法治国，切实改善弱势群体生态境遇的达摩克利斯之剑。毕竟，底层民众社会地位的提升与否应是判断社会进步的一个重要指标。

第三节　莫言长篇小说的悲剧性研究

以强烈的悲剧意识揭示 20 世纪中国底层民众所经历的多重苦难以及讴歌他们在种种"临界"处境中昂扬不屈的悲剧精神无疑是贯穿莫言长篇小说创作始终的本质特征。在小说悲剧性研究的视阈观照下，迷散在文本中的这种悲剧气氛凸出表现为三个特点：在悲剧主人公的选材上，莫言将众多小人物带进了悲剧殿堂；在悲剧冲突的矛盾类型上，莫言将主人公的悲剧根源基本归结于黑暗腐朽的社会不公；在悲剧的形式表现上，莫言又自觉遵循古典悲剧中"直观呈现"的美学原则，极力通过暴力叙事营造悲惨场景来彰显其中悲剧超越的崇高气概。

---

49 王亚南：《中国官僚政治研究》，中国社会科学出版社 1981 年版，第 3 页。
50 王亚南：《中国官僚政治研究》，中国社会科学出版社 1981 年版，第 12 页。

究其实质，悲剧无疑是对人生无涯苦难的反抗和对人类高贵尊严的肯定，在所有悲剧中蕴含着的共同文化精神就是悲剧性，其基本内涵大致是指"具有正面素质或英雄性格的人物，在具有必然性的社会矛盾的剧烈冲突中，遭到不应有的，但又是有必然性的失败、死亡或痛苦，从而引起人悲痛、同情、奋发等情感的一种审美特质"[51]。作为人类最古老、最基本、最重大的群体体验之一，悲剧性礼赞人性之伟大，高扬人性之光辉，它事实上已经远远超出戏剧范畴内的单纯"悲剧"定义之所限，化身成溶解在从宗教方面的献祭牺牲到文学领域的诗文剧本之中那千姿百态的悲剧文化因子。这其中，就现代文学最为重要的文学形式的小说体裁而言，自然也就自觉地承担起传递这种悲剧文化与悲剧精神的历史重任。

在近四十年的创作生涯中，莫言的小说自始至终都以百年中国挣扎在多重生存困境中的芸芸众生为其主要取景阈限，在嬉笑怒骂间揭露了这群无名大众生存状态中的种种阴冷黑暗。这其中的十一部长篇，更是宛如一枚枚楔进历史现实中的钉子，划破各种同时代程式化的附庸文学和速朽小说的虚假泡沫，于冷嘲热讽的笔触中闪现着强烈的悲剧意识与悲剧精神，洋溢着挥之不去的浓厚悲剧情怀和悲剧气息。这种无处不在的悲剧性在小说悲剧主人公的选材上、"临界处境"中呈现的社会悲剧意识上以及通过暴力叙事策略酝酿渲染悲剧崇高气概的惨淡经营上彰显出了古典悲剧美学和现代悲剧意识有机杂糅的鲜明创作表征。

一、底层悲剧人物的多重苦难

以悲剧性小说的研究视角来看，莫言在其长篇小说的悲剧主人公的选材上无疑笼罩了一层现代启蒙悲剧的光晕。因为庸庸碌碌的小人物能否象庄严肃穆的帝王英雄那样被获准进入悲剧的崇高艺术殿堂是区分古典悲剧和近／现代悲剧的标志之一。

随着 18 世纪初欧洲启蒙主义悲剧时代的到来，古典悲剧美学和近／现代悲剧美学就陷入了长期的争执和论战之中。此后，随着双方一次次理论撞击、兼容的更迭汰变，近／现代悲剧美学逐渐崭露头角并迅速崛起，反映了西方悲剧美学理论的新变化。这种变化首先表现在双方对悲剧主人公高下贵贱的不同选择上。

---

51 程孟辉：《西方悲剧学说史》，中国人民大学出版社，1994 年，第 438 页。

古典悲剧以及文艺复兴时期的悲剧，向来被视为崇高的艺术。自亚里士多德的《诗学》第一次对悲剧艺术进行全面阐述之初就把"极为平凡普通之人的日常琐事"视为"卑贱滑稽"而驱逐出悲剧表演的大雅之堂，从阿伽门农、埃阿斯、厄勒克特拉、俄狄浦斯等希腊英雄到李尔王、奥赛罗、哈姆莱特、麦克白那样的帝王将相，古典悲剧无不用崇高典雅的风格来描述王公和英雄们的事情，展现他们在悲剧性陨落时造成的悲壮和崇高。这一阳春白雪的悲剧美学传统对后世的影响可谓源远流长，以致于直到 20 世纪的下半叶仍然不乏其历史的回声。在 1961 年斯坦纳发表的"悲剧之死"中便将破坏这一高雅传统的现代悲剧诗人斥为"盗墓者和从古老辉煌中变出鬼魂的魔法师"[52]，并以悲悼的语调在文中对亚里士多德时代炫目绽放的悲剧瑰丽花朵进行绝望沉痛地招魂。这一观点得到不少与之同气相求的批评家们的积极响应，比较著名的代表就有肯尼斯·博克和乔治·斯坦纳，前者坚信："悲剧是从一种神学或玄学的坚定性中发展而来……当科学将人与超人这一'幻觉'击退的时候，当人被降级成动物的一种，并且只是出于偶然居住在地球上，经历生老病死、存在几十年的时候"[53]，悲剧也就走向了死亡。乔治·斯坦纳也坦承："悲剧这种艺术需要上帝的存在。现在悲剧已死，是因为上帝的影子不再像落在阿伽门农、麦克白或雅塔利亚那般落在我们身上。"[54]。以上学者虽然论述角度各异，但在悲剧高贵主人公祛魅以后导致了悲剧核心要素"崇高"的丧失，并连锁导致了悲剧在现代文学中的死亡这一方面是尤其高度共识的。

这种以否定小人物为悲剧主人公的临风唏嘘和历史凭吊的姿态自 18 世纪资产阶级启蒙时期起就被视为纯属杞人忧天庸人自扰的无稽之谈。近 / 现代悲剧理论家普遍认为，任何事物都是在时代的发展中变化，悲剧也不例外。不同时代产生的悲剧必然打上不同时代的烙印，具有不同时代的特色。随着历史车轮的滚滚前进，悲剧选择以普通人的苦难和死亡为其描写的中心是其顺应时代要求的不二选择。莱辛在《汉堡剧评》中强烈地主张悲剧必须接近现实生活，接近人民大众，反对活动在悲剧其中的主人公为帝王将相所一统，那些表现帝王将相的悲剧作品，往往与"自然人生"相距甚远。对此他雄辩

---

52 Steiner, George. The Death of Tragedy. London: Faber & Faber, 1961.（第 304 页）

53 Burke, Kenneth. "On Tragedy". Ed. Robert W Corrigan. Tragedy: Vision and Form. SanFrancisco: Chandler Publishing Company, 1965.（第 284 页）

54 Fass, Ekbert. Tragedy and After. Quebec: McGill-Queen's University Press, 1986.（第 3 页）

地指出："悲剧的目的远比历史的目的更具有哲理性，如果把悲剧仅仅搞成知名人物的颂辞，或者滥用悲剧培养民族的骄傲，便是贬低它的真正尊严。"[55] 王公和英雄们的出席和亮相带给悲剧的除却表面的威严和华丽外，并不能做到打动人心，净化心灵，教育观众。因此悲剧若要承担起它应负的历史使命，就必须首先从帝王将相、宫廷贵族的束缚下解放出来，面向都市，面向广大的市民阶层。莱辛的近／现代悲剧观在欧洲启蒙悲剧作家中极具代表性，在理论和创作方面与莱辛持相近观点遥相辉映的悲剧作家除狄德罗而外还有很多，这些悲剧理论家和作家本身又是启蒙思想家和社会活动家。他们从事悲剧创作，不仅是为了反映时代和生活，更主要的是评论生活、干预生活，宣扬他们的思想观点，用进步的思想文化照亮人们蒙昧的头脑。他们的新型悲剧作品揭露社会生活中的种种不平等、不合理的现象，赋予他们笔下的新型主人公以自由、平等、博爱的强烈现代启蒙意识。应该承认，时代的移形换位必然导致悲剧文学作品中主人公的连带转向，任何坚持仍然按照古典悲剧理念创作的作品最终只能画地为牢，脱离时代。以莱辛为代表的诸多近／现代悲剧理论者为平凡卑微的小人物争得了一席悲剧的地位后，自 18 世纪滥觞至今，尤其是在先后继起并行的绝大多数批判现实主义和现代主义的戏剧和小说中，古典悲剧中庄严肃穆的英雄帝王被非英雄甚至是反英雄的凡夫俗子取代也就不可遏制地成为悲剧戏剧和悲剧性小说的主流范式而一发不可收。

对于莫言小说创作中主人公题材选择的倾向性问题，陈思和先生从民间立场的向度出发作过这样的表述："在莫言的艺术世界里表现得最多的叙述就是有关普通农民、城市贫民、被遗弃的女性和懵里懵懂的孩子，甚至是被毁灭的动物的故事。这些弱小生命构成了莫言艺术世界的特殊的叙述单位……"[56] 不难发现，在莫言的十一部长篇小说中，其笔下的故事人物描摹始终和主流的体制文学的倡导保持着有意的疏离，从 20 世纪六、七十年代战争小说中常见的一些运筹帷幄、政治正确的"革命英雄"典型，到八十年代"改革小说"和九十年代"现实主义冲击波"作家笔下具有雄强魄力的铁腕改革官员形象，以及其他任何官方政策在不同时期所倡导的各类标杆式高大全完美人物角色等等在其小说中都难觅行踪。相反，在诸多主流小说着力描绘的一幅幅幸福生活宣传画的画面之外，莫言将创作的重心投掷到这些幸福画面背后的暗影

---

55 莱辛：《汉堡剧评》第 19 篇，上海译文出版社 1981 年版，第 101 页。
56 陈思和：《莫言近年小说创作的民间叙述——莫言论之一》，《钟山》2001 年 05 期。

和悲剧性的背面。那些能够有力地表现和传达其悲剧性小说主题的，平凡无奇、身份卑微的无名大众成为他悲剧性长篇小说取材的主要对象，由这些底层社会中小人物塑造成的反英雄和非英雄的悲剧形象占据了其长篇小说绝大部分的篇幅，成为这些小说的绝对主角。这种悲剧主人公的选材特点使莫言的悲剧性小说抹上了强烈的现代悲剧意识的底色。

　　撇开古典悲剧和现代悲剧主角的身份上高低贵贱的形式差异以及其各自盛载的悲剧主题上的巨大悬殊，以悲剧主人公的合法身份将二者紧紧联系在一起的最大脐带之一应该就是两种悲剧主人公都注定在其被剪辑好的文本生命中遭遇到他们各自不同的"苦难"。"苦难"说的最早提倡者无疑是亚里士多德，他在《诗学》中将之视为悲剧情节不可或缺的三大要素之一。这在后来逐渐发展成判断一切悲剧人物角色不可或缺的标识之一，得到不同时代不少悲剧理论家的重视和肯定，尼采甚至不无激进地断言："悲剧以阿波罗的方式体现狄奥尼索斯的见解和力量。它创造英雄只是为了摧毁他们……"[57]。克利福德·利奇对此进行了更加充分的论证，他坚信："如果我们正在创作悲剧，我们就必须让人们相信，这些人物在某个时候会遇上意外的事情……一般的进程都是从一开始就暗示出情况将会变得不妙。《哈姆雷特》第一场的鬼魂，《奥赛罗》开始时伊阿古的出现，《麦克白斯》开始时的巫师，愚蠢、傲慢的李尔第一次出场，这一切都被明确地决定着，正像酒神节刚开始时，狄奥尼索斯的讲话一样……他给了我们一个预言，剧早已被写成，一部悲剧讲着一个故事，在几乎所有的例子中，我们都得到了充分的警告，除了一种灾难性的结局以外别无选择"[58]。

　　作为一个真诚的现实主义作家，无论是摹写世界和社会，还是体认人性或人生，挥之不去的苦难情结始终纠葛缠绕在莫言的笔端，正如一位批评者不无感慨地指出的那样："莫言可能是当代文坛上最深刻、最痛苦、最悲悯，甚至最绝望的作家。"[59]苦难膜拜的创作观念一定程度上源于莫言早年生活遭际中刻骨铭心的心理创伤和人生体验，这在他《饥饿和孤独是我创作的财

---

57 [英]雷蒙·威廉斯著，现代悲剧，译林出版社，2007年版，第30页。

58 克利福德·利奇：悲剧，尹鸿译。昆仑出版社，1993年07月第1版，第55-56页。

59 潘新宁：《颠覆"超越"的文化寓言——解读〈檀香刑〉》，《名作欣赏》，2004年第3期。

富》一文中就可见一斑。莫言曾宣称："人生的根本要义我以为就是悲壮或凄惋的痛苦。英雄痛苦懦夫也痛苦；高贵者痛苦卑贱者也痛苦；鼻涕一把泪一把痛苦畅怀大笑未必就不痛苦。大家都在痛苦中诞生在痛苦中成长在痛苦中升华在痛苦中死亡。"。[60]

正是以这种极具苦难情结的眼光观察现实，追溯历史，象所有寄同情于社会底层的伟大人道主义作家如狄更斯、雨果、巴尔扎克、陀思妥耶夫斯基……一样，莫言在其悲剧性长篇小说中为给我们全面地描摹了一幅幅让人不忍直视的悲惨画面：比如那因为蒜薹的"丰收成灾"冲击政府被抓进监牢被逼喝尿的村民以及无辜地被囚车剐破头骨而死的马脸青年（《天堂蒜薹之歌》）；比如那把初生不久的亲生儿女卖给城里人作为食材以供金副部长们招待宴请达官贵人时作为珍馐佳肴的农村父母们（《酒国》）；比如在外族入侵、民族危亡背景下，那遭到德国人的调戏的孙丙妻子和受到惨无人道屠杀的村民们（《檀香刑》）和那因为偷回牲口被日军活活剥皮而死的罗汉大爷（《红高粱系列》）；比如那对家族中人兽交合进行鞭笞扼杀，对近亲婚配男女进行血腥屠戮，对蹼膜男孩进行集体阉割的食草家族（《食草家族》）；比如那刚刚分娩完毕就被赶到太阳下暴晒干活差点丢命的上官鲁氏（《丰乳肥臀》）；比如那先后死在计生医生我姑姑手术刀下的王仁美和王胆以及无数被堕胎乃至弃杀的大量女婴（《蛙》）；再比如那以准痴儿上官金童的视角阅尽的几乎大半世纪中国的各种兵燹、饥饿、暴政和虐杀……倾注在这些底层悲剧人物身上的苦难意识，其范围之广几乎横跨了从八国联军入侵、军阀混战、抗日战争、解放战争、反右斗争、三年自然灾害、文化大革命、改革开放、计划生育一直到市场经济大潮的各个时期，其描摹之深让莫言的悲剧性长篇小说的内蕴得以沛然丰厚，这以客观写实或魔幻变形的艺术手法铺排的重重苦难，在历史的暗夜里焕发着永恒的艺术光彩，既见证了莫言写作时心头蓬勃蔓延的深沉痛感，又在向读者受众发出振聋发聩的提醒：请永远别忘了它们的存在！

二、社会悲剧意识的"临界处境"

如上所析，各种悲剧人物的"苦难"遭际是构成古典悲剧和近 / 现代悲剧共同的合法性基础，但是，仅有"苦难"装饰的文学样式还不足以构成真正的悲剧文学。这是因为对于悲剧说来，紧要的不仅仅是巨大的痛苦，还要有对待

---

60 《我想到痛苦、爱情与艺术》，《八一电影》1986 年第 8 期。

痛苦的深层反思，在美国神学家大卫·特瑞西看来，苦难刻画作为悲剧人物不可逃避的必然性"体现为主人公不可逆转的失败定势，而造成这种定势的因素可以为无常的命运、主人公自身的性格缺陷、社会环境或者伦理冲突。"[61]。这种对于悲剧必然性失败定势内在不同根据——即到底是谁、是什么造成了悲剧人物的罹难受苦？——的追问就涉及到了悲剧意识这一重要范畴。

　　关于悲剧意识问题，在亚里士多德、黑格尔及其以后的悲剧理论家那里虽偶有述及但大都停留在不成体系的零星解说层面，真正对悲剧意识作出最为全面和深刻阐述的悲剧理论家应该首推雅斯贝尔斯。在《悲剧的超越》一书中，雅氏立足于世界各国不同时代不同地域的悲剧历史谱系性考释的基础之上，对于悲剧意识的起因、萌芽、发展、内涵、性质、分类等方面作出了全面深刻、切中肯綮的系统阐发。雅氏认为，在世界漫长的人类悲剧史上出现过两种大相径庭的悲剧意识，一是循环的悲剧意识，一是自觉的悲剧意识。循环的悲剧意识是以规律性自然循环的观点看待周围事物的毁灭，而自觉的悲剧意识则是从悲剧行动的本身来看，认为正是悲剧人物明明事先意识到行将遭际的灾难性后果的悲惨可怖还要主动践行的悲剧行动的本身造成了悲剧的苦难和失败，而不是自然循环的结果。雅斯贝尔斯将第一种形态的循环悲剧意识称为"前悲剧知识"，认为这是一种伪悲剧意识。他指出，在这种循环悲剧意识看来："所有的痛苦、不幸和罪恶都只是暂时的、毫无必要出现的扰乱。世界的运行没有恐怖、拒绝或辩护——没有控诉，只有哀叹。人们不会因绝望而精神分裂：他安详宁静地忍受折磨，甚至对死亡也毫无惊惧；没有无望的郁结，没有阴郁的受挫感……没有挣扎，没有挑战"。[62]雅氏相信，后一种自觉悲剧意识因为达到了"超越"的高度，才是真正意义上的悲剧意识。因为"没有超越存在，生存就会成为不结果的、失去爱的、恶魔式的任性"[63]，他说，希腊悲剧产生之后，悲剧的知识才得以成熟，与那种半成熟的悲剧的知识不同，"人们不再一味沉静地服从他们的悲剧知识，而是永不懈怠地对他们的问题穷追不舍……这是些直接指向神祇的问题：为什么事物就是这样的？人是什么？是什么诱使人向前？罪恶是什么？命运是什么？什

---

61 Tracy, David. "On Tragic Wisdom". Ed. Hendrik M. Vroom. Wrestling with God and with Evil: Philosophical Reflections. New York: Rodopi, 2007.（第 13 页）

62 [德]卡尔·雅斯贝尔斯，《悲剧的超越》，工人出版社，1988 年 06 月第 1 版，第 48 页。

63 [德]卡尔·雅斯贝尔斯，《悲剧的超越》，1988 年 06 月第 1 版，第 13-14 页。

么是人类正当而有效的律令？它们又来自何处？神是什么？"[64]……等等。人们能够提出这些问题并孜孜以求其终极解答时，人们真正自觉的悲剧意识即开始觉醒并走向成熟，这种自觉的悲剧意识被雅斯贝尔斯提升到一个后世所有启蒙根基的高度，因为自此以后，人们作为内心深处被烙上悲剧意识的人，"他就再也无法容忍任何一种四平八稳的事物，因为没有一件平稳的事物会使他感到满足"[65]。雅斯贝尔斯把这种自觉的悲剧意识在他心灵至深处植人并萌芽称之为悲剧超越的讶异（Erstauen）阶段，讶异这种自觉悲剧意识引起的颤动，将会使人再也不能镇定自若地忍受各种加诸自身的不幸和苦难，迫使人去认识，去追求世界背后的原初构成，在这种怀疑、检验、再怀疑的追求的反复过程中，悲剧的临界处境（或译"边缘处境"）最终在这种反复的追问下以澄明自身——这也是悲剧意识由最初的萌芽时期的讶异（Erstauen）状态、经过怀疑（Zweifeln）之后进入到震惊（Erschütterung 的阶段：这是悲剧英雄在历经各种处境的跋涉以后，面对痛苦、绝境和死亡时的一种必然的、最后的和绝对的状况——作为有限的人（类），他（们）的能力是受限的，他（们）在追求最大幸福和最小痛苦的永恒欲望的推动下，有些限制他（们）能够克服与突破，可仍有一些终极的限制束缚着他（们），他（们）既不能突破，也超越不了，这些限制性因素"除了其表现而外，它们都并不改变……是最终确定，不可更改的。它们是不可透视的。它们就像一堵墙，他（们）撞到它们而失败"。[66]但打破僵化封锁的生存困境、追求自由幸福的永恒超越又是人（类）自身得以存在的唯一凭据，因为"世界中倘若存在着统一性，这统一性只存在于超越存在中，世界正是根据超越存在中的统一性而得到理解的。"[67]于是"为了超脱实存之限界，为了作为真正的生存接触超越存在（Transzendenz）——终极存在、生存意义的给予者，就必须在临界处境中经受这种挫折，以实现人生的超越"。[68]各种悲剧人物所面临的临界处境以及他（们）在其中所展示的绝对的失败才使我们震惊，使得我们认识到——在人

---

64 [德]卡尔·雅斯贝尔斯，《悲剧的超越》，1988 年 06 月第 1 版，第 17 页。

65 [德]卡尔·雅斯贝尔斯，《悲剧的超越》，1988 年 06 月第 1 版，第 19 页。

66 雅斯贝尔斯：《哲学》（德文版，第 2 卷），施普林戈尔出版社 1973 年版，第 203 页。

67 雅斯贝尔斯：《生存哲学》"存在论"。见《存在主义哲学》，1983 年商务版，第 186 页。

68 马美宏：《挫折与超越——雅斯贝尔斯悲剧哲学探究》，《江苏社会科学》，1993 年 03 期。

（类）平等追求本应属于自身的各种自由和幸福、反抗各种剥削和压迫的不懈征途中，在不同的历史时空，总是不可避免地要受到种种具体性的、在当时的历史条件下牢不可破的束缚和限制性因素。人类若想要打破这种局限的反动力量实现存在的继续和永恒的超越就必然要在此处境中奋起抗争！哪怕明知这种主动的抗争行动在对比悬殊的强大异己性力量的压制下需要付出毁灭人格的代价也要击鼓拼杀，背水一战！要之，雅氏立足于其存在主义哲学和真理观基础上的悲剧意识学说，从追问悲剧作品中"谁在跟谁斗争？什么与什么真正冲突？"的关键内核着眼，把悲剧视为客观现实世界所内在固有的，主要体现在不同历史时期代表真理性价值的一方与代表反价值异己性终极限制力量的一方以不同方式展开的必然性的、永恒性的对抗和斗争。

　　这种成熟的现代悲剧意识从某种程度上显示了其与18世纪以来批判现实主义悲剧观心脉相通的亲和性和渊源流传的关系，相对于古希腊、古罗马、中世纪和文艺复兴时期的悲剧作品惯于将悲剧苦难的根源咎由于冷酷盲目的命运之神、创世万能的上帝抑或偏执顽固的性格缺陷的传统悲剧而言，以"启蒙"和"新民"为己任的近现代悲剧总是凸出社会环境对造成悲剧主人公不幸遭际的决定性影响。德国18世纪剧作家弗里德里希·席勒在谈论悲剧创作时写道，"不要把灾难写成是造成不幸的邪恶意念，更不要写成由于缺乏理智，而应该写环境所迫，不得不然。"[69]

　　这种现代悲剧意识的创作观念显然在莫言的悲剧性长篇小说中打上了深刻的印记，对照莫言11部长篇小说文本，不难发现，其中有9部长篇基本上都可以大体划入到社会悲剧型小说的范畴中来，只有《红高粱家族》和《食草家族》两部小说较远地疏离社会悲剧范畴的小说书写（当然，亦不可能全部疏离），在这些作品里，莫言秉承近现代"社会悲剧"写作的创作精神，莫不将其笔下代表真理性价值诉求一方的悲剧主人公的受难、毁灭或沉沦归结于他们生活于其中的那个不义和不公的社会历史现场，在对造成社会不义、不公的"反价值异己性限制力量"的进一步追问中，又将批判的矛头聚焦到百年中国不同历史时期的那些始终居于底层弱势民众对立面的不法贪腐官僚。

　　在这些造成社会悲剧苦难主要根源的、居于冲突施暴者一极的反面官僚形象中，既有以血说话的"酷吏"；也有鲜廉寡耻的"淫吏"；更有以权谋私、

69　Schiller, Friedrich: Essays. New York: Continuum Publishing Company, 1993.（第193页）

欲壑难填的"贪吏"——正是这群戴着人民公仆面具的不法腐败官僚及其帮凶以邪恶和暴虐之手反复不停地导演了一幕幕惨绝人寰的悲剧惨戏！使得幸福与灾难离开正义原则的车辙；使得心地善良、毫无恶意的好人往往惨遭摧毁，而邪恶狠毒之人却好运连连。正基于此，莫言通过赵小甲的谵妄吃语，在《檀香刑》中，将他们痛斥为嗜血吃人、残害百姓的"白虎"、"黑豹"和"灰狼"！更加让人震惊的是，这种境况并不随着历史前进的步履而有丝毫改善，而是原地踏步地循环反复，正如许子东在《蛙》的叙事模式分析中精辟指出的那样："第一，昨天打倒之官，今天两代是官（曾被批斗的杨书记）。第二，当年'奸'人造反，如今'宝马小蜜'（反派肖上唇）。三，昔日愚昧忠厚，今日不幸变疯（乡亲陈鼻）……这是小说中弱势群体普通百姓的一个缩影昨天父亲愚昧负重，今日女儿清醒忍辱"[70]。

自然，在百年中国的历史流变中，莫言仅以官民对立为主要矛盾诠释复杂多元的社会冲突，不免显得失之单薄和过于沉重了些，但是，同样不可否认的是，在 80 年代以来中国改革开放和民主建设取得一定进步的今天，在一些政治、经济体制改革相对滞后，民主、法律监督相对疏漏的地区，从中国漫长的封建社会遗传下来的上述三类"吏治腐败的幽灵"重又借尸还魂。其本质、表象经过了从内到外与时俱进的磨合与化妆之后，在许多方面比过去表现的更其无微不至、更其无孔不入、更其残酷有力、更其神通广大了。

当连那最起码的、已经"低到土里去"的生存要求也被剥夺一空时，因对这被侮辱、被损害、被压迫地位的心存不甘而奋起"反抗"者在莫言的这些悲剧性长篇小说中有很多：这里有坚决不为十万元代孕费而出卖亲子的苦命女陈眉（《蛙》）；有妻子被阮书记强奸杀害后一心伺机报仇的大毛二毛的父亲（《食草家族》）；有现实斗争之中与腐败官员抗争到底毫不妥协、矢志不渝的说唱艺人张扣（《天堂蒜薹之歌》）；有为了帮助金菊力拒和政府杨助理员的弱智亲戚换亲冒着被打死的危险也要拯救爱人的高马（《天堂蒜薹之歌》）；有面对儿女亲人在各方政治势力、利益集团的争夺和博弈中被一个个残害时依然坚信"越难越要活"的母亲上官鲁氏《丰乳肥臀》；有不为金钱权势所动坚决拒绝官二代求婚的渔家少女珍珠（《红树林》）；有因为父母被村长老兰间接害死，在无力为之复仇的幻觉想象中用收破烂得来的一门迫击炮向其连续发

---

70 许子东：《"文革故事"与"后文革故事"——关于莫言的长篇小说〈蛙〉》，《文学评论》2013 年 01 期。

射炮弹的罗小通（《四十一炮》）；有死守其分获的八亩六分田，坚持不入社，以致众叛亲离，受尽骚扰和羞辱的倔强农汉蓝脸（《生死疲劳》）；有反对残忍、血腥"吃人"暴行的小妖精、鱼鳞少年（《酒国》）……

　　弗朗西斯·赫伯特·布拉德雷曾经这样说过："一只小小的麻雀在战胜强大的外力而带来的崇高感，绝不亚于苍穹和大海给人的震撼……这种小战胜大体现出的是力量的大，是一种精神力量的强大。"[71]是啊，在莫言长篇悲剧小说中这一个个熠熠生辉的悲剧主人公的身上，让我们看到，作为天赋权力的人，就理应坚决反抗各种加诸于自身的压迫和剥削、执着地追求永恒的自由和幸福，要做到这样有尊严的高贵存在，人就必须行动，行动就必会冲击各自临界处境中的人生极限，冲击这种人生终极的极限就必然要带来自身悲剧性的毁灭。但是，正是在这冲击行为的失败和毁灭中，才显示了人之所以为人的尊崇和伟大。恰如雅斯贝尔斯所言："人不是全能的上帝，因此人是渺小的，并且会毁灭。但人能够将他的可能性发展到顶点，还敢于眼睁睁地看着自己被毁灭而宁死不屈。这正是人的伟大。悲剧英雄的伟大体现在他的抵抗、斗争和勇敢中。"[72]也正因如此，在某种意义上来说，虽然"明知不可为而为之"的悲剧主人公最终的命运是失败，但他却是一个失败的英雄和无冕之王。虽然他生命的旅程缩短了，但这浓缩的旅程却闪放出炫目的异彩。惟其如此，他的毁灭给读者带来的才不止是伤感与悲痛，而是悲壮和振奋！

三、古典崇高美学的暴力外衣

　　从莫言的第一部长篇小说《红高粱家族》开始，到其2009年完成的《蛙》，各种血肉模糊的暴力文字、残酷骇人的暴力情节在莫言的长篇小说中屡见不鲜，构成了莫言长篇小说作品中鲜明的暴力叙事风格。《红高粱家族》中写罗汉大叔惨遭剥皮的场面，何其惊悚；《食草家族》中写七老头被吊高跌地而死，何其乖戾；《丰乳肥臀》写历经抗日战争、国共战争、三年自然灾害以及文革的上官鲁氏的八个女儿在各种灾难造成的恶劣社会环境中几乎全都死于非命的过程，何其血泪斑斑，让人不忍卒读；《檀香刑》中写五种刑罚：阎王闩，

71　Bradley, Francis Herbert. Collected Essays. Oxford: Clarendon Press, 1935.（第237页）

72　马美宏：《挫折与超越——雅斯贝尔斯悲剧哲学探究》，《江苏社会科学》，1992年03期。

腰斩，砍头，凌迟，檀香刑。一次比一次痛苦、精细、延宕；《生死疲劳》开篇写西门闹作为鬼和人两重受难的暴力场面，在阳间被人将半个脑袋，打成了一滩血泥，在阴界则被施以暴戾惨烈的油炸之刑……这种直观呈现血腥残忍的极致写作手法，一直以来在学界都饱受争议，为此也给作家本人招致了不少不乏尖锐的严厉批评。李建军认为，和鲁迅先生写杀人的情节事象的批判反讽态度不同，莫言"多是从杀人者的角度写，作者的超然而麻木的态度，使杀人者的病态的施虐心理和快感体验给人一种'骇人听闻'、'毛骨悚然'的强烈刺激。"[73]。蔡梅娟讽刺莫言"对那些充满血腥味、既令人作呕又令人毛骨悚然的东西，作者表现出不同于常人的兴趣……以欣赏的口气，津津有味地描绘了一些阴森可怖的场面"[74]。

这些批评以道德守成的眼光来看固然不失其意义，但是，倘若我们换以悲剧美学范畴的研究向度着眼，就会发现，这种暴力叙事实是莫言长篇悲剧小说中不可或缺的重要元素。

从某种意义上，暴力书写凸显了莫言在长篇小说的创作过程中对传统悲剧原则的有意追求和自觉遵循，这集中体现在两个主要方面：一方面，莫言通过对暴力以及暴力所造就的惨烈可怖、阴森庄严，集中浓缩地酝酿直逼人心的悲剧场景和浓厚凝重的悲剧气氛以唤醒混沌懵懂、浑浑噩噩的读者受众，让其学会以悲剧的眼光重新打量周遭悲剧性的社会现实，放弃其惯常秉持的自欺欺人的肤浅乐观主义；另一方面，莫言又藉暴力书写中悲剧人物的生命活动、最高价值在被异己敌对的邪恶力量公然摧残和吞噬时表现出来的主动受难的勇气和坚决抗争的悲壮来诠释何谓"力量无限的人的尊严和精神"，从而成功地营造出其小说在整体风格上"痛感和快感有机杂糅"的崇高美学气概。

在"为生民立命"的社会悲剧小说和"为艺术而艺术"的空灵唯美小说创作观的选择取舍之间，莫言选择了前者，就创作成就的整体来看，这种创作观念无疑是造成莫言小说的认识价值大于其审美价值的一个重要因素。不刻意追求细节末梢语言文字上的优美精妙，将关注点始终放在小说的社会功用上，作为一名极具悲悯情怀的现实主义作家，莫言的小说创作以对

---

73 李建军：是大象，还是甲虫？——评《檀香刑》，《海南师范学院学报》（人文社会科学版），2002 年 01 期。

74 蔡梅娟：对真善美的叛逆——评《丰乳肥臀》，《淄博师专学报》1997 年 02 期。

百年中国苦难的社会历史阴暗面反映的广深度和锐利的批判威力向当代读者提供一种作为生存个体理应具有的生命本真意识。那就是——生命并不圆满且极具悲剧性！但是，唤醒普通大众的第一步必然是促使其意识的改变，使其强烈地感受到在这个层层宣传画幅遮掩下社会的荒诞和个人所处的悲剧生存困境，黑格尔在论及悲剧时曾说道，"当他（们）完全习惯了生活，精神和肉体都已变得迟钝，而且主观意识和精神活动间的对立也已消失了，这时他（们）就死了。"[75]。奥康纳曾说，对于精神麻木者，作家"得用惊骇的方式把你所见的显明——对于聋子你要大喊，对于瞎子，你要把画画得大大的"[76]。

可见，正是上述的充分理由使得莫言将现实社会中的苦难、阴暗、暴力与残忍的元素，装入自己制造艺术幻象的取景框，在自己每一部悲剧性长篇小说的创作过程中诚实地记录百年中国悲惨苦难的现代分娩过程，以直观展现乃至变形夸张的暴力叙事策略，向当代读者揭示悲剧人生的生命本质、袒露人们习焉不察的国民劣根性角质层下面的被压迫被异化的真实生命现状。

在莫言的长篇悲剧小说里，这种有待开化启蒙的底层人物俯拾皆是，最具典型意义者，可以《天堂蒜薹之歌》里的高羊为例，他见到所有权势者都赔笑，给书记下跪，治保主任让喝尿就喝尿，并给自己的儿子也取名"守法"——这群麻木不仁的"羔羊（高羊）"们，既是当代现实生活中芸芸众生的反映或折射，又是中国传统苦情戏曲中被时代无情碾压的无名众生以及象鲁迅《祝福》中的祥林嫂、老舍《骆驼祥子》中的祥子、巴金《寒夜》中的汪文宣、曹禺《日出》中的黄省三等现代悲剧、悲剧性小说人物画廊中一些苦难人物形象的延伸和拓展。这些被压在社会金字塔最底层的悲苦农夫、城市贫民和下层知识分子，他们无辜的生命默默地承受着生活的重负，在绝望中挣扎、呻吟、穷愁潦倒、饥寒交迫，面对灾难，他们缺乏悲剧英雄们的那种雄心勃勃、舍生忘死、奋不顾身的气魄和胆量，不敢向社会问责，不敢向现实挑战，他们从不惹是生非，惟求能苟延残喘地苦守着自己早已经被社会规定好的黯淡人生，与之和平共处、相安无事。他们这从古到今一直仰人鼻息、佝

---

75 转引自《悲剧意识与悲剧艺术》，尹鸿著，安徽：安徽教育出版社，1992，第50页。

76 O'Connor, Flannery. Flannery O'Connor: Collected Works. New York: Library of America, 1988.（第34页）

偻前行的一群，有的在貌似偶然间就被社会张开的黑暗大口所吞噬和粉碎了，而聊以幸免下来的，则继续过着早已习惯的忍气吞声，逆来顺受的日子。托马斯·曼曾说："没有对疾病、疯狂和精神犯罪的书写，就不能取得精神上和认识上的某种成就：伟大的病夫是为了人类及其进步，为了拓宽人类情感和知识的领域，简言之，是为了人类具有更加高尚的健康而被钉在十字架上的牺牲者"[77]——可以说，人们在莫言长篇悲剧性小说暴力叙事所呈现的巨大审美张力中，正是通过这群展览在"十字架上的牺牲者"的身影，自身才有契机得以和作家一起悉心触摸惨淡生命，从容直面淋漓鲜血，在波诡云谲、汹涌澎湃的情感海洋里，顿悟到人生的晦暗、阴冷、剧痛乃至悲惨，领略到流淌在字里行间莫言自觉秉承的鲁迅先生开创的"立人"精神。

莫言的这一暴力叙事策略显然和传统悲剧艺术"应摩仿足以引起恐惧和怜悯之情的事件"[78]的要求有着异曲同工之妙。在传统的悲剧艺术创作中，许许多多不同时代的剧作家莫不对"血泊和尸体、利剑和毒药"、"阴森可怕的事件和不幸结局的观念"等情有独钟，德国人干脆就把悲剧叫做悲惨的场面"Trauerspiel"，正基于此，古希腊的欧里庇德斯和古罗马的辛尼加在其各自的《美狄亚》剧作中在舞台故意呈现杀子这样直接暴露人物的凶残行动的情节场景，而另一古罗马尼禄时代的书斋剧悲剧作家塞内加似乎更加"残忍"，他耽于大写特写肉体苦难等血腥场面，致力渲染恐怖气氛和复仇主题。"他让美狄亚当着众人之面杀死孩子，他让阿特柔斯兄弟像野兽一般噬咬婴儿的血肉大菜，他还让希波吕托斯的父亲在台前一块一块地拼接孩儿的尸身，并使伊俄卡斯忒当着俄狄浦斯的面自尽，还召来冤死的阴魂造成毛骨悚然的效果……"[79]这种"塞内加式"的悲剧风范不仅没有受到似乎应有的谴责和声讨，反而为后世剧作家奉为至宝圭臬。流风所及，许多文艺复兴以来的著名悲剧作家们诸如莎士比亚、拉辛、加尼埃和伏尔泰等，都曾向塞内加那样多次摹状过恐怖气氛和复仇悲剧，从而使自己得以从血腥中站立起来，脱颖而出，修成正果。究其实，促使诸多悲剧作家始终不肯轻易放弃暴力因素的深

---

77 转引自 Kurzke, Hermann. Thomas Mann: Life as a Work of Art. A Bibliography. Trans. Leslie Willson. New York: Princeton University Press, 1999.（第 54 页）

78 （古希腊）亚理斯多德著，罗念生译，《诗学》，人民文学出版社，1962 年版，第 38 页。

79 谢柏梁著，世界悲剧文学史，上海文艺出版社，1995 年 09 月第 1 版，第 125 页。

层原因，恐怕除了席勒指出的那种"悲惨凄切、阴森可怕的事物本身就有不可抗拒的魅力来吸引我们，每逢悲惨、恐怖的事情发生，我们感到有同样强大的力量摒斥我们而又吸引我们"[80]而外，还应有暴力因素自身独具的一个最大优点：即是暴力呈现能用一种强烈的、生动形象的直观画面诉诸悲剧受众的感官，从而感染、打动他们的心曲，通过激发他们的怜悯和不忍之情，最终达到传递某种性格力量和全部内蕴主旨的悲剧效果。

　　作为一种叙事策略，最大程度地唤醒读者受众的悲剧意识并不是莫言长篇小说暴力写作的终极诉求，从另一个维度上而言，暴力情节的多重设置，又使文本在整体上成功地营造出了传统悲剧文学最为浩然雄浑的崇高美学气概。

　　打开中外文学史，不难发现，凡是有分量的悲剧作品总是与崇高联系在一起的，而在悲剧作品中，崇高性美感在其产生的根源上又是和暴力、毁灭及其所激起的惊惧感和恐怖感息息相关的。崇高作为一种理论被朗吉努斯提出以后，至今已经历经 2000 余年的发展历程。这其间，第一个把崇高这一范畴的审美意义在源头上和个体经历的恐怖感受结合起来进行考察研究和深刻阐述的理论家无疑是伯克。在伯克的眼中，所有"崇高"情感的根源都在于显在的或者潜在的威胁到主体自身生命安全的恐怖感，至于朗吉努斯等前人所讲的道德原则并非是崇高得以产生的第一推动力，与道德原则相关的崇高美学内涵只可能发生在各种因素导致的恐惧感之后。伯克认为："恐怖在一切情况中或公开或隐蔽地总是崇高的主导原则"[81]。导致这一结论的深层原因在于崇高作为一种"自我保持的感情"存在的生理和心理基础："大多数能对人的心情产生强有力的作用的感情，无论是单纯的痛苦或快乐。还是对痛苦或快乐的缓解，几乎都可以简单并成两类：自我保持的与社会的。涉及自我保持的感情大部分注重于痛苦或危险，它们是一切感情中最强有力的情感……任何令人敬畏的东西，或者涉及令人敬畏的事物，或者以类似恐怖方式起作用的，都是崇高的本源，即崇高产生于人心能感觉的最强有力的情感。当危险或痛苦逼迫太近时，不可能引起任何欣喜，只有单纯的恐怖。但隔一段距

---

80 [德]席勒：《论悲剧艺术》中国社会科学院文学研究所编著，古典文艺理论译丛（卷2），知识产权出版社，2010 年版，第 1087 页

81 伯克：《崇高与美，《伯克美学论文选》，李善庆译，上海：上海三联书店，1990 年版，第 60 页。

离，得到某种缓解时，就可能转为欣喜了。"。[82]要之，博克认为崇高感在源头上来自恐怖，它是夹杂着痛感的快感，是由痛感转化来的快感，引发恐怖的因素向崇高转化的条件是要与主体保持一定的距离，使感受主体的生命安全不受威胁。可见，对于伯克来说，崇高来源于形形色色潜在显在的各种惊恐感，而触发这"潜在显在的各种惊恐感"在外延上除了自然界而外，必然可以延展到来自社会外力的各种暴力性的威胁因素，因为在所有的触发生命个体恐惧感的元素中，暴力元素显然最为直接有效。当然，崇高来源于恐怖绝不意味着崇高的全部意义仅限于对惊恐成功脱逃后的庆幸感。崇高作为一种掺杂着痛感的快感，其否定的、负面的痛感只占有起始阶段的一小部分，崇高这一范畴的真正内涵、真正价值在于通过这种刺激振奋人的感觉，从而导向一种情绪上的激奋和精神上的升腾之势。导向一种主体生命被激荡、被提升昂扬向上的强力和律动。利奥塔对于伯克崇高范畴的内涵、价值有过形象的描述："一个很伟大的、强有力的客体威胁说要把一切从灵魂中夺走，用'震惊'来打击灵魂（以很小的强度就能使灵魂为仰慕、崇拜和尊敬所震慑）。灵魂惊呆了，像死了一样。在离开这种威胁的同时，艺术获得了一种舒缓快乐的愉悦。亏了它，灵魂回到了生命与死亡之间的躁动，而这种躁动就是灵魂的健康和生命。"[83]

在伯克思想的启发下，很多理论家都对这种"崇高源于恐怖"、"与危险保持距离"、"痛感转化为快感"的理论做了踵事增华的进一步发挥，康德把伯克的思想纳入到自己先验唯心主义体系中，从主体性哲学的角度对这一理论进一步解释说，当恐怖／恐惧压迫在人们心头时，作为生命主体的个体自然会"经历着一个瞬间的生命力的阻滞"，而当这种恐怖感终于又从人们身边被由近推远以后，作为主体的个体即会"立刻继之以生命力的因而更加强烈的喷射……"于是，"崇高的感觉产生了"[84]二战时从精神到身体都长期受到法西斯暴力威胁的雅斯贝尔斯则在自身独特的存在之思的体验基础上，综合汲取朗吉努斯、伯克、康德等往哲先贤悲剧崇高理论，将伯克"杂糅痛楚和快感"的崇高审美范畴提高到一个价值个体在其遭际的特殊"临界处境"中

---

82 伯克：《崇高与美，《伯克美学论文选》，李善庆译，上海：上海三联书店，1990 年版，第 59 页

83 [法]让一弗朗索瓦·里奥塔：《非人——时间漫谈》，罗国祥译，北京：商务印书馆 2000 年版，第 111 页。

84 康德：《判断力批判》上卷，商务印书馆 1987 年版，第 84 页。

因反价值异己力量的施暴而在主动受难中获得"悲剧性超越"的更高境界。

要之，"正面快感战胜负面痛楚，始于暴力恐怖终于受难超越"可以视为对伯克以来近现代崇高美学内涵的主旨要谛。此种有关崇高性的衡量彀率显然是和莫言众多长篇悲剧小说中的那些悲剧主人公的在其暴力受难中释放的性格内涵和灵魂超越的表征高度契合——从撕心裂肺地喷吐着大爱、大恨的猫腔大悲调的背景声中自信岳飞牛皋孙大圣附体手持冷兵器以卵击石、义无反顾地杀向德国毛子的孙丙们，到铺天盖地血色无边的红高粱地里随着机枪声接连倒在血泊里的我奶奶和众多伏击日军的乡亲们；从锄奸不成被当众凌迟处死的革命祭品钱雄飞，到为了亲人主动赴死把刑场当作儿戏笑对生死的司马库，再到呼天抢地六次轮回五次横死仍不改报仇初衷的西门闹——我们看着从临界处境中百倍异己残害力量的十面埋伏中，这些悲剧英雄向着心中那解放和自由的王国执着地挣扎攀升的"千里不留行"的傲岸身影，不也就同时看到了不屈不挠的人类在一次次的悲剧性冲突中不断克服种种时代的历史设限从而接连超越悲剧困境的过程吗？正是他们身上的这种在小说的暴力叙事中生发开来的"最不忍的痛楚与最激烈的快感"和"始于畏惧恐怖终于激越悲壮"的复合审美体验，铸就了莫言悲剧性长篇小说传统的古典崇高美，使得读者终于体悟到那人类在永恒性悲剧存在的漫漫长夜中得以相互撑持、慈航普渡的终极秘密所系。

从某种意义上，只要这个社会上人们之间的各种压迫、剥削和不平等一天没有被彻底地荡涤消除，莫言那勇于暴露黑暗、鞭笞丑恶的长篇小说中所蕴含的深沉悲剧内涵就有其一天被研究的价值。因为从某种意义上而言，研究莫言长篇小说的悲剧艺术，无异于在至深层次上研究我们自身灵魂内部的悲剧激情和自省精神。这种交相杂糅的悲剧激情和自省精神，在我们阅读莫言的十一部长篇小说时，被那些列队而过的悲剧主人公一一唤醒。他们与各自的命运周旋、与各自遭遇的邪恶力量进行殊死较量时所迸发出来的不屈精神和昂扬斗志在感染、净化我们的同时，也强烈地震慑了我们，也许，正是在这震慑的过程和余韵中，我们对于久已被现代社会的工具理性、商业精神和其他各种奴役尘封锈蚀了的自身的异质性存在和中华民族的真实性存在的双重状态才有了突然的发现和深刻的警醒。总之，以悲剧性理论视角对莫言的长篇小说乃至全部小说作品进行切入能够给研究带来新的巨大阐释空间和美学魅力。

结　语

　　在新世纪初叶的 2021 年，按照麦克卢汉的历史"后视镜"理论，我们重新回顾上世纪八十年代中期在文坛异军突起的中国当代先锋小说作家这三十多年的小说创作，无疑将面对他们丰富异常的文学景观。诚如笔者在摘要中所论述的那样，严格说来，本书的问题意识来源于陈晓明教授在 1991 年第 5 期的《文学评论》上发表的一篇文章《最后的仪式——"先锋派"的历史及其评估》中的一个著名观点和预言式判断，在这篇文章中，陈晓明教授认为："如果把 1989 年看成'先锋派'偃旗息鼓的年份显然过于武断，但是 1989 年'先锋派'确实发生某些变化，形式方面探索的势头明显减弱，故事与古典性意味掩饰不住地从叙事中浮现出来。……在那些微妙的变化和自我表白的话语里，我看到另一种迹象。我发现他们在寻找另一种东西，一种更深地扎根于生存的现实和本土文化中的动机力量……1989 年'先锋派'以其转向的姿态完成历史定格"。[1]

　　陈晓明先生的这种阐述从先锋作家的具体创作表征上来看，无疑是有其充足的学理支撑的：在 1989 年前后，尽管被异军突起的新写实小说抢去了不少风头，但仍可视为是先锋小说作家于 1987 年之后在中国文坛创造的又一个新的高潮。这一阶段不仅莫言、残雪、扎西达娃、格非、余华、苏童、叶兆言等业已成名的先锋作家有许多堪称先锋小说代表的作品问世，而且像北村、潘军和吕新等更新一波的小说创作生力军各自也为先锋小说创作苑地捧出了

---

[1]　陈晓明：《最后的仪式——"先锋派"的历史及其评估》，《文学评论》，1991 年 05 期。

属于他们各自的芬芳，特别值得一提的是北村，其这一时期先后发表的《陈守存冗长的一天》《逃亡者说》《归乡者说》《劫持者说》《披甲者说》和《聒噪者说》无疑续接了先锋小说前一阶段创作的辉煌。而就当时的文学生态环境而言，全国各大主要文学刊物此一阶段也都全力为其提供相对宽广的作品发表平台。《收获》、《上海文学》、《钟山》、《花城》而外，就连《人民文学》这样最为重要、最为突出也最具权威性和代表性的文学刊物也在 1989 年推出了为数众多的先锋性作品。在这种外在辉煌和煊赫的背后，以陈晓明教授为代表、包括张清华、吴义勤、洪治纲、孟繁华、南帆、赵毅衡、谢有顺、王干等一些批评家敏锐地注意到，从作家的创作意识到作品的取材、人物塑造和主旨内蕴再到文本的语言和叙述形式……等，先锋小说创作的全面转型也在悄然发生、同步进行。

正是在这一先锋小说作家开始整体转向的特殊场域中，在专门对 1989 年第 3 期《人民文学》刊载的《风琴》（格非）、《鲜血梅花》（余华）和《仪式的完成》（苏童）进行充分地分析考量以后，结合三位作家和其他先锋小说作家整体创作情况的变化趋势，陈晓明教授很快就提出上述的"1989 年'先锋派'以其转向的姿态完成历史定格"这一当时在学界具有普遍代表意义的观点。对于当代先锋小说整体创作的科学分期问题，陈晓明教授的这种观点之学术意义不可谓不深远，也正基于此，将 1989 年前后视为当代先锋小说整体创作转向的开始也遂成为学界普遍认定的权威论断。但是，囿于时间上的局限性，陈晓明先生此文付梓时尚不可能看到先锋小说作家的创作在九十年代以后更为长足的发展嬗变，站在先锋小说创作发展三十多年以后的今天来重新打量这篇宏文，当年其在本文中提出的许多敏锐、前沿性的观点无疑尚有许多值得进一步宽拓深掘的空间——与 1989 年前后先锋小说发生整体转向的上限时间起点对应的下限时间终点是哪一年？造成先锋小说整体创作上发生嬗变的内在社会、文化原因何在？先锋小说发生嬗变的具体文本表现有哪些？这种嬗变完成以后，先锋小说创作是走向了更加成熟和深刻还是迅速地溃逃、分崩离析、风流云散了？……这些都是摆在现今所有研究先锋小说创作乃至是研究中国当代小说、中国当代文学的众多学人面前不容回避的基本学术问题！

同样也正是带着对这些问题的进一步追问，笔者才在以陈晓明、王宁、张清华、吴义勤、洪治纲、王干、孟繁华、南帆、赵毅衡、谢有顺、王干等既有学者的前期研究成果基础上，开启了自己在此一学术路径上数年来的艰苦探索，通过追踪以 1989-2019 年为主要聚焦中心的三十多年来先锋小说创作的缘起、发展、嬗变和演进的整体脉络，在这个不能称之为结论的结语中，笔者试图对上面提出的若干问题给出自己的初步回答。思考的肤浅鄙陋之处，还求就教于大方之家。

第一，先锋小说创作发生整体嬗变的社会、文化、作家创作意识……等诸方面的深层动因和先锋小说创作转型完成的下限时间节点的厘定问题。

首先，较之于九十年代初以后风格相对成熟的先锋小说作家的创作而言，1985-1993 年这一时期的先锋小说文本无疑显得相对稚嫩了些。这主要归咎于作家主观上接受能力的不成熟和其所处文化环境的客观条件的不成熟两个方面。

从"主观上接受能力的不成熟"这一维度上来看，正常情况下，一个在外来文艺思潮影响下形成的文学流派，不可能在短短的三五年之间就能全部圆满地予以完成，面对几乎同时涌入中国的西方不同时期、不同流派的现代主义、后现代主义文艺思潮，这些先锋小说作家理所当然地会尝试运用最富于表现性的"合成法"来写作。他们无心区分尼采与萨特、卡夫卡与加缪、弗洛伊德与乔伊斯、罗伯格里耶和加西亚·马尔克斯、博尔赫斯……等人的真实关系。能做到的只是尽可能地从尽量多的方面吸取营养以哺育自己的创作灵感。所有这些对外来作家作品不分青红皂白的"误读"式、"恶补"式、"填鸭式"的径追直取虽在短期内利于提升他们自身的创造能力，但同时也给他们的作品带来了因多种风格因素交融驳杂冲淡自身风格鲜明性的问题，这就是直接造成九十年代前夕的大多数先锋小说作家在风格上都远未真正成熟的第一个基本原因。从"客观上的不成熟"这一维度上来说，九十年代以前的中国大陆尚处于农业文明的社会形态和文化语境之中，并没有"现代"、"后现代"的文化语境"温床"。这就决定了当时这批先锋小说作家无法直接从社会背景中获得现代主义、后现代主义那样原汁原味的生命体验。

很明显，1993 年以来迄今，上一阶段原创性不足的情况到了先锋小说作家创作的第二个阶段发生了令人欣慰的改观。这可以归结为，从作为对外来现代派、后现代派小说文艺思潮的接受主体的主观方面来说，历经了前期的摸索与实践，其对外国小说资源的原典解读上的能力无疑得到了长足的提升，由此，大大降低了前期因为错误性"误读"而造成的写作尴尬；而从客观方面而言，缚先锋小说作家的先前那种"客观"时代语境的限制，亦基本上不再成为一个问题，因为就九十年代中国的社会文化结构而言，它已经走出了农业文明的羁绊，在现代化的"补课"中，逐渐完成工业文明的全面覆盖。纵观此一阶段的先锋小说作家的整体创作，总体看来，绝大多数的先锋小说作家在经过了时代震荡的短暂调整以后，还是普遍进入了各自创作上的开拓和成熟期。

其次，先锋小说在叙事、语言实验的美学形式开拓方面遭遇到了前所未有的"创新"瓶颈。

80 年代，怀揣与世界文学接轨、实现中国小说"叙事"、"语言"双重美学形式现代化的先锋作家们，在努力追步西方现代派、后现代派一流小说大师这一美学雄心的鼓舞下，以不足十年的时间即将西方近百年的种种现代文艺思潮几乎操演了一遍，"在'新潮'层面上，先锋们已经很难从国外涌动的思潮中再去撷取精华进行配制，后现代文化的出现，宣告西方文化主潮的死亡，而日益发达的信息网络让国内的读者随时随地掌握了解国际文坛的情况，'新'已经失去它存在的意义。"，[2]这种情况意味着，对于绝大多数的先锋小说作家而言，包括各种"先锋叙事"、"语言本体化"在内的诸多形式主义策略都差不多发展到了一个"节点"或"极限"，"创新"因此失去了目标，也失去了动力。而与此同时，过去曾经一度使先锋作家们非常着迷的各种新潮的、实验性很强的叙事、语言技巧和方法，一旦被他们运用到得心应手、甚至到了信手拈来的地步之后，自然就会觉得不再新鲜，乃至会产生厌倦。因为了无新意的表述方式无助于任何一个作家的创作激情，在这种情形下，他完成的作品创作很可能只是一次又一次地复制。

复次，世界文学思潮中"辛格热"的浸润和影响。

这一点，笔者前文在谈及先锋小说重回"故事化"的论题时就已有论述。1978 年，伴随着以古老的意第绪语讲述波兰犹太民族世界中新旧冲突"故事"的美国作家辛格获取诺贝尔文学奖这一事件的持续发酵，在世界范围内渐次兴起了一股"辛格热"的潮流。一向担忧"一支卡夫卡似的军队将会毁了文学"[3]的辛格坚持认为："通过改变句子结构，通过采用特殊种类的词语，你是不会在文学上创造出什么真正新的东西的。真正的作家始终都在探索生活，

---

2 王干：《话本的兴起与先锋话语的转型》，《文艺争鸣》，1994 年 02 期。

3 Isaac Bashevis Singer. "Words or Images". Literarishe Bleter. 1927. No.34.

而不是风格。风格是重要的而且每篇故事都有自己的风格，但是如果你只依靠风格本身，你决不会创作出任何有价值的东西……把讲故事从文学中取消，那么文学便失去了一切。文学就是叙述故事。一旦文学开始以弗洛伊德、容格或者艾德勒的学说来分析生活，它就变得乏味，没有意义了。"[4]他坚决反对现代主义小说家所秉承的种种以作家旁逸斜出的"介入性叙述"动辄干预"故事本事"破坏其完整性的做法。伴随着卡夫卡、乔伊斯、伍尔芙、普鲁斯特、海明威、福克纳、罗伯·格里耶、博尔赫斯……这些主张以"叙事"解构、干预、控制"故事"小说家影响的暂时式微，前期被中国先锋小说作家们忽视的"故事型"小说大师辛格的影响越来越大，以莫言、马原、余华、苏童和北村……等为代表的主要先锋小说作家那里，分别以各自不同的姿态完成了一个由师法卡夫卡转向师法辛格的过程。

又复次，市场化的巨大冲击。

90年代启动的市场化进程掀起汹涌澎湃的世俗化潮流，这种冲击使先锋小说陷入了作家的角色危机和小说的叙事危机。莫言在回顾那一时段的创作心态时说："一九八九年以前，大家对文学热情很高，一九八九年以后，整个社会调整过来·进入商品社会，很多文人下海，文学突然从社会的热点、关注点变得非常边缘了，没人再理睬了。我预感到我不能像别人一样去下海、经商做生意，我知道我还要写作，但很难坐下来。"，[5]在80年代那样一种尊崇新潮精英文学、追捧新锐精英作家的整体时代氛围中，期待一举成名天下知、梦想走进中国现代小说史和文学史的许多先锋小说作家都在潜意识中将从事经典筛选和文学史撰写的文学批评家作为各自小说阅读的预期"读者"。而对一般意义上作为小说受众的普通阅读者基本上不加考虑，对他们采取不合作的乃至是有意无意的冷落、歧视的态度。这种写作态度带来的一个直接后果就是普通读者对他们斑驳迷离的形式主义叙事实验报以同样的冷淡反应。虽然像马原、余华、格非、苏童、残雪、孙甘露、北村等先锋作家的小说作品大多发表在《人民文学》、《收获》、《上海文学》、《钟山》、《花城》等主流权威的纯文学期刊杂志上，但这些作品单行本的销量都非常有限。

进入90年代以后，面对"市场"这一新的社会主导性话语，先锋小说作

4　程锡麟：《艾萨克·巴什维斯·辛格访问记》，《虚构与现实：二十世纪美国文学》。成都：四川人民出版社，2001年版，第482页。
5　莫言，王尧：《莫言王尧对话录》，苏州：苏州大学出版社，2003年版，第145页。

家在叙事策略上是进一步继续凌空高蹈，还是面对读者大众采取一种"视点下沉"的姿态调整就必然被提到其各自的创作日程上来。尽管余华在 1990 年还信誓旦旦地表态"愿意和卡夫卡、乔伊斯他们一样在自己的时代里忍受孤独"，[6]但这种不失悲壮的表白很快就被另一种相反的更大声音所淹没："为'来世'写作的凄冷、孤寂和贫困不能不打击先锋们的热情与毅力，而为'今世'写作的热闹、富裕和虚荣又是一个很实际的诱惑，'退一步海阔天空'，先锋话语的转型便从对'来世'的苦苦修炼的苦行僧转为对今世的'识时务者'"。[7]

由是可见，正是在上述社会、文化、作家自身创作意识等多方面综合因素的影响下，中国当代的先锋小说创作从 1989 年前后即发生了整体上的创作转型，这一转型的时间下限节点大致可以视为 1993 年，单就衡量先锋小说创作在转型后走向整体成熟的主要标识之一，长篇小说的创制而言，仅在 1993 年一年，就有莫言的《酒国》《食草家族》，格非的《边缘》《敌人》，洪峰的《苦界》《和平时代》，苏童的《武则天》《离婚指南》，北村的《施洗的河》，孙甘露的《呼吸》，余华的《活着》，扎西达娃的《骚动的香巴拉》，吕新的《抚摸》，潘军的《风》等长篇小说陆续发表，其中的多部长篇都获得了批评界的好评，表现了文坛对于先锋小说创作实绩的肯定。从 1993 以后到新千年以来，尽管先锋小说作家的长篇创作还相继出现了一大批更有创新意义的、在形式和精神方面达到双重先锋的厚重长篇，如莫言的《丰乳肥臀》《檀香刑》《生死疲劳》《蛙》；北村的《望着你》《愤怒》《我和上帝有个约》《安慰书》；余华的《许三观卖血记》《兄弟》《第七天》；格非的《欲望的旗帜》《人面桃花》《山河入梦》《春尽江南》《望春风》；苏童的《河岸》《碧奴》《黄雀记》；叶兆言的《花影》《花煞》《一九三七年的爱情》《我们的心多么顽固》《很久以来》潘军的《独白与手势·白》《独白与手势·蓝》《独白与手势·红》；吕新的《梅雨》《草青》《白杨木的春天》《下弦月》；洪峰的《东八时区》；残雪的《新世纪的爱情故事》《最后的情人》《边疆》；马原的《牛鬼蛇神》《纠缠》《荒唐》等。但是，这些创作只能看成是先锋小说作家在完成自身创作转型以后取得的更大成绩而已，就目前看来，在先锋小说整体创作领域内，再也没有发生过像 1989-1993 年那样破茧化蝶的质变期。

6　王宁：《比较文学与当代文化批评》，北京：人民文学出版社，2000 年 1 月第 1 版。第 259 页。

7　王干：《话本的兴起与先锋话语的转型》，《文艺争鸣》，1994 年 02 期。

第二，先锋小说嬗变在先锋作家文本中的具体表现问题。

先锋小说创作发生整体嬗变的"质素"全面表现在小说文本的叙事美学、语言形式、取材、主题和人物塑造等各个方面。

就先锋小说的叙事美学层面来看，回望三十多年以来中国当代先锋小说的滥觞、发展和流变的轨迹，其大致经历了一个从"故事化"到"叙事化"再重返"故事化"的变奏过程。一般说来，小说都可以划分为故事和叙事两个层面。共和国前三十年的小说往往较为重视文本的"故事化"维度，即是说这种小说的"叙述行为"基本遵从故事自身发生、发展的时间顺序，并不凸显自身的"叙事化"角色。但是先锋小说叙事大大打破了这种小说的"故事化"逻辑，体现出"叙述行为"对于"故事"的"介入"、"挤压"的强烈"叙事化"控制倾向。综而观之，先锋小说作家发起的小说形式革命主要从以下几个方面着手：A. 元小说机制的引入和先锋小说的前期叙事革新；B. 对传统全知型叙述视角的扬弃；C. 打破物理时间的现代主体化叙事时间观；D. 消解人物典型意义的"抽象化"叙事。当然，在先锋小说"叙事化"美学的创作实践的探索中，除了上述的四个主要革新维度而外，被先锋小说作家作为师法内容的其他外国现代派、后现代派小说作家的叙事技巧也同样被他们向海绵吸水一样尽可能地"拿来"、"实验"，以为己用。这些技巧如时空颠倒、意识流、拼贴、蒙太奇、碎片、迷宫、潜对话、重复循环、空间化……等，这些技巧允许小说家把在空间和时间上相距极远，但在叙述者的意识中和记忆中同时并存的时空剪影交织并列在一起，写作像是处理"磨损、剪断和随便连接的老电影"，"磨损、剪刀和浆糊代替了导演的枯燥无味的叙述"（语出克洛德·西蒙），从而大大地将传统小说格局的线性时间链条不断地切割重构，打破传统小说固有的封闭性情节、故事的常态结构，极力制造和展示现代、后现代小说情节结构张力十足，摇曳多姿的"陌生化"形式维度的美学潜能，从而使得文学作品的情节呈现出多种或无限的可能性。在先锋小说作家进行"叙事化"美学探索的时期，可以说以上笔者挂一漏万所罗列的与未曾详细罗列进来的西方现代主义、后现代主义小说诸位小说大师们在创作中使用的各种各样叙事美学技巧都先后被中国当代先锋小说作家们竞相实验、模仿与翻炒了一遍。所有这些叙事技巧在成就他们暴得大名的同时，无疑大大地缩短了中国现代小说在叙事美学上与世界文学的差距。虽然在经历了先锋小说1989-1993年的整体转型以后，这种"叙事化"的小说形式探索势头最终重又转向了以讲故事为主的"故事化"叙事的大方向上，但是，这些在先锋小说转型之前所积累下来的先进叙事美学资源，其余音一直都回响不断。它们表现为一种"弥散性"的气息的浸染和观念意识的影响，一种独特的精神的灌注，早已化入所有先锋小说作家的全部创作经验中去了。

当代先锋小说作家由反对传统"故事化"叙述经历了"叙事化"叙述形式的探索以后又重返"故事化"叙述传统的过程实为一种"否定之否定"的自我确认、自我定位的过程，先锋小说作家们以拿来主义的姿态，对西方现代主义或后现代主义的借鉴与学习，是一种绝对必要的"写作训练"。最能代表先锋小说作家叙述转向成功的是莫言、余华、格非、叶兆言、苏童、马原、北村、潘军、吕新等人，他们采用的是在叙事层面上以讲故事的现实主义手法为主，在此整体"故事化"的讲述架构之中将现代派、后现代派先锋叙事手法，中国古典小说优良的叙事传统等有机地融入其中的杂糅型的叙事方法。这种"现实主义+古典小说+现代／后现代主义"、"叙事化"+"故事化"有机结合、相得益彰的叙事范式是先锋小说作家在叙事转型后结出的最主要硕果。这些先锋作家在叙事上取得的实绩都可视为中国当代先锋小说在叙事美学上所能达到的可能性高度。

就先锋小说的语言形式而言，在转型之前，先锋小说对现代白话语言的形式化美学的探索和发掘顺应了现代白话小说史的发展余绪，是其来有自的。只是相对于传统小说的语言美学建设而言，他们是从对西方现代主义、后现代主义小说语言观的借镜与回应这另一更为先锋和前卫的崭新向度切入而已。对于西方现代、后现代主义小说所秉承的不尽相同的小说语言的探索和创新，中国的先锋小说创作文本均作了不同程度的回应与模仿。整体看来，先锋作家们以其实验性的写作践行了新的语言表达形式的各种可能性，他们大都立足求变求新的创作原则，尝试各种语言美学上的创新途径，大大促进了现代白话小说在语言美学规范上的整体提升。先锋小说作家在上世纪80年代中后期和90年代初的文本创作中践行的语言形式化实验丰赡多元，在参照学界既有的综述性研究资料的基础上，笔者撮其要，从以下三个方面对之进行粗略的归纳：A. 经过通感、拟人等主观化的处理将日常语言陌生化；B. 受西方后期象征主义诗歌的启发，将具象可感的句法成分（如主语、谓语、宾语、定语、状语、补语……等）与抽象一般的句法成分（同上）相互嵌合；C. 将小说语言所指的真实播撒在潜意识深处由能指的意象群、幻象群交相缠绕的互为指涉中。虽然在这种探索的路途中，也出现了以孙甘露和北村为代表的个别作家在语言实验上剑走偏锋的过于激进的倾向，但毕竟瑕不掩瑜，总体看来，先锋小说作家在现代白话小说语言的形式化实践方面所斩获的实绩不容小觑，意义非凡。随着1989-1993年先锋小说创作向"现实主义化"的外向型过渡、转型的完成和先锋小说长篇创作上的整体丰收，前期先锋小说在语言形式化方面的实验大都转向了小说（尤其是长篇）双声型叙事话语化的方向上来了，转型后的多数先锋作家，都能通过（长篇）小说文本中各色各样的叙述人之口，以仿格体、讽拟体、叙述体和暗辩体……等多种双声对话的姿态，以间接的、折射的、虚拟的等变形程度不同的语言表现方法，在吸收、包容、展示社会各阶层（尤其是社会底层）的他人声音、意向的基础上，有力地打破了长期以来一直存在的各种"独白型"小说僵化封闭的"单声部"叙事话语的窠臼限制，从而获得了自身叙事话语的极大成功。先锋小说从形式化的小说语言到话语化的小说语言嬗变的完成，无疑标志着先锋小说在小说语言美学上的更加成熟。

就先锋小说的选材和创作主题来看，在这前后两个时期的延展过渡中，大致经历了一个从"内省性"到"外向性"的发展流变。张清华教授认为，先锋小说作家登上历史舞台的时候，适逢整个中国社会思潮整体上由前期的"维新是举"的启蒙文化向强调个人不被异化的存在主义文化的过渡期，他说："80年代中期，先锋文学思潮的发展进入了一个转折期和复合期。尽管启蒙主义的文化语境尚未彻底瓦解崩溃，但存在主义已迅速溜出书斋而伴随商业物质主义价值观念的发育堂而皇之地进入社会，成为一种颇为时髦和激进的文化精神，'个人'开始'从群众中回家'（语出克尔凯戈尔《"那个个人"》，笔者注），个人性的境遇与价值开始代替启蒙主义的"社会正义"与"公众真理"而成为人们思考问题的新的基点。因此，用个人性的价值和私人性的叙事实现对原有公众准则和宏伟叙事的背叛和超越，便不可避免地成为新的先锋文学精神。"[8]继而他又断言，正是在这种文化生态的笼罩下，先后登上文坛的先锋小说作家大都"是面对当下生存情状的寻索者，其基本的写作立场来源于存在主义哲学的启示，从80年代中期的残雪到稍后的马原，以及跨越八九十年代的余华、格非、孙甘露等，基本上都是以"寓言"的形式写人的生

8　张清华：《从启蒙主义到存在主义——当代中国先锋文学思潮论》，《中国社会科学》，1997年06期。

存状态"。[9]进入 90 年代以来，随着市场经济的发展带来的财富和红利在分配环节上出现了越来越不利于底层民众的倾向，加之"圈地掠夺"式激进的城市化进程、政治体制改革的滞后等各种历史条件的制约，中国社会结构开始出现种种"断裂"，弱势群体的规模有增无减。作为时代的儿女，和许多当代有艺术良知的其他小说作家一样，感同身受的绝大多数中国当代先锋小说作家们都不可避免地需要用一个追根溯源的深入视角来凝视这一现实中国，并以无比沉郁的笔调来为自己所处其间的时代画像，在旧有的存在主义"内省"主题而外，他们大力开掘新历史主义小说主题、苦难和启蒙主题、知识分子主题、异化主题、宗教主题、乌托邦主题……等诸种倾向于传统现实主义小说的若干主题，虽然这些先锋作家在小说流派上基本上属于"偏于形式探索"的现代、后现代主义的阵营，但是当他们面对九十年代以来的物欲洪流、现实生活的异化荒诞和苍生民瘼的苦难现实，没有以追求所谓的纯粹艺术而躲进形式主义的象牙塔，而是像选择了勇敢地面对。正是从这个意义上，笔者以为，中国当代先锋小说既是以现代主义、后现代主义等为主要艺术手段凸显形式实验和革新色彩的小说创作，更是烛照共和国建国以后历次的社会运动和三十多年改革的现实在人们身上、心中留下复杂精神图景的小说创作，是具有现代启蒙意识和现实悲悯的一代有良知的小说作家努力对人们日益感到现实和人的存在不合理、不可理喻的迷惑试图进行文学解答的小说创作！

就先锋小说的人物塑造方面来看，以往的许多先锋小说作家在现代派、后现代派小说人物观念的影响下，往往故意将人物进行抽象化（如孙甘露、残雪、北村、格非）、甚至是符号化（如马原、余华）的平面处理，譬如在马原的《拉萨河女神》余华的《世事如烟》中，人物都被消解摒弃了明确的性格特征，沦为一个泛指或抽象的符码。对此，有人作出的这样的解释："先锋小说中人物的符号化，是对人的本质、人性及欲望的抽象，并努力把这种抽象的人置放于他的舞台上，构成一种有力的象征，既揭示着存在又象征着世界。先锋小说在努力追求着一种具有抽象性的象征，一种人为的、主观的世界，即用非常主观的方式看世界，对一种形式的追求。"[10]这种解释虽然不失其立足于存在主义哲学意义上的有效性，但是一味使用这种摒弃人物深度的手法

9　张清华：《从启蒙主义到存在主义——当代中国先锋文学思潮论》，《中国社会科学》，1997 年 06 期。

10　尹国均：《先锋实验》，上海：东方出版社 1998 年版，第 76 页。

描写人物，势必会削弱乃至取代小说文本中主人公及其他叙事者自身的独立声音，继而将之属于人性、个性深度的种种属性一一消解。一旦用这种手法从事偏于现实主义精神的"写实性"小说创作，势必就会出现严重不适应的叙述危机，正基于此，余华在转型过程中才有感而发："我知道自己的作品正在变得平易近人，正在逐渐地被更多的读者所接受。不知道是时代在变化，还是人在变化，我现在更喜欢活生生的事实和活生生的情感，我认为文学的伟大之处就是在于它的同情和怜悯之心，并且将这样的情感彻底地表达出来。文学不是实验，应该是理解和探索，它在形式上的探索不是为了形式自身的创新活着其他的标榜之词，而是为了真正的深入人心，将人的内心表达出来，而不是为了表达内分泌。"。正是在向人性救赎、精神慈航的无限驶近中，转型中的先锋小说作家才在重视人物生命深度的人文关怀心态中，将人物塑造从昔日的平面化、模糊化、抽象化和符号化的范式中摆脱开来，将笔下的各色人物运用种种典型塑造的手法使之变得丰满和圆润起来。于是读者在转型后的先锋小说文本中不难看到一群群具有典型意义的少年人物群像（如刘浪、小拐、红旗、达生、李光头、宋钢、乐乐……）、女性人物群像（如林岚、珍珠、陈眉、家珍、凤霞、颂莲、小萼、陆秀米、姚佩佩、庞家玉……）、知识分子群像（如曾怀林、林烈、飘萍、孙权、康生旺、曾山、赵孟舒、谭端午、方富贵……）、底层人物群像（如上官金童、金马、张扣、富贵、许三观、李百义、钢炮、宋克渊、五龙……）从我们脑海中鲜活饱满地一一列队而过。

综上所述，不难看出，肇始于 1985 年的中国当代先锋小说创作，在历经了 1989-1993 年这一整体的创作嬗变完成以后，以 1993 年为大致分水岭的前后两个阶段的中国先锋小说创作是不可随意拆解分割的统一有机整体，它们的共同渊源，即是作家置身于其中的时代生活主题的折射和反映，又是"后文革"时期中国特殊国情中长期沉淀淤积的情绪"矢量"和思想"潜力"的双重解放，也是以 80 年代外来先进的文学思潮的放送传播对此前社会主义现实主义"艺术真实"观一元解构后开辟的现代小说自由创作的多元共鸣。从模仿与创新的辩证关系上来看，如果说八十年代中后期，先锋小说作家还只是重在对外来优秀文学经验进行模仿的话，那么进入九十年代迄今，这些先锋小说作家则在对西方现代、后现代主义优秀小说资源真正消化和扬弃基础上又能将先锋的外来技巧积极和民族化致力结合的基础上进行的小说思想、美学的双重创新，是沿着其第一阶段开凿的先锋航道上的自然延展和扬帆续航。

但是，令人遗憾的是，以九十年代初为界的前后中国当代先锋小说作家在创作实践中原本清晰可辨的前后谱系联系，却始终没有得到学界的认可。究其原因，不能不说与学界在研究以 1989-2019 年为中心的三十余年来先锋小说作家的创作时缺乏法国年鉴学派所大力提倡的长时段历史研究方法。诚如笔者上编所说过的那样，九十年代至今，针对大部分先锋小说作家在姿态调整或者创作转型后的重大创作成果，虽然评坛同样给予过广泛的关注和持久的讨论。然而，较之于八十年代中后期，这些研究不能不说失之零散和单一，显得系统性、整体性研究的某种缺失。

法国年鉴学派尤其反对从短时期内发生的某些单纯的事件出发研究历史的做法。其第二代代表人物布罗代尔在前辈们倡导的总体史观学说的基础上提出包括三种时间观念的长时段理论。他强调历史时间大致可划分为结构（Structure）、局势（conjoncture）和事件（event）。就历史研究中的重要性而言，事件不过是"尘埃"，只有结构和局势相结合的长时段研究才能对历史给出最终解释，虽然随着人类历史文明进程速度的加快，这种长时段历史研究的周期也随之理应相对地收缩，譬如我们在分析事物现象时，可以采用"一种新的历史叙述方式，即所谓'态势'、'周期'和'间周期'的叙述方式……"，[11]但是任何时候都不应该忽略这种"历史时段节点内"呈现的结构与局势特性。而代之以脱离历史联系的单纯"事件"研究。具体到以九十年代初为节点的两个不同阶段的先锋小说创作研究而言，绝不能以浮于三十年中国先锋小说作家创作史表面的事件（event）研究遮蔽乃至代替本应该对之进行的结构和局势相互结合的"态势"、"周期"或"间周期"的历史时段研究。否则就会陷入一个时间的陷阱，从而看不到在这三十年的先锋小说作家创作实践中何者为"量变"？何者为"质变"？就会否认九十年代初以来先锋小说作家实际上有很多已经通过量的变化而达到的质的飞跃的动态发展事实。就无法在百年中国现代白话小说史的纵向坐标对比中，在以欧美现代派、后现代派小说的思想、美学高标所构成坐标的横向观照下，对三十年中国当代先锋小说作家作品取得的文学实绩和经验教训以及应有的文学史地位进行真正准确中肯的界定。在《被背叛的遗嘱》中，米兰·昆德拉这样感慨道："在我看来，伟大的作品只能诞生于它们的艺术历史之中，并通过参与这一历史而实

---

11 [法]费尔南·布罗代尔：《历史与时段》，引自《资本主义论丛》第 178 页，顾良、张慧君译，北京：中央编译出版社 1997 年 3 月版。

现。只有在历史之内我们才能把握什么是新的，什么是重复性的，什么是被发现的，什么是摹仿的……所以，就艺术而言，在我看来没有比跌落到它的历史之外更为可怕，因为这是跌入混乱，美学价值在其中鱼目混珠，人不再可以辨认。"。[12]诚如米兰·昆德拉断言的那样，倘若无视先锋小说作家在八、九十年代两个阶段在创作实践上彰显的模仿与创新之间、现代化与民族化之间的本质联系和历史延续性，拒绝将两个阶段的先锋小说作家创作纳入到文学的外部研究和内部研究相结合、整体把握与个案解读相结合、历史原则和逻辑原则相结合的总体有机系统框架中进行综合的考量，就会在不断翻"新"趋"后"的功利批评心态下，将三十年中国当代先锋小说作家的创作发展这一血脉贯注的有机整体人为地机械切割成一个个细小的时间单元从而做出错误的批评判断。

长期以来，一些学者在研究九十年代以后的先锋小说作家创作时，无意中放大了九十年代商品化大潮对于纯文学创作的负面影响，导致了学界普遍忽视了国家意识形态话语在九十年代以来的"后新时期"释放出的更大话语空间赋予包括中国先锋小说作家在内的文学创作主体的自由意义，也从更深的层面忽视了九十年代以来中国社会发生的种种变更自身对于中国作家特别是中国当代先锋小说作家在"创作源泉的生态经验体认"方面的正面意义——这种变化使其可以直接感知到和西方现代派、后现代派作家互文类同的、真切鲜活的文化历史语境，而不再像八十年代中后期那样，中国先锋小说作家其时笔下的现代派、后现代派作品和作家本人生活的环境之间的"两张皮"状态）。这种文化短视，每每造成这些批评家们对于不少先锋小说作家作品在具体阐释上的曲解和误读。以中国先锋小说作家中的殿军余华为例，他在九十年代前后创作的《细雨中呼喊》、《活着》和《许三观卖血记》等浸润着真正能追步西方存在主义文学大师的小说，却被学界至今仍旧普遍解读为是昔日先锋的余华向传统的现实主义文学投降缴械的、阉割了其存在主义深层哲思的现实主义转向作品。以八、九十年代为分界的三十多年来中国当代先锋小说作家的创作实践究竟如何定位这一学术问题的长期拖延不决，从微观方面而言，还会造成类似"曲解"余华那样的错误阐释，从宏观的角度来讲，则不利于建构更科学、更合学术逻辑的中国当代小说史体系。

---

12 米兰·昆德拉《被背叛的遗嘱》第 16 页，上海：上海人民出版社，1995 年 12 月第 1 版。

　　一言以蔽之，在新时期以来的社会、政治、经济、文化等迅疾演变的新的历史条件下，在总结和处理当代先锋小说文学与中国古典小说文学、现代小说文学这二者之间的继承和对接关系的崭新文学平台上，在外来现代主义、后现代主义以及各种世界文化、哲学以及小说文艺思潮的整体影响下异军突起的三十年当代中国先锋小说作家的小说创作，在经历了自身于 1989-1993 年的创作转型以后，大致以 1993 年为界分为前后两个阶段，后一阶段中国先锋小说作家的创作是紧紧承绪前一阶段发展方向上的延展和续航，在经历了化蛹为蝶的创作调整期之后，以莫言、格非、余华、苏童、叶兆言、北村和残雪等为代表的多数先锋作家仍旧带着不失先锋精神的各自名篇佳制，屡屡冲击着中国乃至世界文坛，以他们各自更加骄人的创作实绩不断获得文坛、评坛的经典指认和持续关注。前后两个阶段实属不可强行分割的有机统一整体，而非像一些评论家们所片面阐释的那样，80 年代中后期跻身文坛中心的先锋小说作家创作在不足十年的时间内就完成了其从酝酿、聚结到最终失败、溃散的全过程。

参考文献

一、中文著作

1. 北村：《玛卓的爱情》，武汉：长江文艺出版社，1996 年版。

2. 北村：《施洗的河》，上海：上海文艺出版社，2005 年版。

3. 北村：《公路上的灵魂》，石家庄：新华出版社，2005 年版。

4. 残雪残雪：《新世纪爱情故事》，北京：作家出版社，2013 年版。

5. 残雪：《最后的情人》，广州：花城出版社，2005 年版。

6. 残雪：《吕芳诗小姐》，上海：上海文艺出版社，2011 年版。

7. 陈思和主编：《中国当代文学史》，上海：复旦大学出版社 2004 年版。

8. 陈晓明著：《不死的纯文学》，北京：北京大学出版社，2007 年版。

9. 陈晓明著：《无边的挑战——中国先锋文学的后现代性》，南宁：广西师
   范大学出版社 2004 年版。

10. 陈晓明：《中国当代文学主潮》，北京：北京大学出版社，2013 年版。

11. 陈晓明：《表意的焦虑：历史祛魅与当代文学变革》，北京：中央编译出
    版社，2002 年版。

12. 程锡麟：《虚构与现实：二十世纪美国文学》，成都：四川人民出版社，
    2001 年版。

13. 程永新编，《中国新潮小说选》，上海社会科学院出版社，1989 年版。

14. 崔高维校点，《礼记》，沈阳：辽宁教育出版社，2000 版。

15. 丁帆、许志英主编：《中国新时期小说主潮（上、下）》，北京：人民文学出版社 2002 年版。

16. 董健，丁帆，王彬彬主编：《中国当代文学史新稿》，北京：北京师范大学出版社，2011 版。

17. 格非著：《迷舟》，北京：作家出版社，1989 年版。

18. 格非：《塞壬的歌声》，上海：上海文艺出版社，2001 年版。

19. 格非：《春尽江南》，上海：上海文艺出版社，2012 年版。

20. 格非：《褐色鸟群》，上海：上海文艺出版社，2014 年版。

21. 格非：《望春风》南京：译林出版社，2016 年版。

22. 龚翰熊：《欧洲小说史》，成都：四川大学出版社，1997 年版。

23. 顾良、张慧君译：《资本主义论丛》，北京：中央编译出版社，1997 年版。

24. 郭绍虞、王文生主编：《中国历代文论选》第 4 册，上海：上海古籍出版社，1980 年版。

25. 洪子诚著：《中国当代文学史》，北京：北京大学出版社 1999 年版。

26. 胡亚敏：《叙事学》，湖北：华中师范大学出版社，2004 年版。

27. 黄光编著：《语文教育叙事研究理论与实践》，北京：中国轻工业出版社，2009 年版。

28. 黄子平：《"灰阑"中的叙述》上海：上海文艺出版社，2001 年版。

29. 《金圣叹文集》成都：巴蜀书社，1997 年版。

30. 《旧约全书》，上海：中国基督教协会，1989 年版。

31. 孔范今、施战军主编：《中国新时期文学思潮研究资料（上、中、下）》，济南：山东文艺出版社，2006 年版。

32. 赖干坚：《西方现代派小说概论》，厦门：厦门大学出版社，1995 年版。

33. 蓝棣之，李复威主编：《褐色鸟群——荒诞小说选萃》，北京：北京师范大学出版社，1989 年版。

34. 李泽厚：《中国现代思想史论》，上海：东方出版社，1987 年版。

35. 李泽厚：《中国近代思想史论》，人民文学出版社，1979 年版。

36. 林舟：《生命的摆渡——中国当代作家访谈录》深圳：海天出版社，1998

年版。

37. 刘象愚：《从现代主义到后现代主义》，北京：高等教育出版社，2002 年版。

38. 刘再复：《双典批判——对〈水浒传〉和〈三国演义〉的文化批判》，上海：生活·读书·新知三联书店，2010 年版。

49. 柳鸣九编选：《新小说派研究》，北京：中国社会科学出版社，1986 年版。

40. 柳鸣九主编：《从现代主义到后现代主义》，北京：中国社会科学出版社：1994 年版。

41. 鲁迅：《鲁迅全集》第 6 卷，北京：人民文学出版社 1981 年版。

42. 鲁迅：《中国小说史略》，北京：北京大学出版社，2009 年版。

43. 吕新：《抚摸》，广州，花城出版社，1997 年 05 月第 1 版。

44. 马原：《虚构》，武汉：长江文艺出版社，1993 年版。

45. 马原：《百窘》，北京：作家出版社，1997 年版。

46. 马原：《喜马拉雅古歌》，昆明：云南人民出版社，2003 版。

47. 马原：《冈底斯的诱惑》，沈阳：春风文艺出版社，2004 版。

48. 《马克思恩格斯全集》第 27 卷，北京：生活·读书·新知三联书店，1965 年版。

49. 《卢卡契文学论文选》第 2 卷，北京：中国社会科学出版社，1981 年版。

50. 莫言、王尧：《莫言王尧对话录》，苏州：苏州大学出版社，2003 年版。

51. 莫言：《小说的气味》，沈阳：春风文艺出版社，2003 年版。

52. 南帆：《优美与危险》，开封：河南大学出版社，2009 年版。

53. 宋宣：《结构主义语言学思想发微》，成都：四川出版集团巴蜀书社，2004 年版。

54. 苏童：《红粉》，上海文艺出版社，2013 年版。

55. 苏童：《黄雀记》，北京：作家出版社，2013 版。

56. 汪行福：《走出时代的困境》，上海：上海社会科学出版社，2000 年版。

57. 汪曾祺：《汪曾祺文集·文论卷》，南京：江苏文艺出版社，1993 年版。

58. 王国荣主编：《诺贝尔文学奖获奖作品精华集成》（增订本）下，上海：文汇出版社，1997 年版。

59. 王国荣：《诺贝尔文学奖获奖作品精华集成 B 册》，上海：文汇出版社，1993 年版。

60. 王宁：《比较文学与当代文化批评》，北京：人民文学出版社，2000 年版。

61. 王先霈、王又平编：《文学批评术语词典》，上海：上海文艺出版社，1999 年版。

62. 王庆生主编：《中国当代文学史》，高等教育出版社，2003 年版。

63. 王汝成：《文学语言中介论》，济南：山东大学出版社，2002 年版。

64. 王忠琪等译：《法国作家论文学》，北京：三联书店，1984 年版。

65. 王世诚：《向死而生，余华》，上海：上海人民出版，2005 年版。

66. 吴义勤：《中国当代小说论》，南京：江苏文艺出版社 1997 年版。

67. 吴岳添译：《外国文学研究资料丛刊》，上海：上海文艺出版社，1986 版。

68. 伍蠡甫主编：《西方文论选》上卷，上海：上海译文出版社 1979 年版。

69. 伍蠡甫主编：《现代西方文论选》，上海：上海译文出版社，1983 年版。

70. 《新约全书》，上海：中国基督教协会，1989 年版。

71. 徐俊西主编：《上海五十年文学批评丛书：作家论卷》，上海：华东师范大学出版社，1999 版。

72. 徐岱：《小说叙事学》，北京：商务印书馆，2010 年版。

73. 尹国均：《先锋实验》，北京：东方出版社 1998 年版。

74. 余华：《余华作品集》，太原：北岳文艺出版社，2004 版。

75. 余华：《余华精选集》，北京：北京燕山出版社，2006 年版。

76. 余华：《兄弟》，北京：作家出版社，2013 年版。

77. 余华：《自传》《余华作品集》（三），中国社会科学出版社，1995 年版。

78. 余华：《第七天》，北京：新星出版社，2013 年版

79. 张国义编选：《生存游戏的水圈》，北京：北京大学出版社，1994 年版。

80. 张京媛主编：《新历史主义与文学批评》，北京：北京大学出版社，1993

年版。

81. 张清华：《中国当代先锋思潮论》，南京：江苏文艺出版社，1997 年版。

82. 张英编著：《文学的力量：当代著名作家访谈录》，北京：民族出版社，2001 年版。

83. 赵一凡、张中载、李德恩主编：《西方文论关键词》，北京：外语教学与研究出版社，2006 年版。

84. 赵毅衡：《当说者被说的时候——比较叙述学导论》，北京：中国人民大学出版社，1998 年版。

85. 郑伯奇：《中国新文学大系·小说三集导言》，上海：上海文艺出版社，1987 年版。

86. 朱景冬、孙成敖：《拉丁美洲小说史》，天津：百花文艺出版社，2004 年版。

87. 马克思，恩格斯：《马克思恩格斯选集》，北京：人民出版社，1995 年版。

88. [德]卡尔·雅斯贝尔斯·《悲剧的超越》，北京：工人出版社，1988 年版。

89. [俄]别林斯基：《别林斯基论文学》，梁真译，武汉：新文艺出版社，1958 年版。

90. [美]舒衡哲：《中国启蒙运动：知识分子与五四遗产》，刘京建译，新星出版社，2007 年版。

91. [德]本雅明：《经验与贫乏》，王炳均、杨劲译，天津：百花文艺出版社，1999 年版。

92. [苏]M·巴赫金：《陀思妥耶夫斯基诗学问题：复调小说理论》，北京：生活·读书·新知三联书店，1988 年版。

93. [苏]M·巴赫金：巴赫金全集（第三卷），钱中文主编，晓河等译，石家庄：河北教育出版社，1998 年版。

94. [苏]巴赫金：《拉伯雷研究》，李兆林等译，石家庄：河北教育出版社，1998 年版。

95. [加拿大]诺思洛普·弗莱：《伟大的代码——圣经与文学》，郝振益等译·北京：北京大学出版社，1998 年版。

96. [俄]陀思妥耶夫斯基：《卡拉马佐夫兄弟》（上），耿济之译，南京：译林出版社，2012 年版。

97. [美]保罗·蒂里希：《政治期望》，成都：四川人民出版社，1989 年版。

98. [哥伦比亚]加西亚·马尔克斯：《百年孤独》，黄锦炎等译，杭州：浙江文艺出版社，1991 年版。

99. [法]列斐伏尔：《空间的生产》，布莱克维尔，1991 版。

100. [瑞士]皮亚杰：《结构主义》，倪连生、王琳译，北京：商务印书馆，1984 年版。

101. [英]戴维-洛奇编：《二十世纪文学评论》下册，上海：上海译文出版社，1993 年版。

102. [英]布雷德伯里、麦克法兰编：《现代主义》上海：上海外语教育出版社，1992 年版。

103. [法]德里达：《论文字学》，上海：上海译文出版社，1999 年版。

104. [英]大卫·克里斯特尔：《剑桥百科全书》，北京：中国友谊出版公司，1998 年版。

105. [英]安东尼·吉登斯：《现代性的后果》，田禾等（译），南京：凤凰出版传媒集团，2000 年版。

106. [哥伦比亚]加西亚·马尔克斯：《两百年的孤独》，昆明：云南人民出版社，1997 年版。

107. [法]米兰·昆德拉：《被背叛的遗嘱》，上海：上海人民出版社，1995 年版。

108. [苏]高尔基：《文学论文选》，孟昌等译，北京：人民文学出版社，1958 年版。

109. [苏]高尔基：《文学书简》下卷，曹葆华、渠建明译，北京：人民文学出版社，1965 年版。

110. [英]洛奇编：《二十世纪文学评论》下册，葛林译，上海：上海译文出版社，1993 年版。

111. [法]阿尔贝·加缪：《西西弗的神话》，杜小真，译，北京：西苑出版社，第 152-153 页。

112. [德]海德格尔：《存在与时间》，陈嘉映、王庆节译，北京：三联书店，2006年版。

113. [瑞士]费尔南迪·德·索绪尔：《普通语言学教程》，北京：商务印书馆，1985年版。

114. [阿根廷]博尔赫斯：《博尔赫斯文集·文论自述卷》，海口：海南新闻出版中心，1996年版。

115. [法]阿兰·罗伯-格里耶：《新小说新人》，余中先译：见《快照集：为了一种新小说》，长沙：湖南美术出版社，1998年版。

116. [阿根廷]胡利奥·科塔萨尔著，孙家孟译《跳房子》，昆明：云南人民出版社，1996年版。

117. [英]约翰·福尔斯：《法国中尉的女人》，陈安全译，上海：上海译文出版社，2003年版。

118. [法]罗伯-格里耶：《罗伯一格里耶作品选集》（第一卷），长沙：湖南美术出版社，1998年版。

119. [法]萨特：《萨特文集》，第7卷，沈志明，艾珉编译，北京：人民文学出版社，2005年版。

120. [法]M·杜夫海纳：《美学与哲学》，孙非译，五洲出版社，1987年版。

121. [美]布斯：《小说修辞学》，北京：北京大学出版社，1987年版。

122. 董衡巽：《海明威研究》，北京：中国社会科学出版社，1980年版。

123. [法]巴尔扎克：《贝姨》，许钧译，上海：上海译文出版社，2008年版。

124. [美]雷·韦勒克、奥·沃伦的《文学理论》，北京：三联书店，1984年版。

125. [德]黑格尔：《美学》第1卷，朱光潜译，北京：商务印书馆，1979年版。

126. [德]卡斯米尔·埃德斯米特：《创作中的表现主义》，《现代西方文论选》，上海：上海译文出版社，1983年版。

127. [法]昆德拉（Kundera, M.）：《被背叛的遗嘱》，余中先译，上海：上海译文出版社，2003年版。

128. [法]昆德拉（Kundera, M.）：《小说的艺术》，孟湄译，北京：生活·读书·新知三联书店，1992年版。

129. [加拿大]诺思洛普·弗莱：《伟大的代码——圣经与文学》，郝振益等译，北京：北京大学出版社，1998年版。

二、外文著作

1. David Harvey, The Condition of Postmodernity: AnEnquiry into the Origins of Cultural Change, Oxford:Blackwell Publishers Ltd., 1990. P.12.

2. Harold Bloom, Poetry and Repression: Revisionism from Blake to Stevens, p.27.

3. Isaac Bashevis Singer. "Words or Images". Literarishe Bleter. 1927. No.34.

4. Isaac Bashevis Singer. "Words or Images". Literarishe Bleter. 1927. No.34.

5. Itamburger, Käte. Tolstoy's Art // Ralph E. Matlaw(ed.). Tolstoy [C], Englewood Cliffs, N.J.: Prentice-Hall, 2007, p.69.

6. James, Henry. The Art of the Novel : Critical Prefaces [M]. R. P. Blackmur (ed.). New York: Scribner's, 2003, p.15.

7. Jacques Lacan , Ecri ts: A select ion. Trans. Alan Sheridan (London: Rouledge, 2001), p.164.

8. Wendell V. Harris, Literary Meaning: Reclaiming the Study of Literature, London: Macmillan, 1996, p.35.

9. William H. Gass, Fiction and the figure of Life, New York, 1970, p.25.

三、中文期刊

1. 北村：《谐振》，《人民文学》，1986年Z1期。

2. 北村：《聒噪者说》，《收获》，1991年，第1期。

3. 北村：《爱能遮掩许多的罪》，《钟山》，1993年第6期。

4. 北村：《我与文学的冲突》，《当代作家评论》，1995年第4期。

5. 北村：《今时代神圣启示的来临》，《作家》，1996年第1期。

6. 北村：《乌托邦抑或桃花源》，《文学界》（专辑版），2013年第5期。

7. 蔡志诚：《身体、历史与记忆的侦探——《追忆乌攸先生》的文本分析与文学史意义》，《西安电子科技大学学报》（社会科学版），2007年第1期。

8. 曹霞：《探寻沿途的秘密——评〈余华评传〉》，《当代作家评论》，2005 年 03 期。

9. 陈思和：《我对兄弟的解读》，《文艺争鸣》，2007 年 02 期。

10. 陈思和：《余华小说与世纪末意识——致友人书》，《作家》1992 年第 5 期。

11. 程光炜：《如何理解"先锋小说"》，《当代作家评论》，2009 年第 2 期。

12. 陈晓明：《最后的仪式——"先锋派"的历史及其评估》，《文学评论》，1991 年第 5 期。

13. 陈晓明：《无望的救赎——论先锋派从形式向"历史"的转化》，《花城》，1992 年第 2 期。

14. 陈晓明：《先锋派之后：九十年代的文学流向及其危机》，《当代作家评论》，1997 年第 3 期。

15. 陈晓明：《笔谈：九十年代中国先锋文学创作与批评——关于九十年代先锋派变异的思考》，《文艺研究》，2000 年第 6 期。

16. 陈晓明：《空缺与重复：格非的叙事策略》，《当代作家评论》，1992 年 05 期。

17. 丁帆，何言宏：《论二十年来小说潮流的演进》，《文学评论》，1998 年第 5 期。

18. 丁帆：《八十年代：文学思潮中启蒙与反启蒙的再思考》，《当代作家评论》，2010 年第 1 期。

19. 格非：《像〈奥德赛〉那样重返故乡，《南方日报》，2016 年 7 月 6 日第 10 版。

20. 格非：《中国小说的两个传统——格非自述》，《小说评论》2008 年 06 期。

21. 格非、于若冰：《关于〈人面桃花〉的访谈》，《作家》2005 年第 8 期。

22. 何锡章，鲁红霞：《"先锋小说"：文学语言的革命与撤退》，《学术月刊》，2008 年第 9 期。

23. 黄丽梅：《历史·梦幻·生命——扎西达娃〈骚动的香巴拉〉解析》，《西南民族学院学报》（哲学社会科学版），1997 年第 5 期。

24. 黄轶：《丰富的可能性——叶兆言论》，《文学评论》，2016 年第 6 期。

25. 洪峰：《瀚海》，《中国作家》1987 年第 2 期。

26. 胡全生：《后现代主义小说中的人物与人物塑造》，《外国语》，2000 年第 4 期。

27. 近藤直子：《陌生的叙述者——残雪的叙述法和时空结构》，《北京大学学报》，2007 年第 11 期。

28. 旷新年：《莫言的《红高粱》与“新历史小说”》，《杭州师范学院学报》（社会科学版），2005 年第 4 期。

29. 冷旭阳：《用弗洛伊德“意识流”透析残雪小说〈苍老的浮云〉》，《西南农业大学学报》（社会科学版），2008 年 03 期。

30. 李兆忠：《旋转的文坛——现实主义与先锋派文学研讨会简记》，《文学评论》1989 年第 1 期。

31. 李建周：《形式策略与文化政治——先锋小说十年（1984-1993）》，《文艺争鸣》，2015 年 10 期。

32. 李泽厚：《启蒙与救亡的双重变奏：“五四”回想之一》《走向未来》，1986，第 1 期，第 35 页。

33. 吕周聚：《论当代先锋小说的“非小说化”倾向》，《首都师范大学学报》（社会科学版），2008 年 05 期。

34. 刘亚律：《论米歇尔·布托尔的小说叙述理论》，《江西社会科学》，2006 年第 6 期。

35. [德]莱布尼茨：《致德雷蒙先生的信：论中国哲学》，庞景仁译，《中国哲学史研究》1981 年第 3 期。

36. 孟繁华：《九十年代：先锋文学的终结》，《文艺研究》，2000 年第 6 期。

37. 摩罗，侍春生：《逃遁与陷落——苏童论》，《当代作家评论》，1998 年第 2 期。

38. 摩罗：《论余华的〈一九八六年〉》，《文艺理论研究》1997 年第 5 期。

39. 潘军：《南方的情绪》，《收获》1988 年第 6 期。

40. 潘军：《草桥的杏》，《北京文学·精彩阅读》，2007 年第 7 期。

41. 孙甘露：《请女人猜谜》，《收获》1988 年第 6 期。

42. 孙凤兰，邢冬梅：《基于现代性脱域机制的中国信任问题》，《湖北大学学报（哲学社会科学版）》2017 年第 4 期。

43. 塞妮亚：《重塑中国文学精神》，《文艺争鸣》，2002 年第 2 期。

44. 王干：《话本的兴起与先锋话语的转型》，《文艺争鸣》，1994 年第 2 期。

45. 王德威：《从十八岁到第七天》，《读书》，2013 年 10 期。

46. 王兴文：《被荒诞美学遮蔽的杂闻汇编——评余华的小说〈第七天〉》，《哈尔滨学院学报》，2015 年 01 期。

47. 汪介之：《"社会主义现实主义"在中国的理论行程》，《南京师范大学文学院学报》，2012 年第 1 期。

48. 温瑜：《马原小说的语言风格探究》，《重庆文理学院学报》（社会科学版），2014 年第 1 期。

49. [丹麦]魏安娜：《一种中国的现实——阅读余华》（吕方译）《文学评论》1996 年第 6 期。

50. 吴义勤：《超越与澄明——格非长篇小说〈边缘〉解读》，《小说评论》，1996 年第 6 期。

51. 吴义勤《先锋及其可能》，《山花》，1997 年第 9 期。

52. 吴冰：《独具魅力的"疯言疯语"——论先锋小说的修辞策略》，《宁夏大学学报》（人文社会科学版），2001 年第 2 期。

53. 吴方：《〈冈底斯的诱惑〉与复调世界的展开》，《文艺研究》1985 年第 8 期。

54. 吴亮：《一个臆想世界的诞生——评残雪的小说》，《当代作家评论》1988 年第 4 期。

55. 吴庆军：《论〈尤利西斯〉语言的陌生化》，《外国文学研究》，2005 年第 6 期。

56. 徐振强、马原：《关于〈冈底斯的诱惑〉的对话》，《当代作家评论》1985 年第 5 期。

57. 阎真：《迷宫里到底有什么——残雪后期小说析疑》，《文艺争鸣》，2003

年 05 期。

58. 岳凤梅：《拉康的语言观》，《外国文学》，2005 年第 3 期。

59. 杨经建，董外平：《历史的"虚无化"和文明的"非理性"》，《浙江社会学刊》，2010 年第 1 期。

60. 叶兆言：《枣树的故事》，《收获》1988 年第 2 期。

61. 余华：《虚伪的作品》，载《上海文学》1989 年第 5 期。

62. 余华、潘凯雄：《新年第一天的文学对话》，《作家》1996 年第 2 期。

63. 余华，杨绍斌：《我只要写作，就是回家》，《当代作家评论》，1999 年第 1 期。

64. 张恒君：《莫言小说语言风格论》，《小说评论》2015 年第 4 期。

65. 张清华：《从启蒙主义到存在主义——当代中国先锋文学思潮论》，《中国社会科学》，1997 年第 6 期。

66. 张清华：《死亡之象与迷幻之境——先锋小说中的存在／死亡主题研究》，《小说评论》，1999 年第 1 期。

67. 张清华：《论余华》，《南方文坛》2002 年第 4 期。

68. 张清华，张新颖，曹卫东，陈晓明，程光炜，余华等：《余华长篇小说〈第七天〉学术研讨会纪要》，《当代作家评论》，2013 年 06 期。

69. 张玫珊：《加西亚·马尔克斯小说中的时间观念》，《长篇小说》，1985 年第 8 期。

70. 张放：《访法国新小说家阿兰·罗伯—格里耶》，载《外国文学动态》1984 年第 10 期。

71. 张学昕，格非：《文学叙事是对生命和存在的超越》，《当代作家评论》2009 年 05 期。

72. 张志庆，潘源源：《从反叛到屈从——北村基督教小说创作论》，《河南大学学报》（社会科学版），2015 年第 1 期。

73. 赵海涛：《〈第七天〉中的四个世界》《中山大学研究生学刊》（社会科学版）2015 年 02 期。

74. 赵树理：《〈三里湾〉写作前后》，《文艺报》1955 年第 19 期。

75. 赵毅衡：《非语义化的凯旋——细读余华》，《当代作家评论》1991 年第 2 期。

76. 朱景冬：浅谈《跳格子》，《外国文学》，1994 年第 4 期。

四、学位论文

1. 王琼：《九十年代以来先锋小说创作的转型——以苏童、余华、格非为代表》，博士论文，辽宁师范大学，2012 年。

2. 翟红：《论 80 年代中国先锋小说的语言实验》，博士论文，苏州大学，2004 年。

3. 傅晓微：《艾·巴·辛格创作思想及其对中国文坛的影响》，博士论文，四川大学，2005 年。

4. 李秋菊：《皈依的先锋：北村小说的叙事转变研究》，硕士论文，吉林大学，2009 年。

5. 丁婷婷：《第七天》的亡灵叙事论，硕士论文，广西师范学院，2015 年。